Hunting In Taipei

獵殺臺北

言甯 著

《獵殺臺北》自序

寫作可能源於歡樂，也可能源於悲傷。而我這本書的寫作，卻是出於恐懼。

這部小說寫於六年前，當時是為了疏散心中的鬱悶，化解自己的擔憂，並沒有打算公佈於眾。寫完之後，心感略安，文稿便放進了抽屜。現在為什麼決定拿出來發表呢？因為我的恐懼日益深重，日益緊迫，感到危機已經不只是紙面論述，而成了現實，也不再遙遠，而就在眼前。

我怕什麼？

我怕更多臺灣民眾失去必須的警惕，逐漸被大陸極權統治集團的統戰謊言所欺騙，對大陸社會產生出某些不切實際的幻想，會期望兩岸統一。臺灣會因此而失去自己的制度，自己的文化，自己的生活，自己的福利，最終被大陸併吞，遭到徹底毀滅。

無可否認，目前的臺灣，政治，經濟，社會，文化，各方面都存在著很多弊端，有些還很嚴重。所有這些問題和錯誤，都必須不斷改進和糾正。但正如有些智者總結，儘管民主制度尚有許多不足，但相較於世界現存之所有其他制度，民主制度仍然是最優秀的制度。雖然臺灣社會尚有許多弊端，但相較於世界現存之所有其他華人社會，臺灣社會仍然是最進步的社會。

臺灣社會幾十年來，始終保護著私有財產，這是現代文明社會之最基本的保證。在臺灣，任何一家小店鋪的店主，任何一所住宅房屋的主人，都不必害怕忽然一天自己的財產會被政府沒收，會被開發商鏟平，會被警局驅趕出家園。臺灣社會保護人民的生活福利，任何臺灣居民，不論男女老幼，都可以無憂無慮地上學讀書，都可以無憂無慮地去醫院看病，都可以無憂無慮地生兒育女或養老終身。臺灣社會保護信息交流的自由，人人可以隨便觀看谷歌和油管，可以隨時到臉書和任何網絡上去發表意見，可以到亞馬遜去買書購物，完全沒有管制，也不必擔心自己的言論會被政府部門監視。臺灣社會保護民眾自由出行，拿著臺灣護照，可以不必辦理入境簽證，隨時到美國，加拿大，日本，歐洲各國各地旅遊，並且受到臺灣政府和各國政府的保護。臺灣社會保護中華民族的傳統文化，推崇忠孝仁義禮智信，遵規守法，誠信待人，民心溫厚，社會安良。最重要的，近幾十年，臺灣社會日益注重保護大眾之民主權利，臺灣民眾可以選舉自己政府的領導，也可以罷免各級政府的官員，民眾對政府工作或政策不滿，可以隨時隨地提出批評，登報紙上電視，走進政府機關找官員申訴，甚至可以揮舞五星紅旗以示抗議。與此相應，臺灣逐漸走入法制社會，天子犯法，與民同罪，總統貪污受賄，照樣被審判，坐監獄。上下幾千年，中國人永遠的夢想，現在終於在臺灣獲得實現，這是非常偉大的進步，很值得臺灣民眾引為自豪。

可以說，現在的臺灣社會，是全世界所有華人社會所能夠達到的最高境界，是古今幾千年最為接近現代文明的華人社會。這一切，在臺灣民眾看來，似乎天經地義，習以為常，不再感覺需要特別珍惜。而且長期優越的生活，也給臺灣民眾造成一些弱點，天真，寬容，溫厚，輕信，缺乏警惕，鬥志不足。臺灣民眾，尤其中青年們，從未經歷過海峽對岸那樣幾十年不斷的血腥政治迫害，體會不到專制統治有多麼的陰險和殘暴，看不到大陸社會與臺灣社會如何的截然不同，以為天下華人都同臺灣人一樣的誠信和謙讓，認不清大陸極權集團羊皮掩蓋著的豺狼本性，從而輕易被大陸專制政府花言巧語矇蔽，認為臺灣真可以通過和談而與大陸實現統一，獲得永久的和平與發展。非常不幸，這只是一個美麗的夢想。大陸獨裁統治集團可能在經濟政策上做出有限的讓步，但絕對不會改變其政治制度的本質，一絲一毫也不會改變。而臺灣與大陸之分裂，則是根本源於制度對立，信仰對立，文明對立，人性對立。臺灣民眾所奉行的生活理念和社會實踐，在大陸完全不可能存在，過去不可能，現在不可能，將來也不可能，除非共產極權制度被澈底推翻。

大陸社會自中共執政以來，從理論到實踐，幾十年一直致力於消滅私有制，這是其罪惡之最根本基礎。在其所謂「改革開放」之前，大陸民眾房無一間，財無一分，連身家性命都一律共產，不能屬於自己。文化大革命浩劫之後，中共發覺命在旦夕，被迫改弦更張，宣佈實行「改革開放」，以求挽救覆滅的下場。但是大陸專制政權在本質上，最近五十年來，並無絲毫進步，其理論認知，其社會實踐，仍舊繼續貫徹著原教旨馬列主義，至今頑固地拒絕現代文明。眼下的大陸極權統治集團，滿口市場經濟口號，社會上出現一些民營企業，私人也可以擁有房屋車輛，但這些所謂的「開放」，都必須限制在這個專制統治集團允許的範圍內，都必須接受其嚴格的控制和監視，小商小販，民營企業，稍有差錯，立刻遭到清除，居民住房，花盡血汗錢購買，卻只有使用權，沒有所有權，各級政府機關可以隨時逮捕商人，沒收產業，鏟平房屋，驅趕民眾。因此，大陸在加入世界貿易組織十五年後，全球各國一致確認，大陸社會根本沒有實現市場經濟，仍舊深陷由獨裁政府主控之國家社會主義經濟的泥淖之中。

儘管大陸極權統治集團，巧舌如簧，謊言漫天，好話說盡，實際上從來沒有關心過民眾的任何福利，孩子上不起學，很多鄉村學校連教室都沒有；婦女生不起孩子，老人看不起病，連死都死不起。大陸民眾只有歌頌領袖的權利，不能對上級有任何不滿，更不允許發生任何抗議行動，聽說過有人在北京揮舞青天白日滿地紅旗幟嗎？進京上訪都會被警察逮捕送回原地挨整，百姓根本沒有可能面見任何一個政府官員。就算匿名上網發句牢騷，一言不合，也要被查出，輕則警告削職，重則逮捕入獄。大陸整個社會都絕對沒有信息交流的自由，大陸民眾看不到臉書谷歌油管，不能上亞馬遜書店，海外出版的書籍過不了大陸海關，翻墻出來看一眼世界，也可能坐牢。大陸社會，自京城到農村，世風日下，禮樂崩潰，道德沉淪，無忠孝無信義，中華傳統文化被澈底破壞和摒棄，距離現代文明越來越遠。大陸民眾的行動也都受到嚴格監控和限制，去香港來臺灣都必須取得特別通行證，到各國旅遊也都必須辦理簽證，世界上幾乎所有正常國家都拒絕給大陸民眾免簽待遇。最為嚴重的是，大陸社會至今沒有一天實行過法制，所謂「人民代表大會」，勞民傷財，都是騙人把戲，大陸所有法律，均為廢紙，從上到下，無人遵守。所有規章，刑不上大夫，州官隨意放火，百姓不許點燈。官場裏個個違法亂紀，貪污受賄，不受繩罰，其濫其廣，其凶其惡，已甚過明清，乃中華幾千年之最。

自所謂「改革開放」以來，三十餘年，大陸獨裁統治集團耍盡手段，明搶暗偷，坑矇拐騙，強搭國際順風車，取得一些經濟發展，自以為錢大氣粗，好像不可一世。他們可以到臺灣來「投資」，來旅遊，來購物；他們可以吸引臺灣商家到大陸開工廠，賣產品，做生意；他們可以高喊「一國兩制」，誘惑臺灣民眾，消除其戒備，跟隨著鼓吹統一。但是臺灣民眾不要忘記，天下沒有免費的午餐，大陸極權統治集團對臺灣所做的一切，都一定要代價的。為獲得大陸「投資」，獲得大陸市場，獲得大陸來客，臺灣必須付出的代價，就是失去臺灣的獨立存在，臺灣的民主制度，臺灣的福利生活，臺灣的傳統文化。臺灣民眾不要忘記，過去一百年，全世界已經一而再，再而三地領教，中共統治集團依賴謊言和暴力，爭奪政權，維護統治。當其勢力弱小之時，他們會說盡美麗的謊言，會宣佈服從國民政府領導，會當面高呼「蔣委員長萬歲」，避免被徹底消滅的命運。而在其不再需要掩飾的時候，他們即刻翻臉，大打出手，趕盡殺絕，絕不和談。臺灣民眾不可被大陸極權統治集團「一國兩制」的口號再次欺騙，看看眼下的香港，一目瞭然。當年承諾香港現狀五十年不變，現在一半時間沒到，香港已經喪失幾乎全部自由和法制，被大陸玩弄於股掌之中。或許因為臺灣問題尚未解決，大陸獨裁統治集團多少還有所顧慮，還會企圖做些假象誘惑臺灣民眾，在香港稍有收斂。可以想到，將來有朝一日，臺灣被併吞以後，大陸極權統治集團再無後顧之憂，將會怎樣肆無忌憚，那「一國兩制」的遮羞布將被更快地拋棄，臺灣的自由和法制將被更澈底地毀滅，臺灣民眾的生活將一夜之間墮入無底深淵。

目前看來，臺灣經濟力量似乎不及大陸強大。但是仔細想一想，為什麼臺灣能夠以不足大陸人口幾十億分之一，領土不足大陸數百萬分之一，而依舊毅然矗立，未被大陸一夜併吞？因為臺灣民主政治的誕生和成長，臺灣成為了現代世界的一員，得到全球文明社會的接受和保護。臺灣在政治方面，經濟方面，社會方面，文化方面等等的實際力量，都比大陸更加強大。世界大潮，再三證明，民主必然戰勝獨裁，現代社會的臺灣，必將最終取得勝利。

臺灣真的需要大陸嗎？真的離開大陸，臺灣就無法生存嗎？半個世紀前，臺灣跟大陸絕對隔離，毫無來往，臺灣經濟曾經高速發展，成為亞洲四小龍之一，那時候臺灣有依靠大陸嗎？臺灣製造業長足進步，電子行業目前全球領先，是依靠大陸援助才成功的嗎？大陸對臺灣來說，僅僅只是一個銷售產品的大市場而已，而且這個市場現在也正在萎縮。臺灣的經濟和文化發展，依靠的是臺灣民眾自己，絕不是任何其他國家，任何其他組織，任何其他人，尤其不是大陸。

事實上，大陸獨裁政權是絕對靠不住的，否則總有一天臺灣要遭到毀滅。就算他們現在高呼「一國兩制」的漂亮口號，反復強調兩岸和談的種種提議，至今為止，大陸極權統治集團從來沒有一天改變過「我們一定要解放臺灣」的立場，沒有一天放棄過武力解決臺灣問題的策略，沒有做出過任何和平統一的許諾，就算扯謊他們都不肯。就是說，當大陸專制統治集團認為他們的「一國兩制」宣傳無效之後，他們必定要毫不猶豫地動用武力，進犯臺灣。目前臺灣有些人，被誘惑了，對兩岸統一，走火入魔，竟然公開支持大陸來武力統一臺灣。這些人利用一些社會弊端，宣揚不滿情緒，矇蔽青年，甚囂塵上。想一想，有那麼一天，大陸軍隊真的打過來，消滅了國軍，炸毀了臺灣，殺光了臺灣人，占領了臺灣，結果會怎樣？

大陸占領軍將把共產極權的政治經濟制度，壓迫到臺灣社會和臺灣民眾身上。臺灣的私有制度被取締了，所有商店都歸共產極權政府所有，只能按照共產極權政府規定經營，否則破產坐牢。臺灣的民主制度被取締了，所有媒體都歸共產極權政府所有，任何人不能隨便講話，不能監督政府，不能鼓吹民主，否則只有老老實實進監獄。臺灣的選舉制度被取締了，各級共產極權政府官員都由上級指定，只為上級官員服務，完全不必顧及民眾利益。民眾除非下跪磕頭，賄賂官員，一件事也辦不到。臺灣的公平社會福利制度被取締了，共產極權政府官員享受高福利，民眾則無法看病，無法上學，無法養老。臺灣保存多年的民族文化被消滅了，民眾一天到晚只能唱紅歌，跳忠字舞，看樣板戲，讀馬列主義毛澤東思想，早請示晚匯報。臺灣的信息自由被取締了，谷歌，油管，亞馬遜，臉書，各種社交工具都被禁止，臺灣民眾將孤立於世界，只能使用共產極權政府操縱和監控的百度微信阿里巴巴，接受共產思想灌輸，澈底洗腦。臺灣現在享有的各國免簽待遇也被取締了，民眾到香港去大陸需要特別通行證，出遊歐美各國也必須辦理入境簽證，否則寸步難行，而且在世界任何地方都得不到共產極權政府的關懷和保護。臺灣的法治也被取締了，共產極權政府官員可以為所欲為，貪污腐敗，奸淫搶掠，民眾不敢有半句非議，只能俯首帖耳，做良民做奴隸，老老實實受剝削受壓迫。

難道那就是臺灣民眾所嚮往的未來生活，那就是臺灣民眾所憧憬之兩岸統一後的社會，那就是臺灣民眾所希望自己後輩們成長於其中的環境嗎？

臺灣現在的政治經濟和文化生活，是全體臺灣民眾經過幾十年艱苦奮鬥和不懈努力，才終於建造起來的，是臺灣社會存在的底線，是臺灣未來發展的光輝願景。臺灣民眾絕不允許大陸，或者日本，或者美國，或者世界上任何人，任何組織，任何政府，來搶奪，來毀滅，不管他們是用經濟的，文化的，還是武力的方式。不被大陸極權所欺騙，不被大陸獨裁所併吞，不被大陸專制所消滅，必須成為兩千三百萬臺灣民眾的共識，每一個臺灣人，都必須擔起責任，保衛自己的民主臺灣，保衛自己的美麗家園，保衛自己的幸福生活。

如果這部小說，能夠感動一個臺灣讀者，提升他／她的警惕，丟掉幻想，不再被欺騙，承擔起保衛臺灣的責任，我就會感覺萬分榮幸，在此表示衷心的感謝。

言甯

2019年5月6日

目次

楔子

昏黃的小巷子裡，一個模糊的黑影急匆匆地奔跑著。他的後面，另一個模糊的黑影緊緊跟隨，也在奔跑。

慌亂之中，前面的黑影突然放慢腳步，發現自己跑進了一條死巷，面前對著一堵高牆，再無出路。他不得不站住腳，轉過身來。

後面跟隨的黑影見狀，便也放緩步伐，把因為奔跑而一直捏在手裡的漁人便帽扣到頭上，然後一步一步逼近前面的黑影。

前面的黑影知道自己走投無路了，從衣服口袋裡掏出一個微小的記憶卡，塞進嘴裡，咽下肚裡。

「銷毀證據？也好，讓你多活十分鐘，叫你的胃酸腐蝕掉一切。」後面的人說著，從口袋裡拿出一包香菸，取出一根，插進嘴裡，慢悠悠地點燃。

「你為什麼追我？我根本不認識你。」

「可是我認識你，你是大陸潛伏在臺灣的特工。」

「我在臺灣沒有害過一個人，跟你無冤無仇。」

「必須跟我有冤有仇，我才跟你算賬麼？」後面的黑影抬起不拿菸的那隻手，端正頭上的漁人帽，說，「你把臺灣人的正義感也看得太不值錢了。」

「臺灣人的正義感？哼，」前面的人又說，「現在兩岸關係逐漸緩和，你們的馬總統也會見我們的主席了，臺灣政府不會容忍你這樣的敵對行動。」

「臺灣當局為了討好大陸，也許會對中共政府低三下四。但是臺灣不是臺灣當局的臺灣，臺灣是臺灣人民的臺灣。正直忠誠的臺灣民眾，為保衛臺灣的安全和繁榮，決不容忍你們大陸特工在臺灣耀武揚威，為非作歹。」

「你以為殺了我一個，臺灣就安全了？太天真了吧。」前面的黑影發出一聲冷笑，「告訴你，我們的人在臺灣遍地都是，你殺不完。」

「你們有多少，我們殺多少，直到把你們全部殺完。」

「想得美，你們臺灣的日子沒幾天了，我們一定要解放臺……」

啪的一聲槍響，結束了這句口號。

「廢話喊過七十年，還來裝腔作勢。」後面的黑影說著，丟掉手裡香菸，走到躺在地上的屍體前蹲下，伸手摸摸他的脈搏，確死無疑。

他站起來，環顧一下周圍，說：「臺灣是我們的家園，誰也不要想奪走。」

第一章

從廣州飛往臺北的航班，漸漸接近了臺灣的邊界。導遊王大河站起來，指著舷窗外面說：「請大家看看，前面就是我們的目的地，祖國的寶島臺灣。」

這是一個北京組織的赴臺旅遊觀光團，在廣州換飛機到臺灣。聽見王導遊這麼說，旅遊團成員們都興奮起來，紛紛伸長脖子，朝外張望，許多人拿出照相機，猛拍一氣。

王導遊鼓動大家：「咱們到了臺灣，一定要儘量地購物，顯示我們大陸人現在的經濟實力。臺灣現在的經濟，實際上是依靠我們大陸才能夠生存，沒有我們去買東西，臺灣經濟就完了，所以我們一飛機一飛機地送觀光團去臺灣，逼迫臺灣更加依賴大陸，最終目的是要搞垮臺灣經濟，有一天只能被大陸統一，老老實實成為大陸的一個省。」

旅遊團員們，被王導遊這番話激動了，許多中年婦女站起來，伸胳臂抬腿，好像跳起舞來。有好事者，趕緊打開手機，嘴裡喊叫：「我手機裡只有一首《在北京的金山上》，行嗎？」

「行！」大媽們齊聲吶喊。

那人的手機開始播放出來《在北京的金山上》樂曲，滿臉通紅的大媽們，跟隨音樂整齊劃一地跳起來，有的在座位走道上，有的就站在座位前面。要說按照這些大媽的年紀，她們多少也經歷過文化大革命，必定曾經受過不少罪。可中國大陸人歷來忘性大，講究今朝有酒今朝醉，有奶就是娘，好死不如賴活著，所以至今仍舊愛聽《在北京的金山上》，全忘了北京曾經烙在她們身上的血跡和傷疤。

機長亮起繫緊安全帶的燈光信號，跳舞的大媽們跟喝醉酒一樣，毫不理會。

空姐走過來，對開手機的乘客說：「飛機航行中，請不要開手機，以免擾亂機長通訊。」

拿手機放音樂的人好像沒聽見，眼睛都不轉一下。前前後後，半老的婦女們手舞足蹈，尋歡作樂。男人們則大多坐在座位上看熱鬧，嘴邊流著口水。

秦鋼縮在靠窗的座位上，把便帽朝上抬抬，拿掉口罩，張開嘴，呼吸幾口氣。坐他旁邊的那位大媽，也跟著跳舞去了，算是給了他幾分鐘休息。秦鋼對人的相貌從來不大注意，特別是女人，可這位大媽嘴裡濃重的口臭，讓他難以忍受。幸虧秦鋼右側臉上貼了塊橡皮膏，可以藉著有傷疤而戴上一個巨大的口罩。

聽著廣場舞的音樂，秦鋼嘆口氣。他在北京，經常遭受廣場舞的干擾，只有搖頭嘆氣，趕緊躲開。就憑廣場舞的盛行，他便看出中國大陸真的沒什麼希望了。當媽的都是這麼一群人，愚昧無知，狂妄自大，還能養出頭腦正常的兒女麼？

秦鋼並不仇恨中國人，並不厭惡中國人，他自己也是一個中國人。中國人原本很內斂，很勤儉，寬厚待人，溫文爾雅，懂得重禮儀，講人情。二戰時期，遭受德國納粹迫害，五萬多猶太人逃到上海，上海人收留了他們。日本人配合納粹，封鎖猶太居住區，上海市民自動援助，隔著高牆和鐵絲網，給猶太人丟食物。直到那個時期，中國人依然保持著與人為善的中華傳統，見義勇為，感動世界。可是後來呢？秦鋼今年三十九歲了，他這一代人，還有比他年長的，六十歲上下的一代，和比他年幼的，二十歲上下的一代，整整三代人，經受殘暴的統治，得不到良好的教育，頭腦被洗刷得一片空白，變得無知、愚蠢、粗野、狂妄、貪婪、自私、冷漠，完全喪失了中國人的傳統美德，因而遭到整個世界鄙視。就看看眼前這些大媽們吧，粗魯張揚，寡廉鮮恥，秦鋼真是很不願意把這些人叫做同胞，可是他有什麼辦法？人說，有什麼樣的人民，就有什麼樣的政府。反過來，有什麼樣的政府，就有什麼樣的人民。就憑這樣的幾代中國人，還指望會構造一個什麼樣的政府，還指望能建設一個什麼樣的中國呢？

不過，國家怎麼樣，政府怎麼樣，人民怎麼樣，跟他都沒有任何關係，中國好了壞了，反正都是政府的責任，他毫不關心，他根本沒打算活到大陸澈底崩潰，中華民族滅亡的那天。五年以來，時刻潛伏在他胸中的仇恨，他所心心念念要做的，只有一件事，也就是他這次借參加這個旅遊團的唯一目的：到臺灣來獵殺一個人。

身後座位上，幾個年輕人小聲說笑，傳到秦鋼耳朵裡，打斷他的思緒。

「我真不明白，這些傻逼們，到這歲數了，還這麼瘋，到處佔地方，騷擾大眾，無法無天，怎麼回事嘛。」

「跟文化大革命時候的紅衛兵一樣。」

「這些傻逼們，當年保證就是打砸搶的紅衛兵，練出來了。」

「說的就是，你沒聽說人家的總結嗎？不是老人變壞了，而是壞人變老了，三十年前紅衛兵，三十年後廣場舞，根本就是一路貨。」

聽著這樣的議論，秦鋼心裡突然一動，如果更多年輕人會有這樣的想法，中國也許還有些希望。

「唉，你說跳跳舞，好看點也行。怎麼這些大媽個個都那麼醜，有一個看得過眼的嗎？還在那兒搔首弄姿，扭捏作態，看了要吐。」

「那是當然啦，但凡有點模樣的，誰願意這麼大庭廣眾的拋頭露面，丟人現眼？就是知道自己醜到家了，才特別要出來顯擺，逗人看她幾眼唄，死不要臉。」

「嘿，小萍，你怎麼不說話？你媽是不是也跳廣場舞呀？」

「你罵誰？你媽才跳廣場舞呢。」一個女聲回答，大概是小萍。

「我媽怎麼會跳廣場舞，我媽是大學教授，能跟這夥腦殘白痴一塊混嗎？」

「嘿，你們說，他媽的那個五毛導遊，也真夠討厭的，煽風點火。」

「找機會揍他一頓，怎麼樣？」

「可不能讓他認出來是誰揍的。」

「認出來怎麼了，咱們又不是他們旅遊團的，到臺北一分手，誰找誰啊。」

「我有辣椒噴霧，先噴了他兩眼，然後再揍他。」又是小萍的聲音。

「行，就這麼辦，到了機場，有機會就下手，然後再去學校。」

他們一陣笑鬧，在座位上推來推去。

秦鋼也微微一笑，閉上眼睛。他很想看看那場暴打導遊的戲，甚至想自己上手劈他幾拳，可是他有更迫切的事情要做，他必須儘快找到自己的仇人。

從艙房後面走過來一個高大男子，走到拿手機播放音樂的那人身邊，一把奪過手機，關掉音響。

突然沒了音樂，跳舞的大媽們停住手腳，發愣了。

手機的主人喊叫起來：「嘿，嘿，憑什麼搶我手機。」

高大男人手裡舉起一個銅製警官證章，大聲說：「我是航警，機長發出信號，大家都坐好，繫好安全帶。」

「跳舞有什麼不對，大家高興嘛。」人群裡有人說。

「你們這樣，影響航行安全，馬上都給我坐下，」警官宣布，「否則我通知機長，掉轉機頭，咱們回廣州。」

這下子，把旅遊團的人都嚇住了，紛紛回到座位坐下。秦鋼身邊那個大媽也回來了，嘴裡嘟嘟囔囔，口臭一陣陣飄過來。

秦鋼趕緊扭過頭，面對舷窗，壓低便帽，重新戴上口罩。

導遊王大河在座位上扭轉身子，安慰身後的旅遊團成員們，說：「沒關係，我們到了臺北機場，下了飛機，跳它個夠，誰也管不著。」

第二章

麵館外面支了一個竹棚遮陽，棚下放了三個小桌，供喜歡在陽光下吃飯的客人們使用。林笠生坐在棚下一個小桌邊，面前擺了兩碗麵，熱氣騰騰。林笠生四十五歲年紀，個子不是很高，但十分健壯，穿著一身便服，還是顯出強健的骨骼和肌肉。他的面貌平常，神情堅毅，眼睛很大，即使瞇眼，露出的目光依舊十分敏銳，好像一眼之下，就能識別出面前的一切。他慢慢地吃著其中一碗，時不時抬一下頭，望望街面，等著約見的人。

林笠生出身一個職業特工家庭，父親林堅二十歲加入國民黨軍統，見過戴笠將軍一面，對戴笠將軍非常崇拜，只想盡心服役，為黨國立功爭光。可惜之後不久，戴笠將軍因飛機失事而殉職。林堅十分悲痛，決心繼承戴笠將軍的遺志，忠心保衛中華民國。撤退到臺灣之後，林堅繼續在情治系統任職，十年內數次潛伏到大陸，收集情報，也成功謀殺了多名中共高級官員，屢建奇功。三十二歲那年，他再次帶領一隊特工潛入福建，不幸暴露，與中共軍隊展開激戰，身負重傷，僥倖逃脫。從此便無法執行這種緊張危險的任務，而轉到國防部軍情局擔任策劃和指揮工作。

林堅一輩子出生入死，為黨國服務，忠心耿耿，反抗中共暴政，矢志不渝，直到四十歲才結婚，三年之後生下兒子，起名笠生，表示對戴笠將軍的紀念和尊崇。林堅五十歲昇任陸軍少將，之後兩次提昇，他都拒絕了，一直保持少將軍銜。他說：戴笠將軍為黨國建立了那麼大的功勛，做到少將，他自己也只敢以少將終身。

林笠生十九歲考進陸軍軍官學校，林堅已經六十歲，看到兒子成了器，便退休了。四年之後，林笠生陸官畢業，到國防部軍情局任職，繼承父親的事業。在林笠生三十歲時，父親去世，臨終的話是：「兒子，你記住，跟中共鬥，必須斬盡殺絕，一定不要留後患。老蔣總統就是講信義，留情面，結果被中共奪去江山，後悔莫及。」

這些話，成了林笠生的座右銘，那是父親一生反共的總結，金玉良言。想著這些，林笠生禁不住眼裡冒出些淚來，趕緊拿起桌上放的漁人帽擦擦。

「怎麼選這麼個地方吃飯，找了好半天。」嚴世良氣喘吁吁地坐下來，擦著額頭上的汗，又轉轉頭，看看周圍，說，「麵館也會在街上擺桌子，跟咖啡廳一樣。」

嚴世良是個英俊的年輕人，眉清目秀，生氣勃勃。六十年代，臺灣經濟起飛，人民生活也顯著改善，之後多年出生長大的孩子，容顏一代比一代漂亮，身體一代比一代健壯，神情也一代比一代更明朗，更自信，嚴世良就是一個證據。他戴一副黑邊眼鏡，文質彬彬，好像大學教授，沒有人能夠猜出，他竟然是一名軍情特工，而且相當出色。

「吃吧，這碗是你的，紅燒牛肉麵，你最喜歡的。」林笠生把一碗麵推到嚴世良面前，繼續說，

「我在跟蹤一個人，你忽然要找我，我不能離開，只好麻煩你來找我。」
「監視誰？」
「在你背後，先別回頭，」林笠生垂著眼睛，點點頭，說，「馬路對面，角度六點四十，那家咖啡館外面，坐了兩個人，面對我的那個，是我正在跟蹤的。」
嚴世良拿手帕搧著臉，好像漫不經心地轉轉頭，看看馬路，然後回過頭問：「那是誰？」
「你認不出來？」林笠生輕描淡寫地說，抽了一口菸，想壓滅菸頭，可在桌上找不到菸灰缸，猶豫了一下，把菸頭丟進飲料杯裡，補充，「大名鼎鼎的蕭雲海呀。」
嚴世良聽了，大吃一驚：「就是五年前投誠過來的那個人？幫助我們捉住六個中共潛伏特工。」
「對，就是他。」
「監視他做什麼？」
「他自己也是潛伏的中共特工，高級特工。」
嚴世良聽了，更加吃驚，說：「這邊有點太曬了，我換個座位吧。」這麼說著，他換個座位，轉過九十度，坐到桌子另一邊，可以側頭張望，不動聲色。
「叫你不要多看，會被發覺的。」
馬路對過咖啡館外面的幾張小桌，都空著，上班的日子，即使午飯時間，也很少人會坐在這裡慢悠悠地喝咖啡。只有一個桌邊，坐了兩個人，一男一女。女的只能看到背影，穿著白襯衫花裙子，頭髮燙的很整齊，一舉一動顯出年紀不大。男的穿著三件頭西裝，扎著領帶，十分莊重。他坐在女人對面，面向大街，隨時左右張望過往行人，卻沒想到注意馬路對面的林笠生和嚴世良。

嚴世良搖搖頭，問林笠生：「他怎麼會是中共派的潛伏？他提供線索，我們破獲了一組中共特工，他總不會是自己人殺自己人吧。」

「怎麼不會，這是他們的伎倆，捨幾個小卒子，騙取信任，他就可以順利地潛伏，刺探更多情報。中共做事，從來不講信義，不講人道，什麼壞事都幹得出來的。當年他們就用這個辦法，在國府和國軍裡潛伏了多少特工，終於導致我們戰敗，只能撤退臺灣。自己人殺自己人，中共下手，眼睛都不眨。他們從來不把人命當回事，六十年代，他們三年裡餓死四、五千萬老百姓，連句話都不說，你能想像嗎？」

嚴世良搖搖頭，覺得難以相信，只是往嘴裡送麵條。

林笠生又說：「我盯了這個傢伙一年半了，掌握了不少證據。」

嚴世良滿嘴麵條，無法說話。

林笠生接著說：「他原來一直跟另外一個人單線聯絡，那個聯絡員前幾天被人殺死了。」

嚴世良抬起眼睛，看林笠生一下，張開嘴，似乎想問他什麼，又改了主意，重新閉住嘴，繼續咀嚼口裡的麵條。

林笠生看到嚴世良的表現，只裝作沒看到，繼續說：「所以他現在有了一個新的聯絡員，這是我要跟蹤的線索，設法找到蕭雲海的上司。」

嚴世良終於咽下嘴裡的麵條，拿餐巾紙擦擦嘴，再次轉頭看看，問：「跟他在一起的，是個女人嘛。」

「怎麼？你沒見過女人做特工？」林笠生聳聳肩，又說，「告訴你，女人做特工才最有成效，從古至今，英雄難過美人關。當年張靈甫將軍，就是被中共美人計陷害，槍殺了自己的老婆，才被關監獄。國軍最終戰敗，中共奪取政權，利用女人在國府內部做特工內奸，也是原因之一。最近大陸很多影視都在拚命歌頌那些特工的偉大功勛，你可不要對女人掉以輕心。」

「怎麼會，讓他們派個女人到我這兒來試試看。」嚴世良嘿嘿一笑，又說，「從背後看，那女人身材蠻好的，就不知臉蛋怎麼樣？」

「要培養特工，當然必須挑漂亮的。長得醜了，誰會去上當。」林笠生認真地說，「大陸十三億人口，挑個千兒八百漂亮姑娘，不是難事。」

「真可惜了，漂亮姑娘幹什麼不行，幹特工？」

「大陸人，自小受教育，全心全意為黨工作，漂亮姑娘能做特工，為黨獻身，那是光榮。」

「為黨獻身？呵呵！」嚴世良又笑起來，「那也確實，相比起來，能做特工去獻身，還算名份好的。到中共高官床上去獻身，就有點說不清了，據說毛澤東身邊就有很多為黨獻身的女人。」

「說起女人來，你就最高興。」林笠生搖搖頭，說，「年紀輕輕的，趕緊結婚吧，有點憋不住了。」

「呀，要結婚，也得你在先，我比你小十歲呢。說真的，笠生，四十五歲了，還是單身，不大合適吧？你也該想想自己的終身大事。」

「怎麼又說到我頭上了？」林笠生笑起來，搖搖頭，說，「幹我這行，行蹤不定，生死難料，找女人不容易，別害了人家。」

「對呀，那你替我著什麼急。」

林笠生不說話了，望著街對面發呆。

嚴世良看到林笠生默默無言，面色凝重，也就閉上嘴巴，不再出聲。他知道林笠生二十年前，有過一個女朋友，兩人十分恩愛。可是有一次女友重病，林笠生正在歐洲執行任務。等他完成任務回到家，女友已經去世兩個月了。林笠生悲痛萬分，大病一場，從此沉默寡言，孤身獨影，很多年後，才有所轉變。

兩人沉默一陣，嚴世良沒話找話，說：「你知道最近政府給反諜工作增加了經費，反諜部門都在擴大，我也提昇做了分隊長，笠生，你還是回來吧。前兩天我聽保一總隊幾個頭兒談論，計畫擴建一個新的直屬中隊，專門執行反諜任務，還說想把你調回來做中隊長。」

林笠生搖搖頭，說：「在警政署工作，規矩太多，不如自己一個人幹著痛快。再說，我看見薛運久那副嘴臉就生氣，說不定哪天會把他揍扁了。」

「嗨，從外交部調來的人嘛，免不了官僚氣重一點，」嚴世良勸說，「反正他在警政署，又不會整天蹲在我們保一總隊，你用不著每天跟他打交道，何必計較呢。」

「蕭雲海是他發現的，算是他的功勞。否則沒有半點經驗，他憑什麼能調來警政署，還號稱反諜專家。你看著吧，只要牽扯到蕭雲海，他一定要來過問，不能允許有人打碎他的功勛。」林笠生說到這兒，忽然一轉話題，說，「不提他了，讓人掃興。嚴教授最近怎麼樣？已經有兩個多月沒去看望他老人家了。」

「他挺好的，越老越健康，」嚴世良說，「我每星期看他一次，人家根本不在乎。他心心念念就是惦記你，要跟你下棋。我這臭棋簍子，不夠級別。」

「過兩天我會去看看他老人家，挺想他的。」

嚴世良從衣袋裡取出幾張紙，遞到林笠生跟前，說：「這是今天來臺北的大陸旅遊團名單，不知道裡面有多少特工。」

林笠生拿過紙張，慢慢地查看。

嚴世良邊吃著麵，東張西望，突然叫一聲：「董欣麗。」然後慌張地站起身，一邊用手背抹著嘴巴。

「喲，嚴世良，你怎麼到這裡來吃午餐？」那個叫做董欣麗的姑娘停住腳步，笑著跟他打招呼。這姑娘很漂亮，上得了鏡頭的那種美女，穿著女士深色西裝制服，腳下是黑色皮鞋，頭上戴頂花邊草帽。

「跟朋友有個約，」嚴世良朝林笠生點點頭，又說，「大熱天的，怎麼在馬路上跑來跑去的？不怕中暑。」

「哪有那麼嬌氣，做新聞，不就是每天跑路，頂風冒雪嗎？呵呵，幸虧臺灣從來沒有雪，只有雨，所以是頂風冒雨。天太熱了，只能戴了個草帽遮陽，這草帽好看嗎？」董欣麗抬手摸摸頭上的草帽。

「好看，真好看，你戴什麼都好看。」嚴世良不由自主說出聲，發覺不大合適，忙改話題，「坐一坐，喝杯茶，消消暑吧。」

「不了，跟採訪對象約好了時間，就在前面不遠地方。」

「喔，是公事，怎麼不開車？」

「本來今天沒有我出外採訪的任務，我把車子送去保養了，」董欣麗說，「沒想到，臨時有個事，派我來，那就來唄。」

「電視台不派車？」

「臨時決定的事，臺裡沒車了，只好自己走路。」董欣麗看看手錶，說，「沒時間了，不跟你聊，我得走了。」

「那就下次再見了？」

「再見。」董欣麗說完，擺擺手，緩緩地走了，走了幾步，又回頭看一眼，再次擺擺手。

嚴世良望著她，望了好半天，才重新坐下來，擦去頭上的汗。

「我說你怎麼那麼耐得住性子，不動聲色，」林笠生看著遠去的姑娘背影，說，「原來你小子艷福不淺，認識這麼漂亮的姑娘。」

「沒有啦，我們中學同班而已。畢業之後，我進中央警察大學，她進臺大讀新聞，現在在電視台做記者。有時候我辦案子，她來採訪，見過幾面。」

「跟你同班，就是說她也三十五歲啦？早都嫁人了，小孩子大概都有了。」林笠生腦筋來得快。

「沒有啦，她從小是個神童，小學中學都跳班，比我們小四、五歲，就插到我們班來了，讀書還是最好的。」

「所以她現在三十歲，大概還沒出嫁。抓緊機會喲，別讓孔雀飛跑了。」

「哪裡話，她怎麼可能看得上我。」

「警政署保一總隊的分隊長，誰敢看不上？」

「哎呀，我還能拿了手槍，對著她說：你嫁給我。」

「你那麼聰明的人，只要真有心，總會想得出辦法。」

「我們能不能不討論這個問題了？人家姑娘又漂亮又能幹，成天上電視。眼光高著呢，不然也不會三十歲還沒結婚。」

「行，不聊這些了。」林笠生說著，端起碗來，把剩餘的麵湯喝掉。

嚴世良忽然又說：「不過，據說主播這種職業，不會太早嫁人，所以到現在還是單身。」

林笠生嘿嘿一笑，問：「你說誰？」

「你說我說誰？董欣麗啊。哎，能不能不說她的事？」

「我已經停止了，你又提起來，怨不得我。」

「行，行，說說那張名單吧。」嚴世良臉有些紅，指著林笠生手裡的大陸旅遊團名單說。

林笠生低頭看看名單，說，「這份名單裡，有一個人我認識，秦鋼。他原來是中共外聯部的特工，經常在歐洲活動。我在軍情局工作的時期，到英國出差，跟他見過面，交過手。後來，大概五年前吧，突然之間，他回北京了，然後據說離職了，不知道什麼原因。我呢，之後也調到警政署，調查臺灣島內的間諜活動，不再專注海外事務。秦鋼突然來臺灣，肯定沒有什麼好事，你要特別留心，詳細調查他的背景底細，還要設法監視他在臺灣的行動。他是老特工，很有身手，不容易監視的。」

嚴世良忽然說：「這我就不大明白了，像秦鋼這樣的大陸特工，還有蕭雲海也是。他們全世界的跑來跑去，也不用個化名假名，走到哪兒都是真名真姓，被人一眼就認出來了。」

林笠生笑了一下，說：「被誰認出來了？也就是被我認出來了。你在情報圈裡的年頭還太短，不夠了解。其實在情報界，大家都互相知道誰是誰的。雖然在執行某個特別任務的時候，某個特工會用個假名化名，但那都只是騙騙普通民眾而已，在情報界內部，大家還是都知道誰是誰，誰在幹什麼。特別是一些幹過多年，幹出過幾件大事，有點名氣的特工，更是人人都知根知底。大陸情報部門對我們臺灣情報人員都很熟悉，我們臺灣情報部門對大陸情報人員當然也是瞭如指掌。蕭雲海說是要來臺灣投誠，我們軍情局指紋血型一查就都清楚了，如果他偏偏還用個假名字，以為能騙過我們，就反而弄巧成拙，讓我們無法相信他了。這個秦鋼也是一樣，要來臺灣，根本沒有辦法用化名。」

「所以他也認識你了，這個秦鋼……」

「等一等。」林笠生突然打斷嚴世良，急忙拿起桌上的手機，對著馬路，迅速拍了幾張照片，然後邊擺弄著手機，邊說：「我把這幾張照片發到你的手機上，你去查一查，看看跟蕭雲海聯絡的這個女人是誰。」

嚴世良轉過頭，剛好看見馬路對面那個咖啡館門外，蕭雲海站在那裡跟女人告別，一邊把手裡的菸頭隨便地丟到地上。

林笠生拿起桌上的漁人帽戴上，說：「你去跟蹤那個女人，我繼續監視蕭雲海。」

「我只能跟蹤一會兒而已，還得回北投去上班。」嚴世良說著，站起來。

那個女人轉過身，往臉上戴太陽眼鏡，露出了容貌，果然美麗動人，身材曼妙，林笠生說得不錯，大陸找女特工，都找美女來做。

「你別上當噢，她可能是共軍的上尉，手段會很辣的。」林笠生看到嚴世良的表情，立刻警告說。

嚴世良看他一眼，撇撇嘴，邁步跟上那女人，一邊說：「我查到她的底細，就報告你。」

林笠生點點頭，見蕭雲海又在原地坐下來，便也重新坐下，又把頭上的漁人帽放到桌上，然後從口袋裡拿出一盒香菸，取出一支，插進嘴裡，用打火機點燃。

第三章

岳娜離開之後，蕭雲海重新坐下，回想剛剛的那場談話。這是他多年的習慣，與人會面之後，總要立即仔細地回想會面的全部過程，辨認談話中有什麼新的信息，自己有什麼失誤，對方有什麼失誤等等。蕭雲海是個極度小心的人，何況他目前從事的是潛伏工作，稍有差錯，就可能鑄成終身遺恨。

上級派來跟他聯絡的這個岳娜，漂漂亮亮的一個年輕女人，他以前沒見過，不知道是否可以完全信任。但既然是上級派的，他當然沒有懷疑的理由。可他實在很害怕，橫豎都覺得有些不安。過去幾年，他一直跟楊子接頭，可以互相完全信任，沒想到前幾天楊子突然被殺了。他相信楊子犧牲之前，不會出賣他，但他還是很心慌，認為自己已經暴露，必須再度深藏，不露面或者少露面。

但是上級不給他這個機會，岳娜頭一次見面就立刻通知他，上級命令他加速行動，再次完成任務。蕭雲海這幾年在臺灣，只有一個任務，就是設法通過台隆電子通訊公司老總謝維祥，弄到有關臺灣陸海空三軍通訊系統的資料。謝維祥從中華民國陸軍通訊兵少校退伍，他創辦的台隆公司跟國防部有長期合約，幫助臺灣陸海空三軍安裝和提昇電子通訊系統，已經協作了幾十年。因為主要從事軍事項目，台隆公司一直保持低調，從不參與民用市場。蕭雲海花了兩年的時間和苦心，總算跟謝維祥套上了關係。

最近兩年，隨著臺灣跟大陸經濟貿易的高速發展，謝維祥也終於動了心，接受蕭雲海的建議，逐漸跟大陸接觸，還到大陸去過幾次，把一些臺灣的高科技電子通訊設備介紹到大陸去。生意並不很多，但每做成一單，大陸的電子通訊公司總要付給謝維祥超高的酬勞，有時讓謝維祥受寵若驚。可是在商言商，哪個商人不貪婪，於是謝維祥越陷越深。幾個星期前，蕭雲海接受上級指示，對謝維祥攤了牌，要求他提供有關臺灣陸海空三軍電子通訊系統的全部資料，只此一次，下不為例，大陸將支付一筆天文數字的酬金，讓他全家幾輩子都用不完。

謝維祥知道自己被套住了，已經被大陸抓住了把柄，無法全身而退。他苦思幾天後，沒有其他辦法，只好答應，交給蕭雲海一個極小的記憶卡，說是大陸所要的資料全部都在上面。蕭雲海當即跟楊子聯絡，把記憶卡交給楊子，讓他呈送上級。

可是萬萬沒有想到，就在同一天夜裡，楊子在一條小巷裡被人殺害了。上級知道以後，立刻通過北京高層跟臺灣警政署聯繫。因為楊子是中國大陸旅行社派駐臺灣的職員，旅行社總部要求派自己的員工查看楊子身上的所有遺物，臺灣警政署答應了。於是蕭雲海奉命，跟隨旅行社的人到停屍房，翻遍楊子全身，沒有找到謝維祥給他的那個記憶卡。報告回去之後，北京高層又要求臺灣警政署分享楊子的屍檢報告，總算知道在楊子的胃裡發現了一塊記憶卡，但已被侵蝕得無法辯讀。

北京把這些情況轉告潛伏臺灣的特工組織領導人之後，特別指示：不惜一切代價，再次弄到這份資料，迅速上交北京總部。所以駐臺灣的特工組織，今天特別委派岳娜跟蕭雲海會面，向他宣布北京總部的命令，找到謝維祥，要求他立刻再做一份資料記憶卡。

蕭雲海知道那個下令的上級，脾氣極大，下命令從來不含糊，也不允許部下稍有猶豫，所以他當即滿口答應。但蕭雲海心裡明白，這個任務幾乎無法完成。謝維祥雖然出於無奈，給了他那個記憶卡，但表情似乎有些奇怪，讓蕭雲海心裡打鼓，不能確定記憶卡內容是真是假，也不知道謝維祥是否已經準備好全家滅門。楊子被害之後，蕭雲海給謝維祥打過好幾次電話，發過好幾次電郵，甚至親自到謝維祥的公司去找他，都一直得不到他任何回覆，也找不到人。但是蕭雲海知道，謝維祥並沒有離開臺北，只是設法避免跟他見面而已。也就是說，謝維祥反悔了，決定脫離跟大陸的關係，擺脫蕭雲海的糾纏。

可是蕭雲海沒敢把這些情況向上級彙報，如果上級知道了，那就是他工作上的失誤，表明他無法完成任務，上級絕不會答應。而蕭雲海明白，完不成上級交代的任務，意味著他自己也活不成。現在他必須再做一搏，殺人放火，在所不惜，無論如何要從謝維祥手裡再次拿到資料記憶卡。

蕭雲海坐著，理清楚了思緒，決定好下一步行動計畫。他喘口氣，喝一口冷咖啡，拿起岳娜交給他的那份大陸旅遊團名單，再次細讀。剛才拿到這名單，他已經看到秦鋼的名字，吃了一驚，現在再次確認，心裡更加驚慌。

五年以前，他在總參二部五局任職，跟秦鋼所在的中共外聯部不是同一系統，但是因為有段時間兩人先後被派到英國工作，在中國大使館抬頭不見低頭見，還算是蠻熟的。蕭雲海回到北京之後，忽然接到一項特殊使命：把秦鋼的家屬處理掉。上級說，秦鋼有叛逃傾向，人已經在英國被處理了，現在要斬草除根，免得日後生出是非。可是外聯部護短心切，不肯殺自己部下的家屬，所以中央把這個任務派給總參二部來幹。

蕭雲海從來是忠誠的戰士，對上級命令從不問一個字，當下就妥善地執行了，沒有留下任何尾巴。要說他心裡沒有絲毫暗影，殺兩個人如同割韭菜，那也把蕭雲海看得太殘忍了。對於處理秦鋼的家屬，蕭雲海事前心裡還是有些疑問，事後也難過了好幾天，到底曾是同一戰壕裡的戰友，彼此認識。而且蕭雲海也不是不知道，出來混，總是要還的，做了惡事，說不定哪天會有人找他算賬。

他在英國聽說過一個故事，柏林牆沒有倒塌之前，東德軍警在柏林牆下不知射殺了多少企圖翻牆投奔自由的東德人。柏林牆倒塌之後，東德人民一個一個地尋找東德軍警中殺害過同胞的兇手，交到法庭受審。一個軍警在法庭上辯護說：他是軍人，以服從為天職，上級下令開槍，他沒有選擇，受審的應該是下令的上級，而不是執行命令的士兵。可是法庭最終還是判處這個士兵死刑，理由是：如果你心中還存在一絲人性，當上級下令開槍時，你可以把槍口抬高一寸，讓那個同胞翻過牆去。射殺同胞時，毫無憐憫，罪不可恕。

蕭雲海聽說這個故事以後，想了很久，很同意德國法庭的判決，心想如果他自己在柏林牆下，完全可能把槍口抬高一寸。可是現在他的任務是進入秦鋼家，處理秦鋼的家屬。他所面臨的，不是翻過柏林牆一瞬間那麼簡單。他要麼殺掉秦鋼的妻兒，要麼放他們逃跑，二者之中沒有另外的選擇，不可能有任何僥倖。再說他也知道，執行這樣的任務，上級一定在他身後監督著，就是刀山火海他也得上，稍有猶豫，他自己也活不成。

但是沒有想到，秦鋼在英國竟然沒有被殺死，突然又在北京出現了，而且外聯部也並沒有給他任何處分和拘捕，反而允許他自由行動。這下子，不光蕭雲海嚇壞了，連他的上級也感到不安。照秦鋼的本事和關係，要查出誰殺害了他的家屬，易如反掌。於是上級迅速做出決定，派蕭雲海假扮投誠，南下臺灣潛伏，躲避秦鋼追殺。

已經五年了，一直平平安安，誰想到，忽然間該死的秦鋼到臺灣來了。顯然，秦鋼已經確切地了解到，是蕭雲海親手殺了他的妻兒，也了解到蕭雲海現在潛伏臺灣，所以他追到臺灣來報仇。

手裡捏著旅遊團名單，前思後想，蕭雲海終於做出決定，先下手為強。雖然岳娜答應向上級彙報有關秦鋼來臺灣的情況，希望能夠妥善的對自己予以保護，但蕭雲海沒有太多時間等待上級指示，他必須儘快行動，趁秦鋼在臺灣還沒有站住腳，人生地疏，立刻置他於死地，只有這樣，他蕭雲海才能活下去，繼續為黨為祖國工作。

這麼想清楚了，蕭雲海便立刻動身，趕到臺北機場去。按理說，既然秦鋼是藉著參加旅遊觀光團的名義來臺北，那麼找到旅遊團導遊，自然也就找到秦鋼。不過蕭雲海心裡清楚，秦鋼那麼有經驗的特工，一下飛機就會馬上消失，通過導遊找到他的機會，頂多只有百分之一，但他必須抓住一切機會，尋找線索。

第四章

廣州到臺北的航班落了地，導遊王大河舉著小黃旗，領著旅遊團走出通道，進了候機廳。那些在飛機上沒有盡興的大媽們，一路走來，不住嘴地議論跳廣場舞的事。邁進候機廳，王大河笑嘻嘻地對身後的大媽們說：「行了，這地方隨便你們怎麼跳啦。」

北京大媽們發一聲呼，丟下手裡的行李箱，交給家裡同行的先生們照看，然後熟練地找空地成排成行站隊。那個好事之徒重新打開手機，播放音樂。王大河遞過自己做導遊用的擴音話筒，那人把手機對準話筒，《在北京的金山上》便海嘯般響起。正活動關節的北京大媽們歡呼吶喊，手舞足蹈，起勁跳起來。

候機廳裡原來安安靜靜坐著等飛機的臺灣旅客們見狀，先是驚訝，接著是恐懼，然後是憤怒，紛紛離開座位，躲到一邊。而跳舞的北京大媽，則步步緊逼，臺灣旅客讓一寸空間，她們立刻侵入，強佔一尺。漸漸地，幾乎整個候機大廳都成了北京大媽的廣場舞場。臺灣旅客們都被擠到牆邊窗口，很多人掏出手機，激動地對著手機訴苦。

導遊王大河對自己的傑作很是得意，從肩背的書包裡拿出一大把中華人民共和國的五星小紅旗，遞到舞蹈的北京大媽們手裡，於是滿場舞者都搖動五星紅旗，大聲呼叫，這哪裡還像是在臺北機場，簡直就像到了北京天安門廣場。

更多臺灣旅客開始打電話報警，要求機場保安立刻前來維持秩序。

導遊王大河站在觀望的人群裡，喜眉笑眼，拿出手機，連連拍攝，準備拿回國去報功，這是他帶到臺北的最熱鬧的一個團，大力宣揚祖國的威勢，回國一定受表揚，增加獎金。

「王先生？」

王大河剛收好手機，忽然聽到一聲柔柔的女聲呼喚，他轉過臉，還沒有看見對方是誰，兩眼就被猛烈地噴上辣椒噴霧，立刻疼痛難忍，大叫一聲，雙手捂住眼睛。可是因為廣場舞的喧鬧，沒有一個人聽到他的慘叫聲。

他叫聲未落，就感覺幾雙強壯有力的臂膀伸過來，攙扶住他的兩臂，連拖帶拉，推推搡搡，進了旁邊一個公用廁所。

然後是一頓激烈的拳打腳踢，攻擊他的人只顧打他，除了些許的笑聲，沒人說話，所以他始終無法辨認是什麼人在打他。他的兩眼仍舊被辣椒噴霧困住，無法睜開。他摔倒在地上，衣服被廁所地上的髒水沾濕。他的頭被拳打得流血，他的背被腳踢得疼裂，他的腿幾乎被打斷，膝蓋似乎腫脹起來。

幾分鐘後，突然之間，一切都停止了，打他的人迅速從門口走出去，消聲匿跡。王大河仍舊躺在地上，讓身體休養一陣，才能夠慢慢爬起來，到洗手池邊，放水沖洗自己的眼睛。

而導遊王大河在廁所裡挨打的這段時間，候機廳也發生了戲劇性的轉折。先是一隊機場保安趕到，勸阻跳舞的人們。大媽們在北京各處跳廣場舞，從來無人能管。他們隨意佔住公用籃球場跳廣場舞，年輕人無法打球，抱怨幾句，跳舞的大媽們就敢上前毆打年輕人，警察看到也不敢干涉。大媽們仗著年紀大，在北京是絕對的無法無天。習慣成自然，大媽們把臺北機場也當作北京城，毫不理會機場保安們的干預，甚至跟保安們推拉爭辯，雞飛狗跳，引起更大的混亂。

幾分鐘後，走來一隊全副武裝的臺北市警察，頭戴鋼盔，手提警棍，分散到正跟機場保安打鬥的北京大媽們跟前，二話不說，就把大媽們按倒在地，扣上手銬。

一直站在旁邊默默忍受的臺灣旅客們看見了，大聲鼓起掌來，為警察們叫好。

如此一來，北京大媽們才知道厲害，看出臺灣社會跟大陸不一樣，臺灣警察們是認真執行治安任務的，於是都傻了眼，站在那裡，一動不動，看著臺灣警察繼續逮捕她們的同伴。一個警官搶過播放音樂的手機，關掉音響，放進一個塑膠袋，收進制服口袋，然後讓那手機主人轉過身，在他背後扣上手銬，邊說：「你知道嗎？肆意播放噪音，干擾機場秩序，是犯法的。」

導遊王大河紅著兩個眼睛，瘸著腿，從廁所裡出來，看見面前的局面，嚇了一跳，趕緊上前，跟警察交涉：「警官先生，這是怎麼了？你們怎麼可以隨便抓人？」

一個高個子的警官大聲對他說：「我們連續接到多起民眾報警，說是機場有旅客擾亂治安，阻礙公共交通，影響他人安全。我們到場，發現報警屬實，這些遊客動手毆打機場保安，觸犯法律，立即逮捕。」

導遊王大河哭喪著臉求情道：「警官先生，她們都是北京來的旅遊觀光客，從來沒有來過臺灣，對臺灣的規矩知道得很少，只會按照大陸的辦法做事。即使犯了你們臺灣的法，那也是初犯，還是不要帶她們到警局去吧。」

「你是什麼人？」

「我是這個旅遊團的導遊王大河。」

「既然是導遊，為什麼不向你的旅遊團介紹臺灣的法律？」警官嚴厲地質問王大河，「臺灣是依法治國的民主社會，絕不允許任何人隨意踐踏法律規章。」

「可是……可是……」王大河支吾幾句，突然反問，「我剛到你們臺灣機場，就碰到歹徒，被毒打一頓，你們管不管？」

「我們當然要管，請你指認是誰打你，我們立刻逮捕治罪。」

可是王大河無法指認是誰打了他，他根本誰也沒看見。

另一警官說：「肯定不會是臺灣人幹的，臺灣人即使打架，也不會打得這麼狠。說不定是你們旅遊團裡的自己人，跟你有私仇，所以下手，只有你們大陸人才會這樣心狠手辣，不知輕重。」

旁邊又一個警官走過來，在高個子警官耳邊說了幾句話。

高個子警官聽完，想了一想，轉身對北京大媽們說：「上級有令，這次事件到此為止。在你們大陸地區，法律都是空頭文字，從上到下，沒有一個人遵守。有權有勢的，有錢有名的，還有你們這樣的大媽們，可以到處為非作歹，為所欲為，沒人敢過問。但是你們現在是在臺灣境內，臺灣是民主法治的社會，凡事都有規章法律，人人必須嚴格遵守。你違規，就算是將軍，也要吃官司；你犯法，就算是總統，也要坐牢，沒有人能夠凌駕法律之上，更別說你們這群大陸遊客。念及你們是初來臺灣，不了解臺灣社會，這次不把被捕的人帶去警局關押。但是我們需要備案，把你們的護照留底，按手印存檔。如果你們之中任何一人在臺灣旅遊期間，再次發生違反臺灣法律的事故，我們將嚴懲不怠。」

「是，是，是……」王大河一個勁點頭稱是，腰彎到九十度。

於是警察們照章行事，記錄護照，按指紋，照相片，全部完成之後，列隊離開。臺灣旅客們再次熱烈鼓掌，向警察們致意。

北京大媽們這下子都慫了，不聲不響，從各自的先生手裡接過行李箱，低著頭，默默跟隨王大河，在機場保安們的監視下，朝機場出口走去。她們身後，留下一片噓聲和恥笑。

第五章

這一切，秦鋼都沒有看到。他一出登機口，便立刻隱身眾多旅客後面，在大媽們開始跳起廣場舞的時候，已經走出機場，趕上一趟從機場開往臺北市中心的通勤車。

雖然他是第一次來臺北，但依照他出國執行任務多年的訓練和經驗，出發之前，早已對臺北甚至臺灣的各種情況做了全面細緻的了解。他知道從機場到臺北有多遠，通勤車有幾輛，各輛車的出發和到達時間。他知道臺北市中心有幾條街道，捷運時間表和乘坐方向。他知道臺北有幾家購物中心和超市，營業時間到幾點。他也知道總統府在哪兒，西門町在哪兒。所以他到臺北，不必步步問路，完全可以行動自由，好像老熟客。

到臺北市中心忠孝東路，秦鋼下了通勤車，手裡提著提包，前後左右看看，找到他事先選好的那家旅館。果如他所料，酒店雖在鬧市，但門面不大，擠在五光十色的商店當中，很不起眼。

他走進店門，到了前台。

一個大概二十歲左右的姑娘，剪個短頭髮，戴著眼鏡，臉不大，嘴巴略有些翹起，不很漂亮，但是生機勃勃。她正在換制服，旁邊放著她的書包。見人進門，她轉過頭，笑著問：「請問，您需要幫助嗎？」

「我要住店，」秦鋼說著，從口袋裡拿出護照。

姑娘一見，撇撇嘴，轉過頭，招呼另一個中年女人：「蘭姐，你來辦吧。」

中年女人蘭姐走過來，身上制服筆挺，動作麻利，卷卷的頭髮，胖胖的臉，喜眉笑眼，走到櫃檯前，接過秦鋼的護照看著，問道：「哦，大陸人。你是參加旅遊觀光團來的吧？怎麼自己單獨一個人住店？不跟團住？」

「我不是隨團來的，我一個人來臺灣，辦點事。」

「哼。」那年輕姑娘哼了一聲，轉過身去。

「這位小姐不歡迎大陸來客，是嗎？」秦鋼覺得不大理解，這些年他在大陸聽到的，都是臺灣如何依賴大陸遊客們來購物，來花錢，歡迎得不得了，只怕離開大陸，臺灣經濟立刻完蛋，臺灣島立刻下沉。可沒想到，眼前這年輕姑娘，竟然對大陸人來臺灣旅遊會如此反感。

「當然不歡迎，你們到臺灣來做什麼？」那姑娘說著，眼睛根本不看秦鋼。

「我們這位小姐是臺大的高材生，講話有些不客氣，請不要見怪。」蘭姐顯然覺得這種態度對待客人不妥當，連忙陪笑著對秦鋼解釋，然後又轉臉教訓那個小姐，「阿美，人家到臺灣來看看，有什麼不好，怎麼可以這樣對待客人。」

阿美小姐還是氣憤憤地說：「來看什麼？大陸人最大的本事，就是把原本很好的事情都搞壞，搞亂，搞糟，點金成石。你看看他們把好好個大陸搞成什麼樣子，又把好好個香港搞成一個爛攤子。現在又想來搞臺灣，要把臺灣也弄得亂七八糟，才甘心。」

蘭姐一邊幫秦鋼登記，一邊對阿美說：「他們要來看看臺灣，就是說，其實他們自己也曉得，臺灣就是比大陸好些，所以他們才會來呀。臺灣的東西比大陸的品質好，樣式多，他們才要來買呀。如果臺灣不如大陸，他們到臺灣來做什麼。」

「他們習慣了在豬圈裡過日子，到了臺灣，也要把臺灣當作豬圈，我們不答應。」阿美小姐說。

秦鋼忍不住了，問：「請問小姐，你到大陸去過嗎？你怎麼知道大陸是個豬圈？」

阿美小姐有點臉紅了，可臺大的學生，到底有急智，立刻搶辯：「還用去大陸嗎？看看你們大陸來臺灣的人，就曉得你們大陸會是個什麼樣子。我們大學裡以前也有過幾個大陸來的客座教授，算是學者，受過高等教育吧？一點教養也沒有，都給洗了腦，講出話來幼稚可笑，缺乏常識，沒有邏輯，滿嘴的大陸政治詞彙，煩死人。現在總算臺灣政府看出問題來了，禁止大陸學者再來臺灣教書，大家才算鬆了口氣。老實跟你講，就是打死我，我也不肯去大陸的，豬圈有什麼好看。」

「你看看，你看看，我們阿美小姐伶牙俐齒，能說善道吧？」蘭姐試圖調和，笑眯眯地說。

秦鋼沒理會蘭姐，隨口說：「何必呢？都是中國人……」

「住口，」不等秦鋼說完，阿美小姐便橫眉立目，一對杏核眼怒睜，急急打斷他，「我最討厭你們大陸人這句狗屁話，整天掛在嘴邊。你們是大陸人，我們是臺灣人，井水不犯河水。」

秦鋼有點吃驚，反駁道：「我們都說中國話，都寫中國字，我們是同胞呀。」

阿美小姐露出嚴重的不屑神情，撇著嘴說：「我說你們大陸人都給洗了腦，缺乏常識，沒有邏輯吧。美國和英國都說英文，都寫英文，他們是同胞，是一個國家嗎？」

秦鋼從來沒想過這些，一時倒被問住，無言以對。

阿美小姐繼續說：「德國人說德文，奧地利人也說德文，他們是同胞，是一個國家嗎？拉丁美洲除了巴西，所有國家的人都說西班牙文，他們都是同胞，都是一個國家嗎？新加坡華人說中國話，寫中國字，他們是中國人，是中國同胞嗎？才不是，他們是新加坡人。美國華人也說中國話，寫中國字，他們是中國人嗎？不是，他們是美國人。我們臺灣人說中國話，寫中國字，可我們不是中國人，我們是臺灣人，不跟你們同胞。哼，同胞？多漂亮的字，但你們真把我們當作同胞了嗎？我們臺灣運動員走上奧運會場，你們大陸人哪個為我們鼓過掌，你們的主席連站也不站起來，好像我們根本不存在，你們把我們當作同胞了嗎？不管到哪裡，開個什麼國際會議，辦個什麼圖書展，凡是看見中華民國幾個字，你們大陸人就要抗議，你們把我們當作同胞過嗎？你們一天到晚喊要武力攻打臺灣，全世界到處封殺我們，你們把我們當作同胞了嗎？你們幾十年一直把臺灣當不共戴天的敵人。可是反過來，偏要強迫我們臺灣人認你們做同胞，你們也太不講理了吧？」

秦鋼是真的被問得啞口無言，只能瞪著眼睛看阿美小姐。

阿美小姐氣還沒消，繼續大聲講：「你以為大陸現在錢大氣粗了，全世界華人都巴結你們要做中國人了，是嗎？你以為做中國人有多光榮嗎？全世界到處丟人現眼，招罵惹禍，你去問問看，這個地球上，誰會願意做你們中國人。連你們自己的國家主席，中央委員都不願意做中國人，都把家人子女送到外國，做外國人。嘿，你自己去查查看，你們的中央委員裡，省部級幹部裡，有多少人家屬在海外的，百分之九十幾呀。為什麼？因為中國不保險，隨時可能崩潰。也只有你這樣的腦殘愚民，還覺得中國已經做了世界老大，身為中國人很得意。哼，井底之蛙，儘管自己去做夢好了，做中國夢，痴人說夢。」

蘭姐把登記表遞給秦鋼，請他簽字，一邊說：「何必呢？阿美。」

阿美小姐好像根本沒有停頓的意思，一股勁說下去：「我們臺灣人想獨立，要爭取獨立，說到底，其實是為了保衛我們現在擁有的自由民主的生活，就是不願意臺灣變成跟你們大陸一樣，就是堅決不接受大陸共產黨暴政，堅決抵抗共產主義制度。如果大陸也實施了自由民主，真正的實施，不是只在口頭上說說而已，那麼兩岸實現統一，也並非完全不可能，就像東西德一樣。但只能是柏林牆倒塌，東德政權垮臺，西德去統一東德，而絕不可能由東德來統一西德，必須是民主消滅獨裁，而不能是獨裁消滅民主。哼，你們共產黨是個什麼組織，還想來統一我們臺灣？你們共產黨根本就是個黑幫，你知道嗎？這可不是我們隨便講的，這是你們大陸政府自己總結出來的。你們共產黨中央省地三級政府裡，至今為止，腐敗案件二百四十三萬人，關押二百二十七萬多人，中央委員落馬數十，犯罪率比普通民眾多二十二倍，是人類歷史上犯罪率最高的人群。而且你們大陸政府還在一個勁地講，要繼續反腐敗，繼續打老虎拍蒼蠅，腐敗的官員還多得很呢。這樣一群壞蛋惡棍們領導的共產黨，怎麼可能為老百姓們做好事？」

蘭姐趁著阿美小姐喘口氣，趕緊說：「少說兩句吧，阿美。我們的馬總統也去跟他們的主席握手了呢，兩岸關係和解，總是好事吧。」

「蘭姐，你別跟我提馬英九，一說他，我就生氣。臺灣政客，心裡只有他們自己的權力地位，玩弄政治，哪個會真的為臺灣民眾著想。」

「可是兩岸經濟合作得好，他們可以來臺灣，我們可以去大陸，有什麼不好呢？」

「哎呀，蘭姐，那都是大陸政府說來騙人的，你怎麼可以相信呢？他們大陸人被洗腦洗得乾淨，我們不可以也被他們洗腦啊。」阿美小姐嘆口氣，搖著頭說，「什麼兩岸關係，兩岸經貿，那是他們大陸一步一步摧毀我們臺灣經濟政治的手段，我們臺灣民眾一點好處都不會得到的。臺灣商人到大陸去，只曉得賺錢，三年五年就變得跟他們大陸人一樣了，沒有道德，不講信義，為非作歹，再把那一套拿回臺灣來，把我們臺灣的商業和社會都搞亂。臺灣政府官員，只想自己做官，只知道把兩岸關係當作一張牌打來打去，沒有人真正關心臺灣民眾的利益。統一、統一，統一了有什麼好處？誰不知道中共是什麼貨色，誰不知道中共專制殘暴。兩岸統一了，我們臺灣人會有好日子過嗎？看看香港，當初他們講得天花亂墜，現在還有一國兩制嗎？我們臺灣絕對不能再受騙，再走那條路。」

蘭姐還在和稀泥，笑著說：「何必呢，阿美，到底現在人家大陸經濟發達了，跟我們臺灣做做生意，還是都有好處。」

阿美小姐剛轉過身，要走開，聽蘭姐這一說，又轉回來，說：「蘭姐，那都是大陸政府自吹自擂，欺騙百姓，欺騙世界的，你不要相信。」

「阿美小姐，這可是你說錯了，」秦鋼插進話來，說，「這三十多年，大陸經濟確實大發展，全世界各國現在都已經承認了，中國經濟超過日本，成為世界第二大經濟體。大陸的高鐵，全世界最先進，美國都沒有的。」

「狗屁第二，只有你們大陸人才會相信這樣的謊言。」阿美小姐辯駁道，「美國沒有高鐵，是人家修不起嗎？人家不需要，人家有的是飛機，有的是高速公路和汽車，比你們高鐵方便得多，用不著高鐵。你以為大陸真的超過日本了？你到日本去看看，不要自欺欺人。你們大陸人到日本，買日本馬桶蓋都能買瘋了，還說你們超過日本了？真好笑。你見過今年世界各國人均GDP排行榜嗎？你去看看，你們大陸排多少名？人均一萬美元都不到，還敢自稱世界第二經濟體？全世界人均小時工資，你們大陸多少？每小時零點八美元，全球最後一名。可是你們大陸人均工作時間，一年兩千二百小時，世界第一。」

蘭姐聽了，有點目瞪口呆，問道：「阿美，你這都是哪裡得來的資訊？」

「你以為你們的國家主席到處撒錢，就表示你們大陸經濟發達了？就會有外國跟著你們大陸跑了？那叫做夢。」阿美小姐還在說，「你們大陸人嘴上甜言蜜語，世界啦，人類啦，國際啦，心裡可絲毫不關心世界。我們過春節，紐約時代廣場，德國波茲坦廣場，巴黎埃菲爾鐵塔，到處張燈結彩的慶祝，人家各國政要都發表電視講話，向華人拜年。可是人家西方過聖誕節，你們大陸人怎麼樣呢？大陸政府官員鴉雀無聲，沒一個人吭一聲。不跟人家表示祝賀就算了，還發動老百姓抵制聖誕節，到處罵人家。這像是個大國政府和大國人民做的事嗎？就憑你們那一套做法，你們就算是說得天花亂墜，人家也不會真的相信。沒錯，你們政府確實幾十億幾十億的給巴基斯坦，給辛巴威，給委內瑞拉，給敘利亞，給伊朗，給朝鮮，給中東和非洲國家，為什麼？你們到處支持獨裁政權，為了共同抵制全世界的自由和民主潮流。可是你們自己的國土呢，到底是什麼情況？真拿得出那麼多錢，撒給外國人嗎？你們大陸報紙上登出來的，同一版面，上面宣布政府關閉幾百家農民工子弟小學，下面宣布政府幫助非洲建設一千所小學。中國人比不上非洲人？中國人不是人？中國人不用上學？你們大陸的孩子上學，有多難啊。我看過照片的，大陸多少農村孩子還是坐在土地上讀書，連教室也沒有。山區小孩子上學，冬天穿單薄衣物，走一個半小時才到學校，頭上都結滿了霜，真可憐哪，政府關心過嗎？北京城裡，寒冬臘月，一夜之間，政府突然下令，斷水斷電，大批房屋被拆除，婦女兒童都被趕到馬路上，無家可歸。那是任何一個經濟發達國家都絕對不可能做出來的事情，政府怎麼可以這樣對待自己的國民。納粹殺害過很多猶太人，可是他們從來不殺自己日耳曼人。日本人殺了很多中國人，可是他們絕對不殺害自己日本人。只有中國人，殺自己的同胞最兇狠。人家世界各國的軍隊，都是養來抵抗外國侵略者的，只有大陸的軍隊，是養來對付自家老百姓的。這樣的政權，這樣的軍隊，哪天來到臺灣，我們就哪天完蛋。大陸人如果真的來了，絕對救不了臺灣，只會毀掉臺灣。」

阿美小姐終於停下話，喘口氣。

秦鋼愣在那裡，想著阿美小姐講的話，都是事實，無法反駁。

「要不要再多聽聽呀？」阿美小姐撇撇嘴，又說，「大陸到處擠壓臺灣，好像多麼偉大的成功。哈哈，大陸說是有邦交國家一百七十二個，但大陸民眾可以旅行免簽的國家，只有十一個，大陸人全世界到處跑，都必須要有簽證。不錯，我們臺灣邦交國家大多都被大陸奪去，只剩下幾個了。但是我們臺灣民眾出國旅行，免簽國家有一百六十四個，包括美國歐洲各發達國家，隨便要去哪兒都不必拿簽證。你說說，為什麼？哪個國家更得到國際認可？大陸還是臺灣？」

蘭姐搖搖頭，說：「無論如何，大陸經濟如今發達了，很多美國人也這麼說呢。」

阿美小姐撇撇嘴，說：「蘭姐，你又不是不曉得。這個世界上，什麼人都有。凡事有人說好，也就有人說壞，聽一聽就算了，沒有權威的。美國和西方，民主國家，隨便誰都可以隨便說，又不像大陸一言堂。你沒聽說嗎？那些一天到晚稱讚中國好的西方經濟學家，每年都要到中國去幾趟，吃好，住好，玩好。講幾句好話，又沒有什麼成本，讓大陸政府高興高興，報紙上吹吹牛，大筆的錢就到手了，哪個不會做。我就聽到一個經濟學家講，全國人民的薪水加在一起，去除這個國家的ＧＤＰ，會得出一個數字。比較一下，歐美最高，大概是百分之五十五，就是收一百美元的ＧＤＰ，民眾薪水總和佔五十五美元。南美洲平均是百分之三十八，東南亞平均是百分之二十八，非洲國家是百分之二十左右。你知道大陸的數字是多少？當然比不上歐美，也比不上南美洲和東南亞，跟非洲差不多嗎。不要想得美，大陸全國民眾薪水總額只佔全國GDP的百分之八，全世界最低，就是說，國家拿到一百塊的GDP，只給老百姓八塊錢薪水，你說可憐不可憐。」

蘭姐看著阿美小姐，講不出話來。

阿美小姐好像又突然想起個話題，對著秦鋼，繼續數落：「還好意思說你們的高鐵怎麼樣怎麼樣，可笑。你曉得不曉得，你們大陸的高鐵，只能造一些外殼，部分零配件，座椅啦，扶手啦。你們路上跑的高鐵，全部高等技術，全部核心設備，全部設置設計，牽引系統，制動系統，轉向架，都是外國人造的，德國西門子，日本川崎，你們大陸人只會安裝，照貓畫虎，根本不懂得原理，連設計圖紙也看不見，完全沒有任何自主生產的能力。任何一處系統壞掉了，都只好到外國去訂貨，求外國人修理。嘿，這些事情，外國人家裡連條狗都知道，只有你們大陸人不知道，還覺得自己多麼了不起，得意洋洋。」

這些話，秦鋼還真是從來沒有聽到過，只好啞口無言。

「再列幾個數據你聽聽，看看大陸現在到底有多爛。」阿美小姐繼續道，「世界銀行提出房價與家庭收入的合理比例是五比一，聯合國制定的標準是三比一。那麼美國是三比一，日本四比一，紐約八比一，倫敦七比一，新加坡五比一。大陸是多少？三十比一，北京上海杭州是四十比一。你們大陸經濟，沒了房地產，立刻全部崩潰。大陸政府宣布中國貧困人口四千三百萬，到聯合國分攤經費的時候，又不想多出錢，就改口，說按照世界銀行人均消費每天低於一點二五美元為貧困人口，那麼大陸貧困人口超過二點五億，那倒真是世界第二多了。大陸到底有多少貧困人口？你們的政府從來不敢講出實話來。

可是你們的主席，年年講扶貧扶貧，沒有那麼貧，要扶什麼貧嘛。1955年中國人均收入是韓國三倍多，比日本也多一倍。五十年過去了，到2008年，中國人均收入成了日本的百分之三，韓國的百分之七。共產黨領導，有一點點成功嗎？歐巴馬總統接受採訪的時候說：中國人均生活水平停留在美國1910年的水平。就這水平，還敢大言不慚，自稱世界經濟第二，天下真有這麼不要臉的人，這麼不要臉的政府。」

「阿美，講話不可以這麼難聽。」蘭姐看秦鋼一眼，勸道。

阿美小姐沒有理會，繼續義正辭嚴：「告訴你，再去查查看，各國政府費用佔財政收入的比例。德國只有百分之三，大陸政府佔多少？百分之三十，那還只是公務員的部分。據說大陸一年稅收六萬億人民幣，就是說，十三億國民每人給政府納稅四千六百一十五元，想想都怕。可是就這個數字，也還不完全。你們大陸財政部官員親口說出來，大陸人均稅負一千一百六十六美元，將近八千元人民幣，比我聽說的多一倍。大陸官方文件講的，大陸人均收入還不到一千美元，怎麼交得起那麼高的稅呢。再問問看，交了稅，錢都到哪裡去了？告訴你，聯合國的報告，各國醫療佔國民生產總值的比列，日本百分之二十三，美國百分之二十二，英國百分之十九，德國百分之二十。大陸多少？不到百分之三。再說教育經費的比例，美國百分之五，日本百分之六，德國英國法國都是百分之四。大陸多少？百分之零點四，就是千分之四啊。你們大陸號稱多大多大的ＧＤＰ，都到哪裡去了呢？聯合國也有報告，各國政府行政費用佔國民生產總值，日本不到百分之二，美國不到百分之七，德國百分之八，英國不到百分之十，法國百分之十。大陸多少？百分之七十，全國ＧＤＰ的百分之七十都用給政府自己了，好可怕喔！」

「我們阿美小姐是學數學的，腦子裡數字記得最牢。」蘭姐苦笑笑，她一個數字也沒有記住。

「總而言之，告訴你吧，」阿美餘怒未消，繼續道，「政府清廉指數中國排名全球一百七十八位，衛生醫療公平中國排名全球倒數第四。大學收費中國是全球最高水平的三倍。城鄉收入差距中國是世界第一，中國稅負是全球第二，中國礦產死亡人數佔全球百分之八十。嘿嘿，全球收費公路總共十四萬公里，其中有十萬是在中國，佔百分之七十，中國政府剝削中國人民，無惡不作啊。告訴你，這都不是我們臺灣人總結出來的，也不是外國人總結出來的，所有這些數據，都是你們大陸學者專家們自己總結，講出來的。不相信，自己去查查看。」

對阿美所說的這一切，秦鋼都一時無可辯駁。他在國內幾十年，從來沒有聽到過這樣的信息，大陸官方從來不公開這樣的數據，北京上海各地的人們也從來不談論這些事情，好像一切都與自己無關。現在猛然聽見阿美小姐說出來，頭頭是道，不信也只好信。

阿美小姐顯然是過於氣憤，還沒有說夠：「大陸經濟最發達的城市深圳，目前GDP總量大約是臺灣的一半，可是政府財政收入卻超過臺灣一倍半。深圳人均GDP只比臺灣高百分之十一，可是人均稅負是臺灣的將近四倍。這樣的政府，我們臺灣人怎麼可以接受。我們臺灣人口兩千三百萬，一個月創造外匯四千四百多億美元，超過新加坡和香港。臺灣健康和醫療服務，世界第二，醫療技術亞洲第一世界第三，臺灣人均壽命八十歲，臺灣人的生活大陸人哪裡可以比。我們臺灣人生個孩子，補助會高到兩萬臺幣，健保付兩個月薪資，產檢全部免費，還補助車資。臺灣人安胎假可以長到一年，帶薪陪產假五天，帶薪產假八周。生出了孩子，幼兒疫苗免費，父母共享兩年育嬰假，還有各種補助，保姆托育有補助，父母育兒有補助，幼兒園托育有補助，學前班免費，十二年國民教育。喔，我還有個資訊，你大概沒聽說過，大陸政府也怕老百姓知道。很多年以來，大陸是全世界兒童自殺最多的國家，大陸每年有大約十萬兒童自殺，平均每分鐘兩個兒童自殺，八個兒童自殺未遂。」

「阿美，這怎麼可能，這太可怕了！」蘭姐捂住嘴，十分吃驚。

「蘭姐，這是大陸政府自己對外國公佈的，只是一直瞞著大陸民眾罷了，」阿美轉過臉，繼續對秦鋼瞪著眼睛說，「你以為我們臺灣人像你們大陸人一樣白癡，可以被政府當作豬狗，騙來騙去？妄想。我們臺灣人不要天天被政府亂扣苛捐雜稅，用來養活大批的昏官貪官，我們臺灣人不要政府一天到晚抽我們自己民眾的血，全世界到處去撒錢買面子，我們臺灣人不要過生不起孩子上不起學看不起病的日子，我們臺灣人更不要看著自己的孩子天天想自殺。我們臺灣的年輕一代，一心一意要保衛臺灣民眾的利益，保衛我們擁有的自由和民主，我們永遠不會允許臺灣跟大陸統一。就算統一，也是要我們臺灣去統一大陸，絕不允許大陸來統一臺灣。算了，不說了，對牛彈琴。」

做出總結之後，阿美小姐轉身走到裡間去，再不理會秦鋼。

蘭姐遞過房門鑰匙，陪著笑臉說：「大學生，想法有些偏見，容易激動，先生不要介意，她人很好的。」

「年輕人嘛，沒事。」秦鋼說著，拿過鑰匙，提了提包，轉身上樓，走去自己的房間。他沒想到，剛到臺灣，就被這樣美美地教訓了一頓，而且是那麼年輕的一個姑娘。他在大陸，看到的聽到的，都是臺灣人多麼渴望兩岸和平統一等等的宣傳，或者臺灣商人為了在大陸做生意，嬉皮笑臉，阿諛奉承，甚至還有臺灣人神經錯亂，要求得到大陸居住證，甚至跑到大陸去加入共產黨，可是他從來不知道臺灣人實際上對大陸人相當敵對，特別是臺灣年輕人，如此仇視大陸，看來兩岸和平統一還只是夢想，遙遙無期。

不過，這些念頭只在秦鋼上樓的時候，想了一想。他對政治毫無興趣，對兩岸關係也從不關心，他來臺灣，是為了殺一個人，為了報仇雪恨。

第六章

中國大陸旅行社駐臺北辦事處的會議室裡，十幾個人圍著大桌子坐著，談笑風生，等待會議主持人到來。房間裡菸霧繚繞，每個人手裡都拿著菸，桌面上擺了幾個菸灰缸，好像做樣品，乾乾淨凈，而所有座椅周圍的地面上，丟滿菸頭，有的還繼續冒著菸。

「知道臺灣最大的那個養殖場的老闆孟懷楚先生嗎？他原先答應在臺灣商會的年會上推動我們提出的方案，加速兩岸通商合作，後來變卦了，不願意替我們說話了。」一個人得意洋洋地說，把手裡的菸頭再次丟到地上，「我們就在他養殖場的飼料裡攙些激素，然後到媒體去揭發。臺灣媒體整個就是沒頭蒼蠅，一天到晚找臭魚爛蝦新聞。得到我們這一點點信息，捕風捉影，馬上報導，要求檢查飼料。這一檢查，當然就出醜聞，那個養殖場立刻完蛋。看他還抖不抖機靈，臺灣人那點腦子，跟我們玩貓膩，能有他的好。」

「臺灣人確實好像有點腦袋不夠用，我想一定跟他們的學校教育有關係。」另一人接話說，「咱們大陸的學校，從小教育孩子們學《孫子兵法》，慣用計謀，使心眼，個個精得跟猴子似的，長大以後都不得了。他們臺灣學校從小教孩子們誠實做人，講禮貌，仁義禮智信，溫文爾雅，長大都是些軟蛋，講話都不會高聲。我們在臺灣的大學裡展開工作，容易得很，我們說什麼他們信什麼。這麼一代一代的年輕人，什麼都不懂，什麼社會經驗都沒有，思想認識都服從了我們的宣傳，臺灣的未來自然而然就得走向大陸。」

「你看看韓國，出了多少電影電視，天天喊叫朝鮮間諜入侵，危害韓國安全。」第三個人加入談話，揮著手裡的菸，菸灰撒了一桌子，說，「臺灣呢？沒有一個人敢公開議論大陸的是非，還經常會有人舉著五星紅旗，招搖過市，慶祝我們的國慶，為咱們做宣傳。至今為止，臺灣還沒有一本書寫大陸往臺灣派遣特工，沒有一部電影電視演臺灣人跟大陸人鬥智鬥勇。大概根本沒有臺灣人知道，我們在臺灣潛伏了多少人，做了多少工作。就算有人知道，也不會太注意，想不到我們對臺灣進行了多大的破壞。總而言之，臺灣人沒有硬骨頭，都是軟蛋。有時候我都覺得，在臺灣做特工很枯燥，沒有一點刺激。」

「當然是啦，你看他們臺灣人現在一天到晚看的，都是我們大陸做的電視劇電視節目，他們怎麼可能不被我們改造。」

「臺灣人真的很容易上當，咱們多喊幾聲兩岸經濟合作，他們就信了，以為經濟合作發展了，兩岸就能夠達成和解，真把我們當同胞，當朋友了。他們哪裡知道，我們大陸民眾，我們大陸政府，上上下下，同仇敵愾，從來沒有真的那麼想過，誰也沒有把表面上的漂亮話當真。臺灣是我們的敵人，是敵人就不是朋友，更不是同胞，是同胞也不承認，早晚有一天我們要解放臺灣。」

房門推開，韓陸走進來。他個子很高，穿著便服，身板筆直，眼睛明亮，頭髮有些花白，面容威嚴，毫無笑意。桌邊的人都站起來，韓陸擺擺手，示意大家坐下，走到桌邊，放下手裡的一疊檔案夾，抬起頭，繞著桌子看一圈。所有的人都閉了嘴，絲毫不敢出聲，同時悄悄把手裡的菸頭丟到地上。他們都知道上校是個不苟言笑的人，從來說一不二。

韓陸將近五十歲，出身職業軍人家庭。他的爺爺是個老紅軍，參加過長征，抗戰時期是八路軍副師長，後來做集團軍司令。他的父親因為天生有殘疾，從小送到蘇俄去治療，直到讀完大學。中共建政之後回國，到中共國防學院做教授。大陸政治清洗運動一個接一個，他家因為身處軍事院校，沒有受到多少衝擊。韓陸出生不久，大陸爆發文化大革命，社會上到處混亂不堪，可他在國防學院裡，仍舊沒有多少動亂的感受。在這樣一個環境裡成長起來，韓陸真心誠意地崇拜毛澤東和共產黨，絕無一絲一毫猶豫。他十八歲入伍做偵察兵，參加過中越邊界戰爭，上過前線，立過戰功，後調特種兵部隊做上尉連長。之後大約每五年昇一級，調入總參二部，專職海外情報工作，成績突出，昇任二部一局上校局長，直到最近他主動請纓，親自到臺灣來指揮對臺軍事情報的收集工作。

「知道為什麼把你們從其他各組調到我這裡來麼？」他這樣開始自己的訓話，他的聲音不大，但是很有力量，不容質疑。

坐著聽講的人面面相覷，然後望著韓陸，沒人講話。幹特工的，最基本一條訓練就是，沒有必要，少開口。

韓陸靜了一靜，繼續說：「我們新一屆黨中央領導，已經下定決心，要在他們的任期之內，澈底解決臺灣問題。如果通過經濟政治文化等其他和平方式解決不了，那就只能採取最後手段，武力解決。總而言之是一定要解決，再不能拖延了。既然要準備打仗，當然首先是要提高我們軍隊的戰鬥力。現在黨中央正在著手這個方面改革，調整軍隊指揮體系，增強海軍和空軍力量，為解放臺灣做準備。我們在南海諸島布兵，修建機場，一方面是保衛我們的南海資源，另一方面是為了軍事包圍臺灣。最近中央宣布開通臺灣海峽的新航線，是又一個解放臺灣問題的部署。這條航線開通之後，我們運兵攻臺，只要幾分鐘時間，臺灣是無論如何沒有辦法及時抵抗的。」

聽講的人，連連點頭，表示信服。

「要準備打仗，加強情報工作必不可少，做到知己知彼。」韓陸繼續說，「我們必須盡可能詳盡地了解臺灣防衛的一切情報和資料。雖然我們知道，臺灣軍隊根本沒有力量抵抗我們海陸空的立體攻擊，而且就算美國準備增援，第七艦隊也無法及時趕到前線，何況我們還有原子彈，可以隨時發射，打臺灣，打美國。但是我們為了能夠在最短時間裡，以我軍最小傷亡，完全佔領臺灣，我們還是必須對臺灣的防衛體系多一些了解。所以北京總部經過慎重研究，決定儘快加強我這個軍事情報組的任務，擴大人員編製，增加經費，所以把你們各位從其他組調過來，由我直接指揮。根據你們各人這些年在臺灣的工作情況，總部分配了你們各自的目標領域。」

說著，韓陸拿起面前的檔案，遞給聽講的部下，邊說：「我們要了解臺灣陸海空各部隊的編製和駐防調動，了解臺灣戰機軍艦坦克的布防和配備，我們要了解臺灣軍方所有的電子通訊聯絡機製和指揮系統。」

桌邊的人根據封面上的姓名，相互傳遞著檔案夾，然後翻看各自的任務，一邊繼續聽上校訓話：

「我們黨的情報工作傳統，十分悠久，而且卓有成就。還在井岡山紅軍時期，我們就開始了情報工作，長征時候我們靠著從國民黨軍隊繳獲的電臺，收集情報，成功地躲開了國民黨軍隊的圍追堵截，到達陝北根據地。抗戰期間，我們在國民黨政府和國民黨軍隊裡潛伏了大批特工，有效地搞亂他們的對日作戰部署和行動。胡宗南進攻延安的時候，他的一舉一動都被我們的潛伏特工報告給黨中央，所以毛主席帶著胡宗南繞圈子，轉來轉去，到底也找不到我們黨在哪裡。解放戰爭期間，我們在國民黨政府和軍隊裡潛伏的特工，更是建功立業，他們把國民黨軍隊的情報及時報告給我軍，所以我們能夠百戰百勝。總而言之，我們黨和我軍，一直十分重視潛伏工作。而現在，是我們這代特工，團結一心，為黨為祖國立功的時候了。」

聽到上校語氣加重，桌邊的特工們都抬起頭，望著韓陸。

「我知道各位在國內屬於各自的部門，有人是國家安全部的，有人是外聯部的，有人是總政聯絡部的，但都是情報系統的幹部，都在國家安全委員會的統一領導之下。現在調各位到我手下，也是國家安全委員會的決定。各位大概都知道，我是總參二部的。」

韓陸上校，大名鼎鼎，大陸情報系統無人不知，但是此刻，依然沒有人應答，只等著韓陸繼續講話。

「我是陸軍特種兵出身，原來在總參二部五局，負責英美事務，前些年為加強對臺工作，調到一局，兩年前來臺灣，便於及時掌握情況，現場指揮，全權領導對臺軍事情報的收集工作。」韓陸說完，立刻轉移話題，「我不知道你們在以前各組，是怎麼工作，怎麼領導的。到我這個軍事情報組，要求很簡單，只有幾個字：忠於祖國忠於黨，堅決完成任務。我們黨近百年的革命傳統，總結起來就是一句話：為達到最終目的，不惜動用一切手段。這對於我們做特工的，尤其重要。」

韓陸說到這兒，稍停一停，讓這幾句話沉澱到聽眾的心裡，然後舉例解釋：「抗日戰爭期間，為了能夠保存我黨我軍的實力，我們黨自動接受國民黨政府的領導，改名八路軍，毛主席親自高呼蔣委員長萬歲。但是我們從來沒有服從過國民黨政府的指揮，從來沒有參加對日作戰。我們黨當時的宗旨是讓國軍跟日軍作戰，相互傷亡，而我黨與日軍協調，達成諒解，在日佔區發展我們的地下武裝。所以抗戰一結束，我們馬上拉起數百萬大軍，從蘇俄軍隊手裡接過東北和日本關東軍的所有武器裝備飛機大炮，轉過頭來，跟疲憊不堪的國民黨軍隊作戰，最終贏得政權。」

「平型關大捷是有歷史記載的，我們消滅過日軍板垣師團。」有人忍不住，小聲嘟囔一句。

韓陸嘴角動了動，不知是怒是喜，然後說：「那是我們黨的一個宣傳策略，很有效，大家都信了。事實是，我們黨那時剛剛表示了接受國民黨政府指揮，必須做個樣子，所以接受國軍邀請，派林彪的一一五師參加太原會戰。太原會戰是閻錫山指揮的，八路軍一一五師的任務是伏擊日軍一個輜重隊，繳獲了幾條步槍而已。」

桌邊人聽了，睜大眼睛。難以相信，這個欺騙宣傳也玩得太不著邊際了。

韓陸繼續說：「我講這些，並不是要揭我黨我軍的短處，而是要說明，我們黨用計謀是很有傳統，很有辦法，很有成功記錄的。我告訴你們，最能體現我黨我軍這一傳統的典型事例，莫過於解放戰爭中的長春戰役，你們都還年輕，沒有聽說過。當時守衛長春的十萬國軍，由鄭洞國指揮。鄭洞國是國民黨名將，抗戰時期對日作戰，百戰百勝，經驗豐富。我們如果強攻，必定要付出慘重代價。於是四野林彪羅榮桓兩位老帥請示毛主席，確定了圍城不攻的戰略，讓長春城裡軍民耗盡糧食。長春百姓逃難出城，都被我軍阻截，趕回城去。城裡多一個人，就多消耗一份糧食。最後長春城裡糧食耗盡，人吃人，鄭洞國只好棄城投降。我軍圍城五個月，六十多萬人的長春，只剩下十幾萬。餓死幾十萬百姓，當然令人痛心，但為了解放長春，餓死百姓是次要的，附帶損失而已，絕不能阻止或者減緩我黨我軍革命事業的偉大步伐。長春戰役成為我軍兵不血刃取得勝利的光輝戰例，司令員蕭勁光和政委蕭華，都成為我黨我軍的著名戰將。」

桌邊的人都目瞪口呆，說不出自己心裡如何感覺。他們在大陸，從來沒有聽說過這樣的歷史，想不到人民解放軍會做這樣的事情。

韓陸靜了片刻，再次開始：「幹革命，必須付出代價，有的時候，需要付出很大的代價，政治代價，生命代價。當我們黨把奪取政權確定為革命目標的時候，我們付出跟日本人妥協以求生存和發展的政治代價。當我們黨確定把打敗國民黨軍隊當作革命目標的時候，我們付出長春數十萬百姓的生命代價。當我們黨確定把大躍進三面紅旗建設社會主義當作革命目標的時候，我們又付出幾千萬河南人的生命代價。而當我們黨確定把階級鬥爭為綱繼續革命當作革命目標的時候，我們再次付出幾億中國人遭受苦難的政治代價。從歷史上看，跟我們黨的革命事業相比，幾個人，幾萬人，就算幾千萬人的生命，也微不足道。那麼現在，當我們黨確定要把解放臺灣當作革命目標的時候，臺灣兩千三百萬人的生命，就成為必須付出的代價。就是說，哪怕臺灣人全部葬身火海，無一生還，哪怕臺灣變成一片廢墟，一座空島，寸草不生，我們黨最終還是要奪取臺灣，完成祖國的統一大業。」

所有人都憋住呼吸，房間裡靜得可怕，只聽見空氣流動的響聲。

韓陸接著說：「我們現在的目標是解放臺灣，我們這裡的每一個人，就是這個偉大革命事業中的一兵一卒。為了解放臺灣，根據總部的安排，我們可能需要炸毀臺灣的工廠，可能需要毒化臺灣的農田，可能需要破壞臺灣的軍事設施，可能需要殺人，甚至殺很多人。但是為了解放臺灣的終極革命目標，採取再激烈的手段也在所不惜，就像當年圍困長春，餓死幾十萬人一樣。我們絕不能因為死了幾個臺灣人，就心軟了，就放棄我們解放臺灣的革命目標。我們必須時刻牢記，幾十年來，臺灣一直是我們的敵人，而對敵人毫不留情，堅決澈底予以消滅，從來就是我黨我軍的光榮傳統。」

這幾句話，算是緩解了韓陸剛才那些慘烈的歷史和未來狀況的描述，桌邊的人都鬆了口氣。

韓陸忽然轉了話題，問道：「我問問你們，什麼樣的人能夠成為最優秀的特工？誰知道？」

桌邊部下們當然心裡都明白，這是韓陸上校在自問自答，所以沒人說話。

韓陸繼續說：「做一個優秀特工，首先需要的，不是槍法，不是特技，而是不怕死。不怕死包括不怕被殺，也不怕殺人。如果怕死，不敢拼，技能再高也用不上，槍法再準也沒用，因為你下不去手，對方就先把你殺了。為什麼西方人，臺灣人，永遠打不過中國人？因為他們太顧惜生命，動不動就放下武器，以為那就可以保住性命了。在西方世界，那也許可能保住生命。但是我們中國人會吃這一套嗎？特別是我黨我軍，更是絕對不吃這一套。如果我們吃這一套，我們的革命事業早就失敗了，我們的國家都建立不起來。一九八九年夏天，當我們的革命事業面臨生存威脅的關口，我們黨中央是怎麼做的？黨中央繼承革命傳統，立刻部署，調動幾十萬軍隊，下重手，不怕流血，嚴厲處置天安門廣場上的反革命份子，穩定了國家，贏得後來三十年的經濟發展。」

這些事件，桌邊的人都不陌生，聽韓陸這麼講，不住地點頭，表示同意。

韓陸臉色一沉，加重口氣，繼續說：「我們選擇從事特工這一行，時刻處於潛伏狀態，意志就需要更加堅決，一旦遇到危機，必須立刻下手，二話不說，絕不能心慈手軟，否則你自己就是個死。幹革命，從來就是你死我活，沒有僥幸，沒有灰色地帶。毛主席說：革命不是請客吃飯，革命就是暴力。我們現在潛伏在臺灣，處在敵人的陣營裡，早就把自己的性命置之度外，隨時準備犧牲，把這一百多斤交給黨，交給祖國人民，那麼我們還有什麼可猶豫的，可顧忌的？該拚命的時候，殺一個打平，殺兩個賺一個，這輩子也算沒白活。你們現在都聽清楚，誰做孬種，用不著臺灣人來幹掉你，我自己就一定會先把你殺了。我這輩子，最容不得的，就是孬種。」

這話讓桌邊的人都覺得後脊樑冒寒氣，低下頭，不敢看韓陸。

韓陸又說：「當然，在解放臺灣的鬥爭中，我們可能有犧牲。如果你們之中，誰犧牲了，就像前幾天犧牲的楊子，我會親自為你們請功，你們在國內的親屬子女都會享受極高的榮譽和巨大的福利。但是聽清楚，即使你們犧牲自己的性命，你們也必須完成我交付給你們的任務，不能有半點含糊。在我手下工作，別的我都不問，我只要求你們完成任務。臺灣繼續存在的日子不多了，我們一定要解放臺灣。」

坐在桌邊的部下們，聽了這番動員，心潮澎湃，滿臉通紅，都舉起右手，莊嚴宣誓：「我們一定要解放臺灣。」

韓陸口袋裡的手機響起來，他不理會，宣布說：「現在散會，你們各自回去，仔細研究分配給你們各人的任務，寫出一份詳細具體的可行報告，如何在各自的領域裡完成任務，兩天以後交上來，我與總部分析研究，再跟你們個別談話。」

部下們都拿著自己的檔案夾，默默地低著頭，相互不招呼，走出房間。

韓陸坐下來，拿出手機，看了一眼，並不馬上打回去。他先拿起面前的茶杯，喝了一口。他被自己剛才的演講激動了，無法平靜。他從自己的親身經歷總結，證明了一個普遍的真理：製造恐懼是控制人的最佳手段。希特勒運用恐懼，絕對控制了德國，史達林運用恐懼，絕對控制了蘇俄，毛主席運用恐懼，絕對控制了中國。如此有效的方法，韓陸當然沒有理由不學習，不使用，否則他怎麼能夠成功地管制手下這一批身懷絕技的特工，怎麼能夠為黨工作，完成上級交代的任務。韓陸自己對自己點點頭，站起來，伸手拍拍腰裡的手槍，自語道：「當然啦，無毒不丈夫。」

手機再次響起，打斷他的沉思。韓陸看一眼螢幕，不理會。作為有經驗的職業特工，他從來不接聽電話，所有來電，他都要過一兩分鐘打回去，才講話。韓陸重新坐下，拿出一盒香菸，取出一支，放進嘴裡點燃，吸了兩口，撥了剛才電話的號碼。是岳娜彙報與蕭雲海會面的經過，韓陸聽著，漸漸皺起眉頭。

第七章

秦鋼走進自己的房間，先滿屋子查看一番，發現窗戶不臨街，面對一堵高牆，覺得很滿意。他坐下，拿出一盒香菸，看了一眼，大陸帶來的，紅塔牌。在機場，忙著趕班車，沒來得及買一包臺灣香菸，再上街，一定要記得，他在腦子裡做了個備忘。然後他取出一支菸，放到嘴裡點燃，慢慢抽起來，一邊策劃以後的行動。

菸抽完了，他在桌子上的菸灰缸裡壓滅菸頭，他不怕臺灣警局從菸頭上提取他的DNA。如果臺灣警局到他的房間裡來搜查，那就是自己已經暴露，留不留DNA都無所謂了。他站起來，打開提包，取出幾件衣服，一些洗漱用具，放到桌上，然後重新拉住提包拉鎖，走出房間。轉身關門的時候，他在門縫腳下夾了很小一片紙，以便回來時能看出，他不在的時候，是否有人進過他的房間。這是特工的職業習慣，有人在門上貼頭髮，有人在門裡放茶杯，秦鋼比較簡單，就在門縫裡夾個紙片。

順著忠孝東路，走了幾個路口，看見一家銀行，秦鋼走進去，在櫃檯上拿出旅行支票，換了幾萬塊臺幣現金，又換了一張銀行卡。然後提著提包，走到捷運車站，找到小件行李寄存處，選了一個中等存櫃，把提包放進去，然後用剛換來的銀行卡付款，租用一星期。

之後他照著車站的地圖，坐上捷運藍線，到了西門町。人人都知道，西門町是臺北最熱鬧的地方，據說林青霞是在西門町閒逛，被星探發現，帶入影視圈，而成了大明星的。秦鋼下了車，走上街面一看，立刻知道自己的選擇很正確，西門町果然小店林立，百貨齊全，一定能夠找到他想買的東西。

順著馬路走過去，碰見幾個擺攤的小販，甚至有個賣烙餅的中東小伙，邊烙餅，邊表演。這條街上，電影院一家接一家，目不暇接，那條街上，美食店一家接一家，摩肩接踵，再一條街，精品店一家接一家，琳琅滿目。雖然也是到處掛滿推銷廣告，但不像在北京，沒有高音喇叭的喧囂，沒有人站在店門口扯著喉嚨喊叫，而且儘管人流如潮，卻並不相互衝撞擁擠，仍舊顯得相當安靜平和，不讓人產生焦躁之感。

一家小店門口，客人購物，缺了幾塊錢，店主笑著說：你喜歡就拿去，少幾塊就少幾塊。客人說：東西先放放，我去找太太要了錢來再付。然後他匆忙跑開，過幾分鐘跑回來，如數付款，才心滿意足把東西拿走了。

旁邊一個男人急急忙忙奔跑著，追上一個衣衫講究的女人，遞過手裡的提包，說：太太，你把提包忘在我車裡了。那女人恍然大悟，滿臉通紅，接過提包，連聲道謝，同時從提包裡取出一疊鈔票，說：謝謝你，謝謝你了。那出租車司機搖著手，往後退，說：這是應該的，應該的。女人追著，非把錢送給司機不可。

看著身邊這些小事情，秦鋼心裡有一種說不出的感覺。他在英國的時候，看到過西方社會人與人的關係，有禮貌，重信用，講真誠，令人羨慕。但秦鋼從來不相信，在中國人聚集的社會裡，也可能有這種人際關係。他所接觸過的中國人社會，都是充滿猜疑，欺騙，冷漠，自私，貪婪，勾心鬥角，毫無真誠，特別對於有關權和錢的事情，人人都像猛虎見羊，惡鷹捉鼠，冷血相對，殘酷無情。年復一年，從所見所聞，秦鋼對中國的前途是越來越失去信心，他確信，中國絕對沒有希望了。

現在突然之間，他竟然親眼看到，中國人聚集的臺灣社會，人與人可以和睦相處，真誠相待，他感到有些意外，難以接受，但也十分感動。

秦鋼先在小店裡買了一盒臺灣香菸，然後又買了一本臺北地圖冊，很大開張，各地區分列，畫得很細緻。這種地圖在大陸絕對買不到，大陸沒有人願意費心費力，製作這種詳細的地圖，大陸沒有人真正地關心和愛護自己所居住的任何一個城市。秦鋼可以用手機裡的ＧＰＳ導航，但是他研習特工技能的時候，學的是使用地圖，所以更加熟悉。而且他從經驗獲知，手機ＧＰＳ經常會標錯街道方向，全憑這種新科技指路，不夠可靠，所以他還是要用地圖來確認一下要去的地方。

走過萬國百貨門口，台階上坐了一排大陸女遊客，每人身邊都放了三五個價格昂貴的名包，互相比較著，說說笑笑，一邊吃著紙盒裝的方便泡麵。這種場面在北京上海，到處看得到，人們省下嘴裡吃的，買身上穿的和用的名牌。中國人都理解，吃在肚子裡，誰也看不見，穿在身上，提在手裡，才能讓人眼紅，而大陸人活一輩子，只為爭得一個面子。臺灣人大概不多見這樣的事，對大陸遊客坐在店前吃泡麵不理解，扭頭張望，議論紛紛。何必非要虧待肚子，拼了老命，買幾個名牌提包呢？夠什麼級別，過什麼日子，提個名包，身分就提高了嗎？

秦鋼忽然想起，他剛剛住進旅店的時候，前台的阿美小姐講過的一番話：看看大陸來臺灣的遊客，就知道大陸會是個什麼樣子了，就是個豬圈。秦鋼搖搖頭，嘆口氣，轉身走開。

繞過幾處地攤，轉過幾家小店，秦鋼買了一件攝影師們喜歡的背心，穿在身上。這種特製衣服，前後左右縫有許多口袋，可以分別裝各種用品。然後他又買了一件黑色風衣，長到腳面。在歐洲出差的時候，他總是穿一件這樣的黑色風衣，可以遮去身上攜帶的所有東西，而且夜晚出行，也容易隱蔽。可是現在，他穿在身上，轉了幾個身，朝周圍人群看看，才意識到，臺灣天氣和暖，不像歐洲那麼寒冷，根本看不到一個人穿長風衣，大家都是短打扮。如果他穿著長風衣，目標就過於醒目，無法隱身，弄巧成拙了。他把風衣放回櫃檯，轉而選了一件寬大的休閒裝，半身長短，基本能夠罩住裡面的衣裝。這樣他的裝備就基本齊全了，便帽，手套，膠皮鞋子，他從國內都帶來了，不必在臺灣買。

接下來他便留心查看一些廚房用品或者禮品商店，以及房屋修整用品店等等。轉了半天，終於被他發現一個非常精巧的禮品盒，裡面排列著一套精緻的瑞士軍刀，共六把，刀長三寸，紅木刀把，彫刻精美。他很高興，買下這個禮品盒。

然後他又到廚房用品店，買了一塊磨刀石，到房屋修整用品店，買了一把鋼銼。全部弄妥，秦鋼提著大大小小的商品袋，走出西門町，趕往捷運車站。

「嘿，秦鋼，秦鋼……」

突然聽到身後有人朝他喊叫，轉頭看去，是導遊王大河。

「我看著就像你嘛，臉上貼塊紗布，好認。」王大河走到秦鋼身邊，繼續說，「你怎麼搞的？不聲不響就跑了，到了旅館，找不到人。」

「呵，導遊，對不起，急著買幾件東西，」秦鋼只好支吾，「這不，我準備就到咱們旅館去，反正知道在哪兒。你在這兒幹什麼呢？」

「旅遊嘛，專門帶人來轉西門町呀，說實在的，每個團都得來，我都轉煩了。」

「來，小王，抽支菸，」秦鋼拿出菸盒，遞過去。

「你這還是紅塔，咱們大陸菸比臺灣的好抽。」王大河說著，取出一支。

秦鋼給王大河和自己分別點燃了香菸，說：「就剩兩三根了，抽完了算。」

王大河忽然轉話題，問道：「嘿，秦鋼，你在臺灣有熟人，怎麼我不知道？」

秦鋼的神經立刻繃緊了，臉上還是輕鬆地說：「什麼熟人？我哪有什麼熟人，頭一次來臺灣。」

王大河伸手到口袋裡去掏，同時說：「剛才有人到咱們旅館來找你，說是你的老熟人，姓蕭。這不，他留了一張名片，讓我找到你之後，讓你跟他聯繫。」

秦鋼接過王大河遞過來的名片，他不看大字的姓名，他知道姓蕭的是誰。他只看下面小字列出地址和電話，默默記住了。

「阿里霸駐臺北辦事處，那可是個大公司，在大陸資本有好幾十億。」王大河從秦鋼手裡拿回名片，看著說，「認識這個人，你可是財源茂盛了。」

「這名片上說，阿里霸是新加坡公司，不是大陸公司。」

「你可真是，這幾年在哪個山裡修行的？連阿里霸都不知道？阿里霸是百分之百大陸公司，那個麻運先生多少年都是大陸首富，怎麼又跑新加坡去了。沒錯，阿里霸肯定是大陸公司，也許在新加坡注冊，為了躲開大陸的限制。嘿，你是不是認識這個人？」

「不認識，」秦鋼搖頭說，「我連阿里霸是幹什麼的都不知道。」

「那是個網路商店，專門騙人的，賣的全是假貨。」導遊王大河真誠地說，「我告訴你，不認識可別隨便受騙。現在大陸人有錢了，臺灣有很多騙子，專門找咱們大陸觀光客，敲詐勒索，咱可不能上當。」

秦鋼笑了笑，感激地說：「多謝王導遊提醒，要不我還真沒準就會上當。我真不認識這個人，從來沒來過臺灣，也從來沒跟臺灣商人打過交道。他要是再來找你，王導遊就替我拒絕了吧。來臺灣就是逛逛看看，誰有心思還要應酬呢。」

不遠處響起一片爭吵聲，打斷了他們的談話，兩個人同時轉過頭去。

王大河說聲：「壞了。」拔腳就跑。

原來是北京旅遊團裡一個母親招呼她的兒子蹲在路邊大便。旅遊團裡的人走來走去，習以為常，熟視無睹。周圍的臺灣人見了，驚訝之後，跟著憤怒，議論紛紛，有人便出言不遜了。旅遊團的人聽到，聚集起來，迎頭反擊。大陸人從小受的是什麼教育，伶牙俐齒，髒話漫天，一分鐘內就罵得臺灣人張口結舌，目瞪口呆。北京大媽得理不讓人，繼續發飆，狂罵不止。王大河趕到，急忙解勸，北京大媽們只是不理。

秦鋼沒有看到機場裡的一幕，現在看著北京大媽們撒野，心裡很氣。又看著臺灣民眾的窘態，不免生出些同情。臺灣人自小受教育，禮義廉恥，性情溫和，不大會爭吵打鬥，完全不是大陸人的對手。碰到這種事情，對付不了，只曉得打電話報警。秦鋼忽然再次想起旅店前台的阿美小姐，難怪臺灣人對大陸人那麼反感，都是大陸人自己行為不端造成的。他頭一次感覺，自己似乎對臺灣人，對臺灣社會產生出一些好感來。

幾分鐘後，兩名全副武裝的臺灣警察到了，聽到周圍民眾七嘴八舌申訴，也看到路邊一堆大便，便指著帶孩子大便的北京大媽說：「你過來，罰款五千臺幣。」說著，掏出罰款單，開始寫。

那北京大媽上前一步，準備爭辯，被導遊王大河扯住，小聲說：「別跟警察爭執，沒你的好。」

那警官看了面前的王大河一眼，把罰款單遞給那北京大媽，又對著肩膀上的對講機說話，聽了一分鐘後，轉身問王大河：「你是這個旅遊團的導遊嗎？」

「是，我叫王大河。」導遊王大河回答。

「那就對了，就是你這個團。」那警官轉過身，對旅遊團眾人大聲宣布：「臺北分局有備案，你們這個大陸旅遊團在機場已經有過一次聚眾喧譁，干擾公共秩序的記錄。當時臺北分局對你們發出過警告，看來你們沒有接受教訓，現在再次違反臺灣法律，並且肆意侮辱民眾。上頭指示，嚴懲不怠。」說話間，又來了一隊警察，把旅遊團包圍起來，隨後還開來一部大轎車。

那位警官繼續說：「現在宣布你們這個旅遊團不受歡迎，全部人員立刻上車，到旅館收拾行李，即刻送往機場，遣返出境。如果哪個敢私自潛逃，滯留臺灣，警局將追捕到案，作為對抗警局執行公務罪，關押審判。」

旅遊團這下子炸了窩，可是面對全副武裝的警察，誰也不敢造反。

一個警官指著讓孩子在路邊大便的北京大媽，說：「上車之前，你負責把那個地面收拾乾淨。」

「我怎麼收拾呢？」

「那是你的事，不收拾乾淨，不能離開。」

旁邊一個小店老闆好心，走過來，遞給那女人一個小紙袋，然後指指路邊的公共廁所，說：「你把孩子的大便收拾起來，丟進那間廁所去就好了。」

「就是的，旁邊就是廁所，還要在路邊大便，沒有教養。」旁邊有人議論道。

「他們北京，大概沒有一間公共廁所，都在馬路上大便吧。」

「就是有，那些公廁也都太髒太臭，沒有人願意去用。」

「就是懶得跑幾步路吧，沒有公共秩序觀念。」

那北京大媽此刻只有默默聽著各種指責，不言不語，低頭收拾好孩子的大便，跑去丟進廁所。

警官見她收拾好了，又對旅遊團眾人說：「另外作為懲罰，兩次違規，全團人員每人罰款八千臺幣，你們登機之前，警局會開出收據。」

旅遊團的人更加憤怒，都漲紅著臉，握緊拳頭，但也無奈，他們都見識過臺北警察怎麼把旅遊團的人按倒在地戴手銬的場面，沒人敢反抗，只得一個跟一個，慢慢上車。

周圍的臺灣民眾看到，都驚叫歡呼，用力拍手。

一個旅遊團員臨上車時，突然停住腳，轉過身，對著周圍的臺灣人說：「你們不要得意的太早，過不了幾天，你們就得哭。告訴你們，我們一定要解放臺灣。」

這一說，車裡車外的旅遊團員們終於得到一個大發洩的機會，便都紛紛揚起拳頭，高呼起來：「我們一定要解放臺灣！我們一定要解放臺灣！」

車下面的臺灣民眾聽了，先是一愣，隨後都哈哈大笑起來，更大聲地歡呼鼓掌。警察們跟上轎車，關了門，把瘟神們送走了。

秦鋼一直躲在人群後面，看著這一幕戲劇。眼前所見，跟臺灣民眾相比較，他才意識到，北京同胞竟然都如此愚昧，如此粗野，如此無恥。他嘆口氣，轉過身，提著大包小包，默默地走開了。

回到旅店，查看了門縫裡的紙片還在，秦鋼打開門，走進房間，放下手裡的東西，轉身關緊房門，上了鎖。然後他到洗手間洗了手，走到桌邊坐下，開始工作。他打開禮品盒，拿出六把小刀，迅速拆下刀把，小刀便只有刀片了。他拿出鋼銼，一把接一把，將刀片底部裝刀把的尖角部分銼平，那刀片就成為三角型。然後他拿著這些三角刀片，到洗手間，拿出剛買的磨刀石，在洗手池邊細緻的磨。

坐飛機來臺灣，當然不能攜帶槍支彈藥，他在臺灣兩眼一抹黑，短時間內也絕對買不到一把手槍。所以他想出了這個辦法，自製一些飛鏢，需要的時候可以防身，也可以殺人。為了這，出發來臺灣之前，他抓緊時間，苦練了一陣，基本做到百步穿楊。

眼下他把禮品小刀磨成飛鏢，鋒利無比，抓在手裡試試刀刃，然後猛轉身，揚手飛鏢，通的一聲，那鏢就釘在牆壁上一張人像的眼睛裡。秦鋼點點頭，走過去拔出飛鏢，拿手抹平被割裂的畫紙。

他把六支飛鏢藏進身邊的一個口袋，把磨刀石，鋼銼，刀把手等等都裝進一個商品袋，準備出門時帶到馬路上，丟進垃圾箱。然後坐下來，拿出地圖冊，按照腦子裡記的阿里霸地址，查找蕭雲海的位置。

秦鋼能夠估計到，這個時候，臺北分局按照旅遊團名單點數，已經發現驅除出境的人員裡，缺少一個名叫秦鋼的成員，再三詢問，包括導遊王大河在內，沒人知道他到哪裡去了，但是他們能夠告訴警局，秦鋼的相貌特徵：臉上有道傷疤，總是貼一塊橡皮膏和紗布。警局先把旅遊團其餘人員送到機場，監視著他們登上返回廣州的飛機，然後發出通緝令，追捕大陸逃犯秦鋼，但是他毫不關心。在他展開行動之後，臺北分局早晚是要追捕他的，反正坐坐臺灣監獄也無所謂，總不至於會比大陸監獄更難忍受。

找到了他要找的地址，計畫好行走路線，一切就緒。

秦鋼閉著眼睛，喘了幾口氣，從口袋裡取出一個多年前流行的老式摺疊手機，打開啟動，螢幕上顯示出一個女人的笑臉。秦鋼按了一下接聽鍵，然後放到耳邊，便聽到一個女人溫柔的聲音：「鋼，你什麼時候回家呀？我和小鋼都很想你。來，小鋼，跟爸爸說句話。（然後是一個小孩子的聲音：）爸爸，你快回家吧，媽想你都快想瘋了。（女人笑的聲音：）你瞎說。（小孩子繼續說：）媽做了一鍋紅燒肉，可好吃了，她不讓我吃，說要等你回來，咱們一塊吃……」

秦鋼啪的一聲關掉手機，塞進口袋，把咬破嘴唇流出的鮮血，咽下喉嚨。

第八章

北投保一總隊的會議室裡，十幾個中級官員坐在桌邊。也不知為什麼，今天這個會，居然是警政署警政委員薛運九親自來講話。平時這樣的事情，都是警政署下達命令，保一總隊自行處理了。大概今天這件事，有點什麼特別。也許薛運九接獲了什麼特別情報，據說他在大陸有許多內線。

房間頂端牆上掛一個巨大螢光幕，顯示著上午機場出現廣場舞事件的影像記錄。

「大家看到了，」薛運九指著螢幕說。他個子中等，但是很粗壯，已經有些發胖，圓圓的臉，油光發亮，眼睛很小，眼袋鬆弛，鼻頭很大，露出鼻毛，一副高級官員過度吃喝，腦滿肥腸的模樣。

他繼續演講：「各位都早已知道，大陸遊客來臺灣，會對臺灣的社會秩序產生一些負面影響。因為在大陸，民眾從來沒有接受過遵守法律的教育和訓練，事實上也沒有遵紀守法的必要。如果他們遵守所有的紀律和法律，他們就什麼也辦不成，路都不能走，大陸就是那麼一個爛攤子。可是我們又不能完全拒絕他們到臺灣來，第一，大陸來臺灣的人多了，看到臺灣的社會秩序，或許會受到些好影響，對於最終改變大陸的現狀會有幫助。第二，我們需要他們到臺灣來買東西，來花錢，幫助臺灣的經濟發展。第三，兩岸通商，是臺灣國民政府和馬總統的政治安排，我們警政署的任務，不是對這個政策提出問題，而是保證這項政策的順利執行。機場有人報警，臺北分局派員去現場，如果真的逮捕幾位大陸遊客，就把問題升級了。對於大陸人來說，天下所有事情都是政治，我們臺灣人一舉一動，他們都會看作政治事件，擴大起來議論，丟我們的顏面。所以我聽說了情況以後，立刻下令，把逮捕的大陸人全部釋放，人家只是來遊玩，用不著戴手銬。這裡面牽扯到外交關係問題，政治問題弄不好，會使我們政府當局很被動，後患無窮。」

到底原來是外交部的人，一說就說到本行。薛運九取出一支菸點燃，吸了一口，又掐滅，說：「對不起，你們保一總隊會議室裡不能吸菸。當然，大陸來臺灣的人多了，免不了也會有情治方面的問題，大陸一定會假借旅遊觀光的名義，派遣特工到臺灣來潛伏，刺探我們的各種情報。但是回想一下，過去幾十年，即便老蔣總統還在的時候，兩岸絕對封閉，難道就沒有大陸特工到臺灣來潛伏嗎？我們逮捕槍斃過不少大陸特務吧？世界上任何一個國家，只要是一個正規國家，都必須發展情治系統，必須到處派遣間諜，收集各種情報，大陸當然也不能例外。我們臺灣也曾經，而且現在也還是在不斷地往各國，特別是大陸地區，派遣特工人員。這種相互刺探情報的狀況，以後也不會停止。我在外交部工作很多年，我們的駐外領事館，都有諜報人員來來往往。」

「這批大陸旅客，有名單可以調查嗎？」有人提問，借以打斷薛運九繼續講外交部的老話。

「名單當然有，等一下發給各位，」薛運九看看牆上的螢幕，說，「但是你們看看，這些在機場跳舞的大媽們，會是特工嗎？」

有人接話，說：「據我所知，大陸每個人都可能是特工，都可能甘心情願為中共做奸細，監視同事，朋友，甚至家人，然後告密。」

「他們的大學裡，現在公開鼓勵學生告密教授講課不符合中央領導的講話精神，這居然還確定為學校的政策。聽說幾所大學，已經因為學生告密，開除了好幾個教授。」

「沒錯，窺視，告密，是大陸人從小受到的教育，也是他們一輩子的生活經驗，做起來得心應手，臉都不會紅。」

薛運九回答：「有這種可能性，但並非一定。我們也不必草木皆兵，否則我們就忙死了。」

有人又打斷他的話，說：「他們也許不是大陸當局專門訓練和派遣的特工，但是某個時刻，他們會突然接到某人的指示，也許是親戚，也許是朋友，也許是上級，要求他們為共黨工作，收集某方面的機密資料。這種情況下，我敢斷定，大陸人沒有一個會拒絕，沒有一個人敢拒絕，他們一定會全心全意為中共效命。對於大陸人來說，是非觀念，正義感，道德約束，都毫無意義，只要是效忠共黨，就是愛國，只要能賺錢，什麼都肯做。」

「荷蘭光刻機的機密，美國隱身機的機密，都被中共偷走了，這些在西方公司工作的中國雇員，他們哪裡算是高科技人員，全部都是小偷啊。」

「他們最近假模假樣地通過了一條情報法，公開宣布，所有出境到海外的大陸人，必須根據政府需要，服從共黨指示，收集其他國家的各種情報。所以說，如果不接受指示，不肯做間諜，就算觸犯大陸的情報法，大概要坐牢吧。」

「在大陸，間諜特務頭子經常被歌頌為革命英雄。」有人熟悉歷史，響應道，「臥底，告密，都被頌揚為革命行動，又演電視，又演電影。那個張學良的部下孫鳴九，行事投機，先效忠國民政府，後做漢奸為日本人賣命，還能做共黨，被中共捧為紅人。再看看潘漢年，跟日本人眉來眼去，勾肩搭背，照做中共高官。還有李克農，熊向暉，張克俠，廖運周，段伯宇，都是些卑鄙無恥的特務，在國府國軍臥底多年，出賣過不知多少國家機密，致使國軍打了很多敗仗，損失國軍多少部隊，全被中共吹捧為豐功偉績，真正是黑白顛倒，是非混淆。我們臺灣人做特工的，哪有那麼幸運，立了功也不敢講出來，大家都認為臥底和告密，出賣上級和同事，是卑鄙行為。」

「大陸人知道卑鄙無恥是什麼？只要在共黨的名義下，在革命的名義下，連父母兄弟姐妹都可以隨時出賣。」

「而且最難得的是，不管幹了多大的壞事，出賣多少同志，從來沒有罪惡感，只要在革命的意義下，可以殺人不眨眼，還當英雄。」

「上有所好，下必甚焉。看看飛機場跳舞的那些大媽，哪裡曉得羞恥為何物，他們養出來的兒女，會是什麼樣，可想而知。」

「出賣個同事朋友家人，都還是小事。共黨政府出賣過多少萬平方公里國土，出賣過多少國家利益，出賣過多少民族尊嚴。毛澤東就是天字第一號賣國賊，抗戰時候就賣國，出賣國民政府，跟日本人一起打國軍，居然還當眾承認，當面感謝日本人，毫無廉恥。」

「你說就這樣一群惡人，臺灣人怎麼能幹得過他們呢？我們從小受教育，仁義禮智信，與人為善，清純，友愛。大陸人誰要是信了這一套，小學一年級都活不過去。」

「他們大陸人，個個都有兩套面孔，兩張嘴巴，兩個職業，兩種生活，兩個人格，兩個心態，兩個靈魂，一個對己，一個對外，只有這樣，才能生存。他們的學校教育，他們的社會經歷，他們的報紙電臺，他們的政府機關，到處都是這樣訓練大人孩子，一代又一代。他們只知道保護自己，而為了保護自己，就必須不惜傷害他人。告密親友，出賣情報，盜竊機密，無所不用其極。」

「他們信仰的是階級鬥爭，政治鬥爭，你死我活，叢林法則，臺灣人沒法子懂。」

「只怕將來有一天，他們真的打過來，我們抵擋不住呢。」

「老兄多慮了，」有人安慰說，「他們不過嘴上喊喊，隨便敷衍大陸百姓而已啦，怎麼可能真的打過來。如果要打的話，早就打了，毛澤東不能打？鄧小平不能打？還要等到今天？」

「他們又不是沒有打過，呵呵。當年他們來打金門，不是被國軍打得落花流水，全軍覆滅嘛。」

「今天他們的中共高層更不能打，他們自己也曉得不能打，不敢打。假如真打起來，他們打贏了，當然他們的統治可以鞏固下去。可是如果打輸了，怎麼辦？明擺著，全世界的人都看出他們的本性，大陸民眾再也不相信他們，他們的政權就澈底完蛋。這麼想想看，他們自然還是不要冒那個險，維持著現在的局面，比較好。」

「確實如此，你看看他們軍隊，中央軍委副主席，軍委委員，總政治部主任，總參謀長，空軍司令，海軍司令，全部落馬，一網打盡。據說這幾年共軍裡面，被殺被關加上自殺的將軍，比抗戰和內戰期間死傷的共軍指揮官總數還要多幾倍。」

「沒錯，我聽說，共軍上將一級至今已經抓了數十，中將一級抓了數百，少將一級抓了數千，至於校級軍官，那已經是抓了多少萬。這樣的軍隊，還怎麼可能打仗。」

「是啊，買官賣官，可以一直買到上將級別，相信不相信，全部明碼標價。上將三千萬，中將兩千萬，少將一千萬，大校上校五百萬，中校少校兩百萬，尉官五十萬。上面買來的指揮官，只會行賄貪污玩女人，下面士兵又大批的獨生子女，嬌生慣養。那種軍隊，從上到下，都是怕死鬼，一說打仗，全都拔腿就跑了，還有人願意跨海作戰，受那份辛苦？不相信就試試，看他們敢不敢下命令來打臺灣。」

「哼，派幾架飛機，繞臺灣島飛幾圈，調動幾個部隊，舉行幾場軍事演習，喊幾句準備打仗，不怕死的口號，又不是真槍實彈打仗，沒有任何危險，誰不會做？以為做做武力強大樣子，就把臺灣人都嚇死了，也太小看我們臺灣的民眾了。」

「聽說他們建立了什麼突擊部隊，調動一百架直升機，專門進攻臺灣。」

「你這是講笑話了，老兄。直升機作戰，空中編隊，落地升降，都需要大量和精良的訓練，否則不光無效，而且必然失敗。密集編隊，臺灣防空當然立刻就能探測到，我們的空軍和炮兵，一定能夠把他們消滅在空中。直升機的飛行高度和速度，都有限，打起來很容易。不用高射炮，就是普通機槍甚至步槍，都可以打掉直升機。越戰時候，越南共軍沒有多少重型武器，照樣打掉美軍幾千架直升機。直升機在戰爭中的作用，多是救援或打掃戰場，沒有用來發動攻擊的。如果中共真用直升機進行攻擊，那他們必敗無疑了。」

「言之有理，小弟佩服。」

「哪裡哪裡，不過一點常識而已，說來見笑了。」

「我有個姑父，到大陸去旅遊，跟計程車司機聊天。聽他說，中共軍隊裡，也有不少人真心盼望打仗。平日裡長官欺負下級和士兵太甚，士兵們忍氣吞聲。他們日日夜夜盼望，一旦開戰，他們幹的頭一件事，就是背後開槍，先把長官們殺死。哈哈，他們的上將自己公開說，中國軍隊裡沒有士兵願意為貪官污吏去打仗，腐敗不除，中國軍隊不戰先敗。總之，我是不相信中共高層真的有膽量來冒犯臺灣。」

「共軍裡大概也有願意跨海過來的，一登臺灣土地，馬上舉手投降，就可以立刻脫離中共專制暴政，投奔自由世界……」

這話逗得眾人一陣哈哈大笑。

笑過之後，又有人講起來：「中共研判武力冒犯臺灣，一天到晚只曉得依據他們軍隊自己的狀況，說三道四，從來不考慮我們臺灣的實力，他們大概認為，臺灣民眾只會內鬥，絕無保衛臺灣的意願，或者抵抗共軍的能力，把我們看得一文不值。不錯，目前的臺灣，政黨和民眾，為了各種各樣的原因和利益，確實是在不停地內鬥，甚至鬥得很激烈，非要你死我活。但是各位想想，如果有一天，共軍的飛機炸毀了我們的城市和房屋，共軍的炮火殺害了我們的婦女和孩子，臺灣民眾會怎麼想？我們還會繼續糾纏各自的小圈子嗎？臺灣民眾就算再狹隘，也還畢竟懂得皮之不存，毛將焉附的道理。臺灣都沒有了，誰的利益還保得住。到那個時候，生死存亡的關頭，臺灣軍民一定會幡然醒悟，團結一心，頑強抵抗，絕不允許臺灣落入共軍之手。我們一定要把來犯的共軍全部消滅，就像當年在金門消滅共軍一樣。」

「這還沒包含那些，一旦共軍武力來犯，美國日本等等盟友，他們絕不會坐視不管。所有民主國家，英法德，澳大利亞，都絕不會袖手旁觀。那時候，全世界所有愛好自由和民主，反對共產獨裁的人民，都會站在我們一邊，抵抗中共暴力，粉碎中共陰謀。」

「各位所言不虛，不管是誰，要想滅亡臺灣，絕對做不到，」有人說著，連連搖頭，又道，「不過，我擔心的是，即使中共政權澈底完蛋，大陸那麼一個巨大的爛攤子，要如何去收拾？整整三代人被澈底洗腦，不思進取，滿口謊言，十三億腦殘白癡，胡作非為，無法無天，各自為政，爭權奪利，相互殘殺，天下大亂。到那時候，能夠依靠誰來恢復中華文化，依靠誰去重建家園。中共對大陸山河和人民的殘害，一百年也難以消除。」

「就說那些飛機場的北京大媽們，怎麼去收拾？」

這些掃興話，打消了滿屋子的歡樂，大家沉默下來。

「到那時候，只好靠我們臺灣，到大陸去收拾殘局，恢復社會秩序。」嚴世良忽然弱弱地說了一句。他雖出生在臺灣，但是因為父母的家教和林笠生的影響，依然保持著中華民國統一大陸的幻想。

這話又讓屋裡的人們再度陷入沉思，儘管越來越多的臺灣人不再認同中國，但是兩岸問題，永遠是所有臺灣人無法不去思索的痛點。

總隊長看看薛運九，說：「好了，議論到此為止。我提醒各位一句，我們臺灣警方，絕對不能因為確認中共不敢武力攻打臺灣，就放鬆警惕，萬一事態發生變化，措手不及。說不定中共高層也是有意放出這些煙霧彈，痲痺我們。」

薛運九笑笑，說：「這話絕對是高見，中共即使不敢正面對臺開戰，他們也一定會時時刻刻往臺灣派特務，搞破壞，想方設法把臺灣毀掉，哪怕同歸於盡。所以我們做警務工作的，責任重大，不能掉以輕心。」

說到這裡，薛運九按了一下桌上的鍵盤，牆上螢幕換成一張照片。

薛運九繼續說：「我得到的情報說，今天到臺北的這個旅遊觀光團裡，有一個中共老牌特工。這是他五六年前的一張照片，據說他現在臉上有塊傷疤，總是貼著紗布橡皮膏，可是沒人知道是什麼傷，所以無法標誌。」

「找不到他今天入境的護照照片嗎？或者海關入境時的影像記錄。」有人問。

薛運九又按動一下鍵盤，螢幕上顯示了海關入境影像記錄，那人頭上便帽壓得很低，海關關員平視，能夠看到他的臉，可高處的監視器卻捕捉不到全部。

有人評論：「是個老手，經驗豐富。」

隱隱約約，能夠看到他面頰上貼了紗布橡皮膏，可到底哪種形狀，卻辨識不清。

「只要有這個標誌，應該就容易找到，」有人說，「凡看到臉上有傷疤的，就多注意一下。」

一直坐在後面的嚴世良，忽然開口：「他叫秦鋼，原是中共外聯部的特工，做了十幾年，主要在歐洲活動。五年以前，家裡發生意外，妻兒都被謀害。秦鋼回到北京，心灰意冷，辭去工作，隱姓埋名。兩年前重新出山，成立了一個特技訓練俱樂部，據說經營得不好，勉強維持。」

「你好像對他的情況很了解？」薛運九問嚴世良。

嚴世良猶豫了一下，回答說：「林笠生在英國的時候，跟這個秦鋼有過交集，對他有些了解。」

薛運九聽了，猶豫一下，又問：「你跟林笠生保持著聯繫？」

「他是我父親的得意門生，常在一塊下棋，有時候會碰到，隨便聊聊。」

薛運九低下頭，沉思片刻。

「那麼秦鋼現在不是中共的特工人員了？」有人插這個空，問道。

「那誰知道，」有人回答，「剛才說的，大陸人人都可能不是特工，但人人同時可能都是特工。再說，一旦做過特工，他能真的金盆洗手？」

「直到今天，我們的情治系統都沒有關於他的資訊？」有人問嚴世良。

嚴世良答說：「以前的當然有，他做了很多年，怎麼會沒有資訊。可是據說自從辭職後，他好像就真的銷聲匿跡。我們的情治部門再沒有注意過他，直到今天他在臺北機場露面。」

「所以他應該是我們的優先目標？」

薛運九插進談話，說：「既然這樣，嚴隊長，你有林笠生這條特殊途徑，能夠更多了解秦鋼的情況，就指派你來負責他的案子吧。」

他轉頭看看身邊的總隊幾位隊長，得到他們的首肯，便把面前的一個檔案夾遞到嚴世良面前，說：「這裡面包括我們收集到的秦鋼全部資料，照片等等，這個旅遊團的人員名單和背景，他們在臺北的住處和旅遊路線等資料。這個旅遊團已經被臺北分局驅逐出境，遣返回大陸了。但是這個秦鋼漏網，沒有跟團走，還留在臺灣，所以是我們偵訊的首要目標。每天下午五點鐘，直接向我彙報當天的工作。散會。」

嚴世良拿著檔案夾，沒有翻看。總隊的頭頭們，對嚴世良擺擺頭，表示要跟他單獨談話，然後站起來，離開了會議室。嚴世良緊隨其後，跟著出去。

第九章

薛運九匆匆趕回自己的辦公室，關上門，打開抽風機，迫不及待點燃一支菸，然後坐到自己的座椅上，轉個身，望著窗外的天空。

幾年以前，薛運久還是一個外交部的中級官員，派駐澳大利亞使館任一秘。在當地華人舉辦的一個聚會上，結識了大陸來澳大利亞的商人蕭雲海。兩人天南海北地聊，覺得意氣相投。過了幾天，忽然之間，蕭雲海急急忙忙找到薛運九，向他訴苦，承認自己是是中共總參二部的特工，在澳大利亞負有特別使命。因為前幾天在聚會上跟薛運九相識，被總參認定有叛逃傾向，派人到他家滅門。碰巧那天他沒有在家，他們就殺死了他的妻子。現在他走投無路，只好挺而走險，打算真的叛逃臺灣，以求活命。

薛運九獲知這些消息，大吃一驚。趕忙先安排蕭雲海藏在臺灣使館裡，然後向上司報告情況。外交部官員對這樣的事情不大關心，也不曉得如何處置，讓他直接找國防部軍情局彙報，這樣薛運九便與軍情局搭上了關係。

有大陸政府人員要投誠，臺灣當局自然非常歡迎，何況還是中共總參二部的特工。國防部讓薛運九暫時妥善穩住蕭雲海幾天，軍情局則通過安插在大陸的內線，緊急調查蕭雲海所說一切是否屬實。

結果報告，蕭雲海確實帶了妻子到澳大利亞任職，妻子確實最近在家中被殺，澳大利亞警局介入調查，案子還在偵察中。軍情局通過澳大利亞警局協助，到停屍房親驗屍體，對著護照，確認死者就是蕭雲海的妻子。

於是軍情局安排薛運九陪同蕭雲海，祕密到達臺灣，轉交臺灣警政署，繼續審查。這個期間，蕭雲海通過薛運九，向臺灣情治系統報告多項機密，臺灣反諜機構根據這些線索，幾星期內連續破獲多起中共潛伏臺灣的間諜案，逮捕了一批大陸特工。於是蕭雲海便獲得了臺灣當局的信任，而薛運九也因為策反蕭雲海有功，受到國防部軍情局和臺灣警政署的嘉獎，並且從外交部調入警政署，任警政委員，專責反制大陸在臺諜報活動和策反大陸特工人員。

但是薛運九和臺灣情治部門並不知曉，所有這一切，都是中共總參二部的機密安排，由韓陸上校具體策劃。因為在北京殺害了秦鋼的家小，而秦鋼又突然回京，蕭雲海在大陸無處藏身。總參二部上級決定，把蕭雲海派去臺灣，那是秦鋼一時半會碰不到的地方。根據韓陸上校的計畫，蕭雲海先被派去澳大利亞，帶在他身邊的女人，是總參二部一名低級別的女特工。按照計畫，蕭雲海在聚會上結識薛運九，然後總參二部派人把假扮蕭雲海妻子的女特工殺死，造成假像，鋪平蕭雲海進入臺灣的通道。待蕭雲海到達臺灣之後，韓陸上校又進一步安排，讓蕭雲海出賣多名潛伏臺灣的低級特工，成功騙取臺灣當局的信任。這樣蕭雲海在臺灣落定腳跟，既躲開了秦鋼報仇的危險，也有了收集臺灣陸海空三軍防衛情報的機會。

自擔任警政委員之後，三年多下來，薛運九精心努力，確實策反了大陸情報系統內部的幾個諜報人員，願意為臺灣情治機關提供機密情報。薛運九心裡明白，答應為他服務的中共情報人員中，也許真有人痛恨中共專制統治，甘心情願為臺灣工作，以求能夠早日推翻中共政權。但更多人可能都是雙料間諜，在中共當局指使下，向臺灣情治系統輸送假情報，攪渾水，搞亂臺灣反諜工作，同時趁機刺探臺灣軍情。當然也有些人是僅僅見錢眼開，要錢不要命。但薛運九始終不知道，事實上，與他聯繫的大陸情報人員，全部都是雙料間諜，都是按照中共安全委員會的統一部署，經由外聯部，國安部，總參等系統，通過不同方式，借用不同理由，與薛運九聯絡。而遞送給薛運九的情報，特別是跟軍事相關的情報，都是按照總參二部派駐臺灣的特工人員安排，依據臺灣的各種現實情況，由北京方面轉送薛運九，借以影響臺灣反諜系統的行動。雖然薛運九對此有所警惕，但除此之外，他也確實沒有其他辦法來獲取大陸情報，所以他只能不辯真假，來者不拒，照單全收，然後設法通過各種大陸渠道，相互印證，求取真實。有的時候，他做得到，有的時候他做不到，但做到做不到，他都只會自己承擔，不敢向上級報告，他必須保住他的官職，他必須保住他大陸情治專家的聲譽。

第十章

秦鋼按照地址，找到阿里霸駐臺北辦事處。那顯然是掛牌騙人的，並不是阿里霸正式的辦事機構。這個座落在一個購物中心廣場的角落裡，很窄小的玻璃門，非常不起眼，門前只停了一輛日本豐田車。這個蕭雲海竟然敢掛阿里霸這麼大的牌子，也算他膽子夠大。不過，如果總參二部下了令，別說阿里霸，就是阿里霸他爺爺也不敢不答應協助。更何況在大陸的任何一個所謂私營公司，個個都想方設法要跟中共官方勾結，忙不迭地拍官方馬屁，為官方效勞。不買官方的帳，離開官方的關照，任誰的私營公司都辦不成。阿里霸能夠做到如此之大，世界聞名，背後跟官方的祕密勾當不知道有多少，在駐臺辦事處裡安排個把總參特工，簡直是太簡單的一件事了。

秦鋼走過去，拿手摸摸，引擎蓋冰涼，這車最近沒有開動過，不知是不是蕭雲海的車。

他推門走進去，嘴裡叫道：「嘿，老蕭，你在嗎？」

房子裡面，前台兼會客室布置的空間沒有人。隨著秦鋼的叫聲，裡間走出一個小夥子，頭髮梳得賊亮，嘴裡嚼著口香糖。他一見秦鋼，眼睛就睜大一圈，顯然是認出了他是誰，可見蕭雲海已經把秦鋼到臺北的消息和如何識別秦鋼的方法都告訴他了。可是小夥子嘴裡還是儘量保持正常，道：「請問，你找誰？」

「我找老蕭，蕭雲海先生。」秦鋼似乎沒有注意到小夥子已經認出了自己，一手撫摸著臉上貼的橡皮膏，聲音平淡地回答。

「他不在。」小夥子終於把眼睛從秦鋼臉上的橡皮膏移開。

「他的車停在外面，怎麼人會不在？」

「他今天沒有開車出去，」小夥子無意間肯定了外面停的就是蕭雲海的車，又說，「我給他留個話，你下午再來吧。」

「只好這樣了。」秦鋼說著，轉身看看牆壁，說，「劉彪是吧？」

「什麼？嗯，是，你怎麼知道？」劉彪問著，看見牆上的一張海報，有自己的頭像和姓名。

秦鋼沒有回答，走到門口。

「請留個姓名，我好留話給蕭經理。」劉彪對著門說。

藉著推門的響動，秦鋼好像沒聽見問話，繼續走出門去。

劉彪沒有追趕出來，等門關好，從口袋裡掏出手機撥號碼，給蕭雲海打電話，報告秦鋼來訪的消息。

秦鋼繞到門外的汽車邊上，左右看看，迅速蹲下，在車盤底下貼上一個跟蹤信號發射器。他還沒有站起來，就看見劉彪走出來，鎖住公司的門，急匆匆地上了路，大概給蕭雲海的電話沒有打通，劉彪有點著急，決定親自去找他。

這樣的機會，秦鋼當然不會錯過，便跟蹤上去。

從走路方式，秦鋼很快判斷出，劉彪也是經過一定訓練的特工。他走幾個路口，便會停留在某個商店的櫥窗前，查看身後是否有人跟蹤。他會連續過幾條馬路，每次走到馬路當中會突然轉身，重新回到原路。他等過兩趟公車，上去之後，待車門關閉的瞬間又突然下車。這些特工人員慣用的甩跟蹤的方法，劉彪一路都使用了，而且似乎相當熟練。

這個時候，臺北馬路上行人本來不多，非常不適合隱蔽跟蹤，而且秦鋼跟劉彪照過面，跟蹤一段時間後，就被發現了，劉彪開始拔步奔跑。秦鋼無奈，只好也跟著奔跑追趕，於是更加明顯暴露。

劉彪慌慌張張衝進一家大型購物中心，急急忙忙上了二樓，想借人眾甩掉秦鋼。秦鋼跟著跑進來，跟著上了樓。購物中心裡人確實多了些，兩個人一個跑，一個追，都不得不放慢些腳步。劉彪慌忙之中，轉個彎，跑進一條通道，衝到頂頭，才發現那是通往公共廁所的一條路，是個死巷，進出只有同一條路，沒有另外出口。這下子他沒有辦法了，只好站住，轉過身，氣喘吁吁地問：「你追我幹什麼？」

「想問你幾句話。」秦鋼也站住腳，不緊不慢地說。

劉彪左顧右盼，希望找到逃離的辦法，邊問：「你要問什麼？」

「我只想找蕭雲海，你跑什麼？」

「我告訴你下午再說，我給蕭經理留了話。」

「我就是想弄明白，蕭雲海在臺北做的是什麼生意？你們在臺北到底幹些什麼？」

「我們做什麼生意，我們幹什麼，關你什麼事？狗拿耗子。」

「所以你也是大陸來的，而且是北方人。」

劉彪有點後悔，無意之中暴露了自己的身分，便閉了嘴。

「你帶我找到蕭雲海，就沒你什麼事。」

這時候，從女廁所裡走出一個姑娘，看見兩個男人相隔十尺，面對面站著，凶神惡煞，嚇了一跳。

劉彪一個箭步過去，左手攬住姑娘的脖子，拉到自己身前，右手從後腰拔出一把手槍，上面套了消音器，舉起來，對準姑娘的耳朵，對秦鋼說：「你往後退，要不我就崩了她。」

姑娘嚇得半死，驚叫起來，卻被箍緊了喉嚨，發不出聲，憋得滿臉通紅。

秦鋼哈哈一笑，說：「你是不是在臺灣住太久了，也學會了洋人這一套，捉人質做威脅。這套玩藝對中國人有用嗎？你什麼時候聽說過，在北京上海發生過人質事件？中國人搶銀行，有拿人質說事的嗎？警察會為了救人質，放走一個匪徒嗎？這套人質把戲，在中國根本玩不轉，中國人誰會在乎哪個人質的安危，這套把戲威脅不了任何一個中國人。告訴你，我本來不認識這女孩子，她的死活跟我有什麼關係？中國人講究的是完成任務，達到目的。為了完成任務，為了達到目的，死個把人質算得了什麼？隨你便，你把她殺了吧，反正你殺了她，也還是逃不出我的手掌。」

劉彪聽了秦鋼這番話，有點糊塗了，眨著眼睛望著他，嘴唇抖著，說不出話。

秦鋼趁這機會，暗中從衣袋裡取出一柄自製的飛鏢，捏在指頭之間，然後慢慢把手舉過頭頂，說：

「你看，我舉手投降。」

「你別亂動，再動一下，我就開槍。」

「別忘了，這裡是臺灣，不是北京，由不得你們胡來。」秦鋼話沒說完，順手一甩，剎那間，那飛鏢直擊劉彪的右眼，扎入兩寸多深。劉彪啊的一叫，應聲倒地。

秦鋼飛步上前，奪過劉彪手裡的無聲手槍，對準他的頭，略想了一想，沒有扣動扳機。轉臉看看手裡那把手槍，很熟練地退出槍把裡面的子彈匣，二十五粒子彈，一粒不少。他把彈夾裝回搶把，插進自己後腰，然後從劉彪眼睛裡拔出飛鏢，在小夥子的衣服上抹了抹，站起身。

這時候，秦鋼發現，剛才被劉彪劫為人質的那個姑娘還愣在一邊，並沒有跑開。再一細看，沒想到，竟然就是早上住店時，在前台呵斥過他一番的大學生阿美小姐，只是沒有戴眼鏡。

「你怎麼還在這裡，還不快跑。」秦鋼對她叫。

可是阿美小姐嚇得呆了，根本一動也動不了。

秦鋼無奈，只好伸手拖著她，快步離開現場，下了樓，走出購物中心。

走過一個路口，看到路邊有一家小確幸，秦鋼估計阿美小姐比較會熟悉這種店，就扶她進去坐下，找個臨窗的座位坐下，替她買了一杯飲料。

果然坐在小確幸裡，阿美小姐似乎漸漸活過來，望著秦鋼，聲音發抖，問：「他死了嗎？」

「應該沒死，我不知道。」秦鋼說，「我沒有對他開槍。」

「為什麼？」

「什麼為什麼？」

「為什麼你要殺他。」

「因為他要殺你。」

阿美小姐聽了，突然哭起來。

「我送你回家吧？」秦鋼說。

阿美小姐搖搖頭，喘口氣說：「我在這裡坐一會兒，安靜一下。」

秦鋼點點頭，不說話，走出小確幸，過了馬路。他站在拐角邊，隱身暗影裡，透過店窗，注視坐在窗前的阿美小姐。看見她呆坐了片刻，掏出手機，撥了號碼，講了幾句話，又哭起來，然後收起手機。秦鋼知道，她向警局報告了。

幾分鐘後，連續兩部警車開到，四個警察走進小確幸，圍住阿美小姐。

秦鋼從窗中望見，阿美小姐急匆匆地對警察講述自己剛才的經歷，一只手在臉上比劃，顯然是描述秦鋼臉上的橡皮膏。秦鋼嘆口氣，動手把臉上的橡皮膏剝下來。

其實秦鋼臉上根本沒有任何傷疤，這一切都是他精心策劃的。從兩年前重顯江湖，每次在人前露面，他就在臉上貼塊橡皮膏，給人一個他臉上有傷的印象。這次來臺北，一路坐飛機，他臉上也始終留著橡皮膏，乃至住店購物，到蕭雲海公司找人等等。直到此刻，他可以確定，警局記錄一定明確標識，秦鋼臉上有傷疤，永遠貼著一塊紗布橡皮膏，全臺灣警察都會以此為目標，搜尋他。現在他把橡皮膏帶取下，自然立刻就換了一個人，臉上光光的，再不會有警察，想到要注意他。

可是他再不可能回忠孝東路的小旅館了，阿美小姐一定已經向警局報告了他住在哪裡，好在他在旅館並沒有留下什麼東西，指紋是無所謂的，反正旅館已經有他的護照印件，知道他的身分了。大陸護照不能再用，他趕緊跑到捷運車站，找到自己行李的存放處，換取一本加拿大公民的護照，帶在身邊。他可以估計，到此刻為止，全臺北所有旅館酒店，都已經收到臺北分局發出的警告和秦鋼的照片，要求酒店發現此人，立刻報告。

為了安全，他絕對不能再住酒店或旅館，即使他臉上沒有膠布，拿著加拿大護照，也還是不夠安全。秦鋼在馬路上慢慢行走的時候，看到幾家足浴店，隨便進去看看。跟北京情況相同，客人足浴過了晚上十點，可以免費住宿一晚，還送一頓宵夜。於是秦鋼晚上有了落腳之地，足浴店不查護照，隨便什麼人都可以進出。而且他可以每晚換一家店，保證不被任何人注意。

一切都安排好了，他走進誠品書店，上樓找個角落坐下，左右看看。書店裡都不准吸菸，他只好忍住欲望，開始工作。他打開一台公用電腦，搜尋蕭雲海汽車的位置。他安裝在蕭雲海車上的跟蹤信號器功能健全，很快就顯示出來，蕭雲海開車在臺北繞了幾圈之後，停在一個地方不動了。

秦鋼把跟蹤接受的功能轉到手機上，走出書店，點著一支香菸，然後對照著方向，邊抽菸邊走路，到蕭雲海停車的那地方去。

第十一章

林笠生終於到嚴教授家來了，那是四樓上一個小公寓，相當破舊，到處擁擠，擺滿家具，還堆放著很多書報雜誌。嚴國珍教授七十出頭，早已從師大歷史系退休，老伴幾年前故世，他現在獨自居住，平時每天有個鐘點工來幫忙打掃房間，做做飯。

「有兩個半月沒來了吧？」嚴教授一見林笠生走進門，就高興地大叫，同時搬動起桌上的棋盤。

「嚴教授好。」熟識了幾十年，林笠生對嚴教授仍舊非常敬重。他在陸官讀書的時候，師大歷史系教授嚴國珍應聘到陸官任客座兩學期，講授歐洲近現代史。林笠生非常用心地聽了嚴教授的全部課程，也從此跟嚴教授結下忘年交，成了親密的棋友。

「怎麼了？今天心情不好？」嚴教授手指著對面的椅子，讓林笠生坐下，邊問。

林笠生沒有立刻回答嚴教授的問題，坐下來，拿出菸盒。

「我還是抽我的菸斗。」嚴教授說著，拿起桌上的菸斗，用打火機點燃。

「菸斗太厲害，我還是抽不了。」林笠生取出一支香菸，放進嘴裡點燃，抽了幾口，然後拿起面前的黑子，擺到棋盤上。

兩人默默無語，各自抽著菸，下了幾步棋，嚴教授忽然搖頭晃腦，慢悠悠地說：「這幾天讀書，重溫黑格爾。他說：中國歷史從本質上看，是沒有歷史，只是君主覆滅的一再重複而已，任何進步都不可能從中產生。黑格爾說得完全正確，幾千年中國，就是一個大賭場，惡棍們輪流坐莊，混蛋們換班執政，砲灰們總是做祭品，這是中國歷史的本來面目。事實上，中國任何一次革命都沒能使這個歷史得到改變，直到今天，依然如此。」

林笠生聽著嚴教授的話，走了幾步棋，說：「黑格爾，那是兩百年前的人物，民國革命還沒有打響，中共連影子都還沒有，他已經有這樣預言，真是神人。大概只有我們臺灣的民主革命，是在真正地改變歷史。從此以後，臺灣再不能允許惡棍們輪流坐莊，混蛋們換班執政，絕不能允許臺灣民眾再做炮灰。」

嚴教授點點頭，說：「老天保佑，但願如此。」

「可是大陸，完全是另外一個世界，依然是不見天日的地獄。可是有很多人，包括不少臺灣人在內，還要為中共專制政權歌功頌德，甚至居然還有臺灣人，跑到大陸去，參加共產黨，或者到大陸政協大會上去發表講話，歌頌中共，簡直難以置信。」

「世俗之人，時而大喜，時而大悲，皆因缺乏歷史常識，只能看到鼻尖底下這兩三寸空間，故此或者得意忘形，或者垂頭喪氣。」

林笠生知道嚴教授話沒有說全，便不作聲，默默落下一子。

「其實我們眼下所經歷的種種，都曾經在歷史上發生過，而且不止一次地重複。」嚴教授一邊下棋，一邊繼續說，「更遠的不說了，二戰時期，納粹德國，一時之間，強大得不得了，強大到統治了整個歐洲。全世界好像都跪倒在納粹旗下，跑到柏林去開奧運會，向希特勒致敬。結果呢？柏林失守，元首自殺，納粹德國灰飛煙滅，不過一夜之間的功夫。再說共產蘇俄，二戰之後，一時之間，何等強大，強大到跟美國平起平坐，同享世界霸權，想幹什麼就幹什麼，誰擋得住，誰敢擋？全世界都拜倒在鐮刀斧頭旗下，為史達林歌功頌德。奧運會也到莫斯科去辦，向共產黨致敬。結果呢？政權垮臺，國家解體，共產蘇俄分崩離析，也不過一夜之間的功夫。」

林笠生幾乎停止了下棋，也忘記了抽菸，專心聽嚴教授講話。

嚴教授喝一口茶，繼續說：「現今的中共政權，又在重複這一套，他們好像擁有大量的金融儲備，擁有龐大的軍隊，擁有迅速增長的經濟規模，於是自以為強大得不得了，強大到企圖稱霸亞洲，要跟美國分天下了。一時之間，好像全世界又都要跪倒在中共的五星旗下，俯首稱臣了，又到北京去開奧運會，向中共致敬了。而且中共政權遠比納粹德國或者共產蘇俄更加獨裁，更加流氓，更加殘暴。共產蘇俄對於西方世界對他們的種種指責，還有些容忍，美國製造了多少冷戰故事，拚命抵制蘇俄，蘇俄只有接受。可中共政權呢？連一句他們不愛聽的話，都不許人家說，哪個人稍微一說，他們就暴跳如雷，極盡打擊封殺之能事。遇見流氓，除非你更流氓，其實是沒有別的辦法。所以現今世界，幾乎沒人敢去指斥中共的流氓嘴臉，包括美國在內，大家都哄著中共玩，一片頌揚之聲，這樣中共政權當然更加自以為得意，似乎覺得自己偉大得不得了。真如此嗎？我是研究歷史的，從歷史經驗中總結，中共那樣的專制暴政絕對不可能長久。我現在七十歲，大概還有十幾年活頭，我就在這裡等著，一定看得到，終有一天，中共暴政會像納粹德國或者共產蘇俄一樣，一夜之間，土崩瓦解。不論中共暴政現今如何狂妄，不可一世，我始終堅信，專制殘暴的政權可能逞一時之威，但終不能永久。這個世界上，真理和正義最終還是必然取得勝利。否則人類早就滅絕多次，根本延續不到今天了。」

「現在臺灣，恐怕只有你一個人敢講這樣的話，」林笠生嘆口氣，滅掉手裡的香菸，說，「大家都在給大陸政權獻媚，爭先恐後到大陸去開工廠做生意，總統也去跟他們的主席握手言和，恨不得明天就迎接大陸政府來統治臺灣，把臺灣人都殺光。」

嚴教授笑笑說：「不會的，那到底只是極少數人，臺灣廣大民眾，都還是能夠看到大陸政府的所作所為，不會上當，不會容忍大陸政府來統治臺灣。周作人說過，積多年的思索經驗，從學理說來，人的前途鮮有光明，而從史事看來，終歸的前途還是黑暗未了。我們研究歷史的人，不用歷史經驗來告誡現今的大眾，我們就沒有盡到自己的職責，算不得學者。我怕什麼？人活七十古來稀，隨時準備他們來殺我的頭。就算殺了我的頭，我還是要講真話。我相信，只有真話，才能保衛臺灣。」

「臺灣當局當然不會來殺你的頭，可是中共潛伏臺灣的特工們看你不順眼，說不定哪天會來下手。」林笠生又嘆口氣，說，「我是越來越沒有信心了，真不知道臺灣是否能夠保住。」

「此話從何而來？」

「中共潛伏臺灣的特工越來越多，越來越猖狂，像今天，竟然光天化日，大庭廣眾，在購物中心裡，也敢動手殺人。」

「嗯，大陸特工再厲害，有當年蘇俄克格勃的特工厲害嗎？沒有吧？當年蘇俄克格伯特工，跟美國中情局特工有一拼，天下無敵，那又怎麼樣？」嚴教授笑笑，說，「祕密警察，特工間諜，都不過是政權統治者們使用的工具。有時候，這批政權的走狗們會自我膨脹，自以為了不起，自以為強大得不得了。當年納粹德國黨衛軍，強大不強大？狂妄不狂妄？整個歐洲都籠罩在黑衫隊的陰影裡。他們想殺誰就殺誰，想拿誰的人皮做燈罩，就拿誰的人皮做燈罩。結果呢？納粹德國一垮，黨衛軍也完蛋，以後幾十年被正義的人們追捕，送上法庭，殺頭抵命。皮之不存，毛焉可附。共產蘇俄時代，克格勃全球為非作歹，所向披靡。美國中情局，英國MI6，法國DGSE，甚至以色列莫薩德，哪個都不是他們對手。一時之間，全世界好像都被捏在克格勃的魔掌裡，喘不過氣來。結果呢？再強大的克格勃，也無法保住專制的蘇共暴政，倒是他們自己，跟隨著共產蘇俄的垮臺而壽終正寢。毛澤東愛說大話，嘲笑美國是紙老虎，說了幾十年。到底誰是紙老虎？納粹德國是紙老虎，共產蘇俄是紙老虎，現今的中共政權是紙老虎，表面看，強大得不得了，像個老虎，其實是紙做成的，不堪一擊。咱們等著看，再過五年十年，到底是美國完蛋，還是中共暴政完蛋。」

「只希望在那個歷史時刻到來之前，我們沒有丟掉臺灣。」

「那是不可能的，臺灣人現在越來越多地認識到了中共政權的虛偽和殘暴，不會接受他們的統戰伎倆，再被他們欺騙。」嚴教授用力搖頭，堅決地說，「大陸政權幾十年來自稱永遠偉大光榮正確，咒罵美國和西方資本主義腐朽沒落，可是到頭來，美國沒有任何改變，西方沒有任何改變，倒是中共澈底改變了自己的制度，以求生存。毛澤東思想不能繼續了，馬列主義不能繼續了，中共現在只能依靠欺騙和暴力維持統治，窮途末路啊。只可惜中國的百姓，幾千年歷來如此，唯皇上馬首是瞻。明末有百姓搶食袁崇煥之肉，清末有百姓向綁赴刑場的譚嗣同丟雞蛋，此等人眾，至今遍斥大陸。而且他們更被中共洗腦幾十年，愈加愚昧，更加一味服從。毛澤東當政，擁護毛澤東。鄧小平當政，擁護鄧小平。江澤民當政，擁護江澤民。胡錦濤當政，擁護胡錦濤。現在習近平當政，擁護習近平。總而言之，永遠擁護當今聖上，從不知道什麼是真理和公正，所以中國是沒救的。我們臺灣，堅決不能走上這條黃泉路，不會的，唉，一定不會。」

「謝謝嚴教授這番告誡，讓我增加了一些信心，」林笠生吐出兩口氣，說，「我還得繼續努力，為保衛臺灣的安全而戰。」

嚴教授搖搖頭，繼續自己的思路：「你說蘇俄人迷信崇拜史達林，史達林雖然殘暴無度，濫殺無辜，但他畢竟曾經領導蘇俄人民抵抗了納粹德國的進攻，保護了蘇俄的國土，至少也總算對蘇俄人民有過一功。中共的領袖們呢？從毛澤東算起，哪有一個曾經對中國人民建立過點滴功勛？日本入侵之前，毛澤東和中共領袖們一心一意要把中國出賣給蘇俄。日本入侵之後，蔣介石和國民黨領導全國軍民堅決抗戰，毛澤東和中共領袖們躲在陝北山溝裡，跟日本人勾結，拆國民政府的台，一心一意要把中國出賣給日本。毛澤東和中共領袖們的全部能耐，就是殺起自己的同胞來，心狠手毒。他們號稱是解放了中國人民，從何處解放了中國人民呢？從蘇俄的魔掌裡，還是從日本人的屠刀下？他們的解放，就是推翻了國民黨在大陸的政權。那算是解放嗎？中國人民，從國家主席到鄉村農民，哪個人在中共統治下生活得比在國民黨統治下更好？在國民政府統治下，受苦受難還可以呼號反抗，在中共統治下幾千萬上億人受虐致死，連大氣也不能出一口，那叫作解放嗎？將近一百年，中共就是用欺騙和暴力來維持統治。我總是願意相信，依靠欺騙和暴力，任何統治都維持不住。」

林笠生看嚴教授似乎有些激動，站起來給他的茶杯裡添些開水，舉到教授面前，想借此轉換一下教授的情緒。

嚴教授接過茶杯，飲了一口，仍然繼續說：「我研究了幾十年，還是搞不懂，中國有幾千年的文化傳統，可中國人竟然會如此愚昧，甚至包括許許多多知識分子，會真心地崇拜毛澤東和中共領袖們。以毛澤東為首，從上到下，所有的中共領導人中，哪個不曾是兩面三刀，口蜜腹劍？哪個不曾叛變過，告密過？哪個不曾出賣過同事，上級，下級，用他人的鮮血染紅自己的頂戴花翎？又有哪個曾經是全心全意，為解放全人類的偉大信仰而獻身？哪個曾經是真心實意，為祖國人民造福而參加他們所謂的革命？你數數看，中共領袖們，哪個曾經為中國，為中國人民，做出過任何真正的貢獻，哪怕是點滴的貢獻？如果你讀過中國近現代史，如果你讀過中共黨史，你就知道了，完全沒有，一個都沒有。全體中共領袖，全體中共幹部，都是不折不扣的奸細，告密者，陰謀家，屠夫，漢奸……」

說到這兒，嚴教授真是過於激動了。林笠生怕他血壓增高，連忙叫道：「嚴教授，嚴教授，緩口氣，喝口茶，我們把這盤棋下完以後再接著聊。」

嚴教授點點頭，閉住眼睛，沉默片刻。

電話鈴聲響，驚醒了嚴教授。他拿起話筒，聽了一下，說：「笠生正在這裡跟我下棋，就留他一起在這裡吃晚飯了。」

放下電話之後，嚴教授重新點燃菸斗，邊說：「世良說晚上六點鐘回來，我去訂幾份便當，你就在這裡吃晚飯。」

「不麻煩了吧。」

「客氣什麼？我們總要把這盤棋下完。」

第十二章

秦鋼照著跟蹤信號，到了一家叫作一品香的餐廳，蕭雲海的車就停在餐廳前面的停車場裡。

才下午五點半鐘，一品香餐廳裡人還很少，樓下大廳幾乎是空的。樓上雅座包廂也都敞開著，只有一間關著門。秦鋼繞著樓上樓下走了一圈，沒有看到蕭雲海的影子，所以斷定，他在樓上那個關著門的包廂裡。

秦鋼下了樓，在大廳裡找個桌子，背對二樓包廂，可是桌子面前的玻璃牆，剛好能夠反射那個緊閉的房門。坐好之後，服務員走過來，遞給他一份菜單。他看了看，覺得自己也確實有點餓了，便點了一杯紅酒，一碟燻魚，一籠湯包，一盤蒜苗，慢慢吃著。

但是他想不到，那個包廂裡面，正在進行的對話卻是極為嚴重。

蕭雲海在韓陸手下做事，已經十幾年。但兩人接觸，通常是在韓陸的辦公室，聽上校布置任務，或者在各種祕密通訊中彙報情況和聽從指示，從來沒有跟韓陸一起出過外勤。在總參二部，韓陸上校素以忠誠，幹練，冷靜聞名，令人尊敬。當然私底下也時常傳出小道消息，說上校殺人如割韭菜，臉不變色心不跳。蕭雲海聽了，總是一笑置之，不予理會。幹特工的，面臨危機，通常在分秒之間必須做出決定，不是你死就是我活，哪能有任何猶豫，殺個人沒什麼了不得。

而且韓陸上校對於忠誠的部下，十分關懷，照料倍至。比如蕭雲海殺了秦鋼家人之後，秦鋼突然意外回京，蕭雲海面臨危險。韓陸上校便立即決定，設法保護蕭雲海，並且策劃了整套計畫，讓蕭雲海先去澳大利亞，然後藉著叛逃的名義，到臺灣潛伏。按照上校的命令，蕭雲海到臺灣後的頭兩年，安安穩穩過日子，什麼也不做，所以完全沒有任何危險，蕭雲海因此十分感激韓陸上校。

不想兩年之後，上校自己也到了臺灣，負責領導總參在臺特工的全部行動。韓陸以中國旅行社總社人員的身分，派到臺北辦事處，名義上做個普通文員。可中旅總部和駐臺機構領導，都接到總參的指示，從不給韓陸分配任何具體工作，一切隨他自己安排。

韓陸上校到臺灣後，給蕭雲海布置的任務，就是設法跟謝維祥交朋友，然後策反，讓謝維祥向大陸提供臺灣陸海空三軍的通訊資料。蕭雲海執行任務非常用心，一步一步，也進行得相當順利。前幾天，雖然謝維祥給他記憶卡時，表示了從此洗手不幹的意思，但既然蕭雲海已經拿到臺灣陸海空三軍的通訊資料，謝維祥對他也就沒有多少價值了，所以蕭雲海當時並沒有做出什麼表示。可是誰想到，夜長夢多，負責轉遞記憶卡的楊子突然被殺，資料沒有送到韓陸上校手裡，任務就不算完成。蕭雲海只好再去找謝維祥，要求他複製一個記憶卡。但是謝維祥說什麼也不幹了，甚至躲避跟他會面。

蕭雲海實在無奈，只得請求韓陸親自出面，處理這件事。因此蕭雲海有了頭一次機會，跟隨上校一起出外勤。韓陸上校讓蕭雲海轉告謝維祥，既然在一起合作過兩年，分手人情在，一起吃個飯，好聚好散。謝維祥聽說蕭雲海的上級要見他，勉強答應了約會，並且根據韓陸的要求，帶了太太一起出席。

謝維祥指望這是他跟大陸之間的最後一次聯絡，所以跟太太兩人精心裝扮了一番，來到一品香餐廳。按照多年軍隊生活的訓練，一進店門，謝維祥就把頭上的禮帽摘下，捏在手裡。他跟太太還沒有走到酒吧台前坐下，蕭雲海就匆匆忙忙進了門，招呼謝維祥夫婦上樓，到雅座包廂去。跟在蕭雲海身後，走進包廂，謝維祥順手把禮帽掛到門口的衣帽架上。蕭雲海回轉身，招呼謝維祥夫婦在桌邊坐下。

三個人坐下不久，寒暄了沒兩句，韓陸就到了。上校穿著筆挺的西裝，顯得十分威嚴，也十分幹練，給謝維祥一個可怕的印象。但謝維祥畢竟經驗老道，不露聲色。蕭雲海卻顯得十分慌張，兩手發抖，嘴裡講不出話。

客套兩句，酒過三巡，韓陸便直奔主題，要求謝維祥再次提供資料記憶卡。謝維祥則再次表示自己的決心，絕不肯繼續出賣臺灣。

韓陸冷笑一聲，說：「你不出賣臺灣，臺灣就保住了嗎？臺灣有的是人願意出賣臺灣，臺灣軍隊裡很多人排了隊，爭先恐後地向我們出賣情報。你知道為什麼臺灣軍界那麼多人去東南亞各國度假嗎？他們到那裡去，是向我們提交臺灣的軍事情報，很便宜，一萬美元就可以買到。」

不光謝維祥聽了目瞪口呆，連蕭雲海也感到十分意外，為什麼上校會洩露這樣的機密呢？他有什麼目的？他不怕謝維祥向臺灣國防部報告嗎？

韓陸繼續說：「你以為現在收手，就可以做個乾淨人，既往不咎，對得起自己，對得起臺灣了嗎？

臺灣民眾就能饒恕你的罪過了嗎？五十多歲的人了，不要那麼天真，還是放聰明點，把資料記憶卡交出來，也許我們放你一馬，不把你這兩年向我們提供軍事情報的事情暴露出去。」

蕭雲海知道上校這是軟硬兼施，雙管齊下。可是謝維祥鐵了心，呆坐在那裡，握住太太的手，兩眼望著太太，堅持不講話。他的太太垂著頭，一聲不響，默默流淚。

「我最後再給你一個機會，何去何從，仔細想清楚，」韓陸再次開口，「老實告訴你，為臺灣賣命是沒有意義的。我黨一旦決定採取武力行動，收復臺灣，你們臺灣就毫無任何抵抗的可能。你們這點點兵力，這點點砲火，這點點土地，怎麼可能抵擋得住我軍的強大海空武裝。用不了一天，我們就能全部消滅臺灣的防衛，佔領臺灣的全部土地，殺光所有敢於抵抗的臺灣人。如果你想讓臺灣人少死幾個，就把臺灣防衛資料交給我們，以便戰爭儘早結束，免去臺灣人犧牲，也算是你對臺灣的貢獻。」

謝維祥聽了，臉色慘白，獃坐片刻，才哆嗦著嘴唇，嘟囔著說：「臺灣人也沒有那麼好欺負，我們寧願全部戰死，也不會讓你們輕易得手。」

「哈哈，可笑，當年國軍幾百萬，還不是兵敗如山倒，短短三年，就逃離大陸，到臺灣這個小島來了？現在還說什麼抵抗，現在臺灣甚至找不出一個像蔣介石那麼意志堅強的人，馬英九是嗎？蔡英文是嗎？臺灣從政府到百姓，全部都是軟蛋。」

「軟蛋也不容許你隨便捏，」謝維祥突然好像硬氣起來，雖然講話仍舊聲音不高，但已經不打顫，「我作為一個臺灣人，絕不會把臺灣軍隊的通訊資料給你們。我已經犯過錯誤，絕不再犯更多錯誤。」

韓陸也不是吃素的，沉下臉來，說：「那麼就是說，你準備犧牲自己的公司，自己的性命？」

謝維祥的太太聽了，放聲大哭起來，兩手捂住臉。

「淑敏，不要這樣，沉住點氣，他們不敢把我怎麼樣。」謝維祥趕緊安慰太太。

「什麼不敢？」韓陸問，「不敢搗毀你的公司？還是不敢殺你的性命？」

「你都不敢！」謝維祥說。

蕭雲海聽了，打了個哆嗦，渾身起滿雞皮疙瘩。五年前上校派下任務，命令蕭雲海處理秦鋼的家屬，他忠實地執行了，獨自一人到秦鋼家，毫無二話就槍殺了秦鋼的老婆。可是面對秦鋼五歲的兒子，他卻略有猶豫，沒有立刻下手。那一瞬間，聽得背後槍響，秦鋼的兒子應聲倒下。蕭雲海沒有想到會有人跟蹤他到秦鋼家，轉回頭去看，卻找不到任何一個人影。蕭雲海回總參報告任務完成，受到韓陸上校一頓批評，教訓他如果臨陣不能果斷，就可能反被敵人殺死。蕭雲海心裡琢磨，是上校親自跟蹤他到秦鋼家，監視他的行動，並且殺死了秦鋼的兒子，還是他派人幹的？處置同是中共情報官員家屬這種事，絕對不宜擴大，讓更多人了解內情，所以蕭雲海斷定，一定是上校親自幹的，雖然上校不願意承認。但從此蕭雲海便知道了，上校殺人有多冷酷，所謂吃一虧長一智，他永遠都不敢對上校存有任何幻想，執行命令絕對百分之百，不敢有半分猶豫。

「我為什麼不敢？」韓陸似乎倒有了興趣，他還從來沒有碰到過一個敢跟他說不的人。

謝維祥猶豫了一下，才說：「因為我掌握著很多你們大陸潛伏臺灣特工的資料。」他現在必須設法保衛自己和太太的性命，所以也豁出去了。

「真的？」這可真讓韓陸有點吃驚了，他不肯相信。

謝維祥眼睛在屋子裡掃了一圈，又說：「我是吃電子通訊這碗飯的，隨時都得想辦法保護自己的安全。所以我到你們大陸去的幾次，會見各位中共高級官員，說笑談話，全部秘密的做了錄音。前些時，我感覺到自己處境不妙，就根據那些錄音資料，在臺灣各地做了些偵察，基本掌握了你們大陸潛伏臺灣特工網路的人員布置。」

「你真有這本事嗎？我可沒看出來。」韓陸實在不能相信。

「對，你們潛伏在臺灣的有政府情報組，經濟情報組，文化情報組，教育情報組，社會情報組，還有規模最大的軍事情報組，所有情況我都有詳細記錄。」謝維祥快速地說出來，力求能夠保全性命。

韓陸瞪著眼睛看著謝維祥，一言不發。

「你們大陸情報機關有外聯部，國安部，公安部，還有總政聯絡部，總參二部和三部，總參二部一局專門搞臺灣情報。這些部門情報官員跟我的談話錄音，還有你們在臺灣的情報人員和分布情況，我都刻在一個記憶卡上，你不相信，拿出電腦來，我現在就可以展示給你看。」謝維祥說溜了嘴，不經意暴露了機密，趕緊彌補道，「不過如果你們不再來糾纏我的話，我暫時不會把這些資料交給國防部，你們還是安全的。」

韓陸問：「那就是說，你現在身上帶著那個資料的記憶卡？」

「我帶著，可是你們絕對找不……」謝維祥說了半句，見到韓陸從後腰裡拔出一把手槍，槍口上套著消音器，嚇得噎住了後面半句。

「我要你立刻交出來。」韓陸咬著牙齒下命令。

謝維祥一動不動，不知是嚇死了，還是下了抵抗的決心。

韓陸向蕭雲海使個眼色，蕭雲海便挪到謝維祥跟前，卻不知道該做什麼。

「交不交？」韓陸又問一聲，見謝維祥仍舊不動，便抬起手，普的一聲，子彈射進謝太太的眉心。那女人連叫也沒有叫出聲，便倒下座椅，身體尚未著地，已經死了。原來韓陸要求謝維祥帶太太來，是安了這樣的心。

謝維祥見了，驚恐萬狀，張大嘴巴，可他叫不出聲，因為蕭雲海早已伸手兜住他的脖頸，死死捂住他的嘴巴。

韓陸揮著手槍，對謝維祥說：「這下子，你明白了吧？我說話算話，從來不打折扣。你還是老老實實把記憶卡交出來，我或許饒你一條性命。」

謝維祥痛哭不已，淚流滿面，看著躺在地上的太太。

「再給你一分鐘，要死要活，你自己決定。」韓陸說著，抬起左手臂，看著手錶。

房間裡靜悄悄的，只聽到謝維祥無聲的飲泣和喘息。

蕭雲海看著上校，汗毛直立，這一分鐘的等待，真是要了他的命。

韓陸放下左手臂，朝蕭雲海擺擺頭。蕭雲海急忙鬆開扣住謝維祥的手，挪到一邊。謝維祥剛準備起身，撲往太太身邊，又聽得普的一聲，韓陸早已舉槍，擊中謝維祥的額頭。謝維祥倒在地上，抽搐幾下，便斷了氣。

「從一見面，我就知道，這人已經死了心，留他沒有意義了。」韓陸說著，收起手槍，拿出一把匕首，蹲到謝維祥的屍體邊，動手搜索那個藏匿的記憶卡。

從衣領開始，到西裝口袋，又到褲腰褲袋，背心褲衩，皮帶領帶，鞋幫鞋底，凡有折縫處，都一寸一寸割開，仔細查看。記憶卡尺寸一定很小，可能藏在任何地方。可是他什麼都沒有找到，韓陸上校轉過身，又在謝太太的屍體上搜索一番。是男是女，似乎對韓陸都無所謂，照樣地扒光謝太太的衣服，一寸一寸割開胸罩和內褲。在他的心目裡，只有必須完成的任務。

可是韓陸和蕭雲海忙了半天，什麼都沒有找到，只好坐在桌邊思索。蕭雲海看著上司的臉色，不敢出大氣，他估計上校現在有點後悔了，急急忙忙殺死謝維祥，也許不算高招。但是對於上校來說，製造恐懼，是控制人的最有效手段，除了殺人，他不知道還能有什麼其他辦法。

想了一陣，韓陸命令說：「既然他沒有帶在身邊，那就必定藏在辦公室裡，或者家裡。我到他家去搜，你去他的辦公室。立刻出發，在餐廳的案子暴露之前，今晚一定要找到。」

「是，堅決完成任務。」蕭雲海應聲回答。

韓陸站起來，又說：「也許他是嚇唬人，其實根本沒有什麼記憶卡。不管有還是沒有，我們必須弄清楚，才能放心。這關係到我們全體人員的在臺工作，萬一遭到破壞，對黨的事業是巨大的損失。」

蕭雲海點點頭，連話也說不出。

韓陸從口袋裡取出一個小盒子打開，拿出一條透明塑膠帶，輕輕貼到桌上一個酒杯上，壓了壓，再取下來，放回小盒子，裝進衣袋，然後說：「不要一起走，你過五分鐘再出門。」

說完，韓陸正正衣襟，舉步走出去，在身後關緊房門。

蕭雲海坐在桌邊，望著躺在地上的兩具屍體，渾身發抖，他不是怕死人，他是怕上校。

韓陸走過樓道，走下樓梯，腳步平穩，氣態如常，目視前方，看到樓下一個客人，背對大堂坐著，悠閒地吃著飯，沒有太在意。

秦鋼則從面前的玻璃牆反光中，看見一個高大男人從樓上包廂裡走出來，很快把房門關緊，然後從從容容地走到樓梯口。秦鋼聽說過韓陸的大名，但從來沒有見過，所以並不知道那個高大男人便是上校。他拿出手機，對準樓梯口，那人剛從樓梯口露面，秦鋼迅速按下快門，拍下韓陸上校的照片，然後在被發現之前，把手機放到桌上。

那人從秦鋼身後走過去，出了門。秦鋼悄悄跟著，走到店門口，從窗中看出去，那人招手叫住一部出租汽車，坐進去開走了。就是說，蕭雲海還在店裡。秦鋼記下那部出租車的牌照號碼，回到自己的桌邊坐下。這時，從玻璃牆反光，看見蕭雲海慌慌張張走出樓上包廂，仍舊把房門關緊，然後急匆匆地下了樓，奔出店去，開上自己的車走了。

秦鋼並不急於跟蹤蕭雲海，他在蕭雲海的車上裝了跟蹤儀，隨時可以找得到他。秦鋼覺得奇怪的是，為什麼蕭雲海出了包廂之後，還要把房門關緊。那包廂裡一定另有什麼情況發生，他必須弄明白。

上了樓，開門進了那個包廂，秦鋼嚇了一跳。死人，他見得多了，經他之手殺的人夠多，一點都嚇不倒他。他沒有想到的是，地上那男女兩人的屍體，全部裸露。而他們的所有衣褲鞋襪，都丟在旁邊，幾乎沒有一塊還完整，顯然搜身的人要尋找什麼東西，而且尺寸和體積都不會很大，可以隨身藏在任何地方。

秦鋼知道自己沒有必要再次去查看被殺男女，如此專業細緻的搜查之後，不會留下任何線索。他站在門口，轉著頭，查看房間，發現門邊的衣帽架上，掛了一頂黑色禮帽，顯然是哪個人進門的時候，順手掛上去的。秦鋼想了想，剛才先出門的高大男人，穿的是一身藍色西裝，蕭雲海穿的則是一件咖啡色的皮夾克，兩人都不會戴黑色禮帽。而躺在面前的這個男性死屍，衣服雖然被割得破碎不堪，但確是黑色的。所以這禮帽必定是這個死人的，只因為他進門時候隨手一掛，沒人注意到，所以搜查的時候沒有查到這頂禮帽。

秦鋼把那禮帽摘下，戴到自己頭上，走出包廂，仍舊關住房門。

第十三章

已經晚上八點半了，嚴世良才匆匆忙忙進了門，連聲說：「抱歉，抱歉，遲了，遲了。」

嚴教授和林笠生早就吃過晚飯，又在下第二盤棋。

「晚飯都在廚房，用微波爐自己熱一熱吃吧。」嚴教授見兒子來了，頭也不抬，順口說一句。

林笠生轉過頭，問：「臨時任務？」

嚴世良跑到廚房，邊動手加熱晚飯，邊說：「六點鐘，正準備下班，接到報告。一品香餐廳發生槍殺慘案，受害人是台隆電子公司的老總謝維祥，臺北分局疑為大陸諜案，請求保一總隊介入，我們分隊受命，趕到現場，配合偵察。從沒見過那樣的作案現場，殺人手段極端殘忍，而且疑點太多，難怪臺北分局懷疑是諜案。」

「你說受害人是謝維祥？」林笠生說。

「對，一品香老闆跟謝維祥是老熟人，確認就是他，還有他的太太，也被殺害。」嚴世良換了個碗，放進微波爐加熱，繼續說，「根據初步調查，謝維祥的公司幾十年來一直跟國防部協作，建設陸海空三軍電子通訊設施，估計大陸特工早就打他的主意。」

林笠生沉思著說：「不錯，記得我跟蹤監視很久的那個蕭雲海嗎？他就經常跟謝維祥接觸，吃飯喝茶，好像蠻熟的。我一直在懷疑謝維祥跟大陸特工有什麼不可告人的勾當，可是那個老傢伙行動很小心，一直沒有拿到他什麼具體證據。」

「你說蕭雲海，是前些年從大陸投誠來臺灣的那人嗎？」嚴教授插嘴問。

「就是，我懷疑他是借投誠來臺，實際是潛伏。」林笠生回答。

嚴教授「哦」了一聲，不再講話。

「現在謝維祥被殺了，死無對證了，」嚴世良把熱好的飯菜端到桌上，邊說：「臺北分局還在收集指紋跟血液樣本，希望能夠查到兇手的痕跡。」

「你查不到的，他們都是職業特工，手段很高明，」林笠生說，「如果能夠被你們查到線索，必定是他們專門留下來，特意讓你們查到，以求嫁禍於人，誤導偵察。」

嚴世良坐下來，一邊吃著，點點頭，說：「確實，謝維祥夫婦，都是額頭中槍，無聲手槍，近距離一槍斃命，顯然是專業殺手所為。女人身上金銀首飾，一樣不少。男人手上金戒，手腕上勞力士手錶也都在，顯然不是搶劫兇殺。可是很奇怪，兩人全身上下，衣服褲子皮帶鞋子，樣樣都被割破，殺手仔細搜查過他們，好像要尋找什麼特別的東西。」

「一定是記憶卡之類，體積小，容易藏，又可以儲存大量資料。」林笠生說，想起楊子臨死前吞進肚子的記憶卡。

「對，我們當時也做出同樣結論，但不知道殺手是否找到了他們要找的東西。」嚴世良說著，咽下幾口飯。

「不會是商業競爭造成的謀殺案吧？臺灣近年民風日衰，也會發生這類惡性案件。」嚴教授說。

「不排除這個可能，臺北分局會做這方面調查，」嚴世良回答，「但我想這個可能性不大，因為台隆電子公司在民用商業領域毫無觸及，從來沒有跟任何商家有過競爭。」

「這個肯定是諜案。」林笠生說。

「奇怪的是，」嚴世良喝光碗裡的湯，砸砸嘴，打個嗝，說，「吃飽了。我們在現場搜查的時候，薛運九忽然來了，而且當場下令：此案全面封鎖，任何消息不得外露，違者嚴懲不怠。更奇怪的是，他指著桌上幾個酒杯，問臺北分局是否已經全部收集了指紋，好像他得到情報，知道能夠從酒杯上的指紋鑑定，查出做案兇手。臺北分局非常專業，當然早已收集了包厢裡的所有指紋，那是做案現場的作業常規。薛運九又說：可以判斷，一定是大陸剛來臺灣的那個特工秦鋼作案，你們指紋鑑定完成之後，立刻報告。臺北分局辦案人員一聽就愣了，他們哪裡去找秦鋼的指紋核對呢？薛運九就答應到國防部軍情局去，索取秦鋼以前的指紋檔案，交給臺北分局辦案人員核對。」

「所以我說，薛運九肯定是個腐敗官員，他肯定跟中共在臺灣的潛伏特工有關係。」林笠生說。

嚴世良站在水池邊，洗著碗，說：「薛運九在大陸內地有些情報線索，也許是從那裡獲得的消息。」

「當然一定是北京那方面的小道消息，可是多半為假消息，專門用來誤導的。」林笠生說，「我剛說了，做案兇手如果留下什麼痕跡，那一定是故意的，為的就是引導臺北分局去追查秦鋼。想一想，專業殺手會在酒杯上留指紋嗎？我可以斷定，此案一定不是秦鋼幹的，但是一定跟秦鋼有關係。」

「可是我想不通，為什麼薛運九要壓住這個案子，不許向社會洩露呢？」嚴世良擦著手上的水，走到桌邊坐下，繼續說，「這麼大的命案，怎麼可能掩蓋得住。餐廳裡那麼多服務生都見到，臺北分局那麼多警員都參與，任何人都可能洩露出去。」

林笠生眼睛突然一亮，說：「不錯，我們把這個案件暴露出去，讓薛運九掩蓋不住，從中揭發中共潛伏臺灣的特工組織和活動，引起臺灣民眾的關切。」

「我可不能那麼做，」嚴世良說，「我是警政署的幹員，警政委員下了令，我若是違反，性質嚴重。」

「你不行，我行呀。」林笠生說，「你把你那個中學同學董欣麗的電話給我，其餘一切都由我處理，一定把這個案子做好做滿。」

嚴世良猶豫了片刻，說：「你可別把人家姑娘牽扯進來，這事如果真的涉及大陸特工，會很危險的。」

「我當然會跟她說明狀況，她要做就做，她不做當然不會強迫她，你放心。」

嚴世良拿出手機，查到董欣麗的電話，說給林笠生，然後說：「你們談這事，我不能在場。」

「當然，你回家去吧。」

嚴世良手裡的電話響起來，他按了接聽鈕，答說：「嚴世良。」然後聽了一陣，掛斷電話，站起身，說，「我得走，他們到謝維祥的公司去調查，發現那裡又發生一起槍殺案。」

「我告訴你，還真得仔細調查一下秦鋼，」林笠生說，「他到臺北才兩天，就連續發生兩起兇殺，絕不會是偶然的巧合。」

「當然，幹我們這行，沒人相信會有巧合。」嚴世良說著，走到門邊，又補充，「三起，購物中心還有一起兇殺。」

嚴教授嘆口氣，說：「你們說的這一套，我全不懂。可我知道，我們這盤棋是下不完了。」

林笠生抱歉地說：「這件事實在太重大，我們必須抓緊時間。等案子結了，我來陪您老人家大戰三天三夜，絕不食言。」

「你辦你的事要緊，不必惦記我。」嚴教授說著，走到窗邊沙發坐下，點燃他的大菸斗。

林笠生按照嚴世良給的電話號碼，撥通董欣麗的手機。

「電視台董欣麗，請問哪一位？」

「我叫林笠生，前兩天跟嚴世良一起吃午飯的時候，跟你見過一面。」

「啊，是的，我記得，請問您有什麼事情？」

「今天晚上臺北發生一起重大兇殺案，當局打算掩蓋起來，不讓民眾了解。我獲得了這個消息，準備透露給你，你是不是感興趣？」

「嗯，今天晚上有兇殺案？」董欣麗似乎在思索，又似乎在電腦上查看，然後說，「沒有消息啊，是當局要封鎖嗎？臺北分局也會掩蓋這樣的案件？」

「因為牽扯到諜案，所以當局封鎖比較嚴密。」

董欣麗興奮起來，說：「他們誰也不能剝奪民眾知情的權利，我們能見個面談談嗎？你在哪裡？現在可以嗎？」

「當然，」林笠生把嚴教授家的地址告訴她。

「我知道那地方，不遠，現在出發，十五分鐘就到了。」

結果還沒到十五分鐘，她就按響了門鈴。

林笠生把她迎進門，首先介紹說：「這位是嚴國珍教授。」

「嚴教授您好，我最愛讀您的書，不騙您，完全是肺腑之言。」董欣麗上前幾步，握住嚴教授的手，激動地說。

嚴教授呵呵地笑著，說：「我也最喜歡看你的新聞，你比電視上更漂亮呀。」

「哦，那麼嚴世良是您的……」

「犬子不成器，我們不提他。」嚴教授擺擺手，說。

董欣麗說：「世良很能幹呢，中學的時候成績優異，沒想到他會去讀警察大學。」

嚴教授嘆口氣，說：「他從小就喜歡耍槍弄刀，當警察正合適。」

「看您說的，世良做得挺好的，保一總隊分隊長，多威風呀。」董欣麗說。

「你消息蠻靈通啊。」林笠生笑起來，「他剛升職幾天，你就知道了。」

董欣麗臉有些發紅，爭辯說：「我的職業是什麼？我是新聞記者呀。專長就是探聽各種新聞，新聞就是消息。呀，嚴教授，您抽菸斗，菸味真香，像巧克力。」

林笠生更笑起來，把董欣麗笑毛了，說：「你笑什麼，這菸味就是像巧克力。」

嚴教授出來打圓場，說：「好了，你們說你們的正經事，我不打擾你們。」

董欣麗借機下臺，對嚴教授說：「認識您真好，以後我要常來聽您講故事。」

「有漂亮姑娘作伴，我也很高興。」嚴教授抬起拿菸斗的手，指指林笠生說，「他是林笠生，世良的師傅。世良有他一半的本事，就能夠走遍天下。」

「言過其實，」林笠生說，又說，「我在陸官讀書的時候，是嚴教授的學生。後來又跟世良同事幾年，來往更多了，嚴教授就像我的父親一樣。」

嚴教授說：「做他的父親不敢當，我沒有少將的軍銜。可他比我親生兒子還親，倒是真的。」

「那麼你也是警政署的幹員啦？」董欣麗轉臉問。

「少校，」嚴教授插嘴答道，繼續抽著菸斗。

林笠生趕緊解釋：「過去是，現在不是了。五年前就辭職了，現在跑單幫，自己幹。」

「做什麼？」

「保鏢呀，警衛呀，偵探呀，都是跟保安有關的雜活吧。」林笠生說著，請董欣麗坐到桌邊，又說：「今天要跟你說的這個事情，跟世良無關。警政署上司明確指示，不得外洩案情，他是警局幹員，不能違背命令，你報導的時候，絕對不能提到他。」

「這個當然，我們做新聞，一定會保護消息來源。」董欣麗說，「既然是世良那裡來的消息，自然十分可靠，他是個很負責任的警官。」

林笠生笑了笑，點點頭，說：「另外還要事先警告你一下，因為這個案子涉及大陸潛伏臺灣的特工，所以有很大的危險。」

董欣麗聽了，似乎有些吃驚，問：「大陸有潛伏臺灣的特工嗎？」

「當然有，從老蔣總統在世的時候就有，從來沒少過。」

董欣麗打了個哆嗦，嘟囔：「那太可怕了。」

「對呀，你做新聞記者都沒有聽說過，普通民眾哪裡會想到呢。所以我想，如果把這個案情報導出去，一定能引起民眾的警覺。大陸潛伏在臺灣的特工很多，而且越來越猖狂，我們必須時刻警惕，堅決打擊，不能讓他們得逞。」林笠生說完，又補充一句，「不過如果你去捅這個馬蜂窩，大陸特工絕對饒不了你。」

董欣麗低頭沉思片刻，然後說：「只要消息屬實，我做新聞報導，沒有什麼可怕的。」

「大陸特工殺起人，誰也不怕，什麼都做得出來。」林笠生點燃一支菸，邊說，「不過你放心，我會保護你，絕不讓你受驚。」

董欣麗笑了笑，說：「我會保護我自己。」

「我說我要保護你，我就一定保護你。」林笠生又補充道，「世良也會保護你，他手下有一個分隊的人馬呢，而且是保一總隊的幹員。」

董欣麗忙說：「我相信你，也相信世良。但是我說我能保護我自己，我就一定能夠保護自己。」

嚴教授在一邊大笑起來，說：「你們這一對，老王賣瓜，自賣自誇，真是可笑。」

「好了，言歸正傳，事情是這樣的……」林笠生收起笑臉，抽了兩口菸，慢慢地講起來。

第十四章

跟著手機裡面接收到的跟蹤訊號，秦鋼到了台隆電子通訊公司總部所在的大樓。已經將近晚上八點鐘，樓門前的停車場裡，只有三、四部車子，估計是值班保安和清潔工的車，其中一部是蕭雲海的豐田。

秦鋼想了想，到旁邊一家餐館，買了些便當，裝進一個塑膠袋，提在手裡，走回台隆公司辦公樓，敲敲門，指指手裡的便當。大堂前台後面坐的值班保安看見了，按動電鈕，開了門。秦鋼提著便當，走進來，說：「公司訂的宵夜，我送上去。」

保安笑了說：「真的是有人加班，剛才還來了一個。」

秦鋼從塑膠袋裡取出一份便當，放到櫃檯上，說：「你也辛苦，吃個宵夜。」

「我十點鐘就下班了，不過宵夜還是要吃的。」

秦鋼提著塑膠袋，走到電梯間，直接上到頂層。通常公司老總的辦公室，都在大樓頂層。

走出電梯，他把便當留在電梯門邊，前後左右查看。所有的辦公室都關了門，關了燈，只有走廊頂端一處，門下縫隙裡露出一線光。秦鋼放輕腳步，走到那間辦公室門前，看看門上的總裁辦公室牌子，耳朵趴在門上，聽見裡面乒乒乓乓作響，有人翻箱倒櫃。

秦鋼輕輕推開門，側身進去，繞過秘書的桌子，進入裡間房門，看見蕭雲海滿頭大汗，正一件一件從檔案櫃裡拿出檔案夾翻看，然後丟到地上。

謝維祥的總裁辦公室很寬大，而且相當豪華，除了所有總裁辦公室都必有的巨大辦公桌，轉圈的座椅，長短皮沙發，玻璃茶几，文件櫃之外，還有精緻的酒吧，室內高爾夫球道，若干高大的盆裝鮮綠植物，開著茂盛的各色花朵。

秦鋼輕手輕腳進了房間，站在一個文件櫃側面，手裡捏著一個細小的記憶卡，大聲問：「要找這東西嗎？」他乘計程車來台隆公司的路上，翻弄從一品香餐廳拿到的禮帽邊沿，已經搜出了這個小記憶卡，想必就是蕭雲海他們要找的東西，甚至為這個記憶卡殺了兩個人。

突然聽見人聲，蕭雲海吃了一驚，手裡的檔案夾掉在地上，轉過身來。他先看見秦鋼手裡的記憶卡，一喜。然後看見秦鋼的臉，知道他是誰，又一驚。

秦鋼把手裡的記憶卡收進口袋，說：「記憶卡在我手裡，你就別費事尋找了。」

「那麼你就交出來吧。」蕭雲海嘴裡淡淡地說著，手伸到後腰，扒出手槍來。

「怎麼？老朋友見面，連個招呼也不打麼？」秦鋼假裝沒有看見了蕭雲海的動作，不動聲色地調侃。

蕭雲海普的一槍打過來，那槍管上裝了消音器，發不出響亮的槍聲。可是儘管他出其不意，動作飛快，這一槍卻被秦鋼稍一偏身，隱到文件櫃後面而輕鬆躲過。蕭雲海立刻蹲下身，挪到辦公桌後，等候秦鋼回擊，可是聽不到對方槍響。蕭雲海放心了，秦鋼參加旅遊團來臺灣，身邊肯定是無法帶槍。他到臺北才一天，要買手槍也來不及，所以顯然他手邊沒有合適的武器。於是蕭雲海站起身，揮舞著手槍，大聲說：「識時務者為俊傑，把記憶卡交出來，我擔保你留住性命。」

看見文件櫃後面有動靜，蕭雲海又是普普普連射三槍，他嘴上說要給秦鋼留活路，可心裡卻是絕對不能讓秦鋼活下去。

「謝謝你的好意。」秦鋼說著話，只聽颼颼風起，兩枚飛鏢向蕭雲海的面門發去。

蕭雲海畢竟老道，眼觀六路，耳聽八方，見到空中兩道光閃，忙側身，同時抬手護臉，聽得噹啷噹啷兩下密集的金屬撞擊，飛鏢打在蕭雲海的槍管上。蕭雲海稍微一愣，不知道那是什麼武器。

這個瞬間，秦鋼早已欺身而至，躍到蕭雲海跟前，揚手擊去，先將蕭雲海手裡的無聲手槍打脫，繼而掌擊蕭雲海前胸。

蕭雲海跟秦鋼都是大陸訓練的特工，使的是同一路拳腳，手槍既落，只好打散手。他見秦鋼掌來，蹤身後躍，閃到一隻轉椅旁邊，順腳一踢，那座椅便如飛車，徑直朝秦鋼衝過來。

秦鋼提身躍起，腳下躲過那座椅，落地未穩，蕭雲海已到跟前，轉身飛腿，朝秦鋼面門踢來。秦鋼後仰，躺地一滾，才算躲過，順勢踢出一圈掃堂腿。蕭雲海騰身而起，在空中翻轉，落到謝維祥的辦公桌面上。秦鋼借這個空檔，爬起身來。

「你到底是交還是不交？」蕭雲海站在辦公桌上，厲聲喝叫。

秦鋼兩手在身上一拍，說：「我追了你五年，今天你就別想活著出去。」

「怕是沒那麼容易吧？」蕭雲海說著，跳下辦公桌，同時伸手在褲腿裡一拉，拔出一柄尺把長的軍刀。

秦鋼一見，急忙退後幾步。

蕭雲海寸步不讓，飛步趕上，手中刀光閃爍，如蒼鷹掠食，朝秦鋼撲來。

儘管秦鋼武功不凡，但空手入白刃，總是吃虧，被蕭雲海追趕著，連砍幾刀，只有躲閃之功，並無進攻之力。正後退中，秦鋼突然被一條電纜線絆倒。蕭雲海一見，機不可失，猛撲過來，舉刀便砍。秦鋼就地一滾，躲開這一刀，同時從後腰拔出手槍舉起，對準蕭雲海。

蕭雲海猛然看見眼前出現一把手槍，由不得一愣，想不出來秦鋼怎麼手裡竟會有槍，而且槍口上也裝了消音器。他哪裡知道，秦鋼在購物中心解救阿美小姐時，從他蕭雲海自己的助理劉彪手裡奪過來這把槍，可謂以子之矛，陷子之盾吧。

秦鋼趁他這一愣，躺在地上，普的一槍，打在蕭雲海持刀的右手上。蕭雲海哇哇一叫，丟掉軍刀，左手將右手緊緊握住。秦鋼爬起身，疾步上前，飛起一腳，踢中蕭雲海的下巴。蕭雲海又叫一聲，後仰倒地。秦鋼對準蕭雲海的腿，一槍打碎他的右膝蓋。

蕭雲海發瘋般地狂叫，縮起身體，兩手捂住膝蓋，滿地打滾。

秦鋼走到蕭雲海跟前，抬腳踩在蕭雲海已經打碎的膝蓋上，厲聲道：「你以為殺了人，躲到臺灣就可以不償命麼？」

蕭雲海被秦鋼踩得死去活來，拚命喊叫，額頭滿是汗。

「老老實實講，」秦鋼喘了口氣，說，「為什麼要殺我的家屬？」

蕭雲海不回答，秦鋼踩在他受傷膝蓋上的腳加力磨動，疼得蕭雲海無法忍受，只好喊叫：「你……你企圖叛國，罪不可恕。」

「誰說我要叛國？」秦鋼怒喝。

「當……當然是上級。」蕭雲海一邊喊疼，一邊作答。

「即使我判國，來殺我就是。為什麼要殺我的妻子，殺我的兒子，他才五歲。」

秦鋼腳下放鬆了點力，蕭雲海才算喘了口氣，說：「這……這是我們的民族傳統，也是我黨的傳統，斬草除根。」

秦鋼一聽，氣得發狂，啪的一槍，打碎蕭雲海的左膝蓋。

蕭雲海更加慘烈地叫起來。

秦鋼抬腳踏在蕭雲海的臉上，壓住他的叫聲：「殺我的家人，也是上級命令？」

「當……當然，你知道的，沒有上級命令，誰敢殺人。」蕭雲海一邊哭叫，一邊說，「我們都是軍人，必須服從命令，別說殺妻子兒女，就是上級下令殺我們自己的親生父母，我們也不能有二話。」

「畜生，那是畜生。」

「你過去十幾年，也是畜生裡的一個。」蕭雲海抱著膝蓋，喊叫幾聲，又說，「不過……」

「不過什麼？」

「嗯……」

「不說？」秦鋼啪的又一槍，打在蕭雲海的胳臂肘上，「你說不說？不過什麼？」

蕭雲海喘著氣，斷斷續續說：「你兒子真挺可愛的，我猶豫半天，下不去手。誰想上級悄悄跟在後面，監視我。見我猶豫，他就在後面開槍，把你兒子打死了。為這，我……說我黨性不強，還受了處份。」

「啊！」秦鋼大叫一聲，狂踢蕭雲海不止。「誰？那個混蛋上級是誰？」

「你知道我不能告訴你，就是你斃了我，我也不能說。」蕭雲海又補充，「不過我可以告訴你，他現在正在路上，正來找你。」

「路上？他也在臺灣？你的上級？」

「你可以打死我，可是你也活不長了，有人會為我報仇。」

秦鋼冷笑一聲，說：「哼，老實告訴你，我活到現在，就是為了找到你，殺了你，至於以後我活不活，都無所謂。反正今天就是你的末日，別想再多活一分鐘。」

話音未落，普的一槍，打碎蕭雲海的前額。

血海深仇已報，秦鋼覺得突然渾身力氣都跑光了，一屁股坐到地上，熱淚從眼中冒出來，嘩嘩的不止。從他得知妻子和兒子雙雙被害之後，他的心就已經跟隨妻兒走了，現在他殺了蕭雲海，再也沒有繼續苟延殘喘的願望。他擦掉眼淚，舉起手裡的槍看看，要不要此刻就結束自己的生命，到天上去與妻子兒子相聚呢？不行，就算要死，也不能死在仇人蕭雲海面前，他需要找一個安靜的地方，先向亡妻亡子報告，他已經為他們報了仇，他們可以瞑目了，然後再跟隨他們而去。

這麼想著，他站起身，踢蕭雲海一腳，準備離開。

一剎那，他想起蕭雲海臨死前說的話：打死他妻子的，是他蕭雲海，但打死他兒子的，卻不是他，而是他的上級。那麼他的仇還沒有報完，他必須找到殺死他兒子的仇人，把那個混蛋也殺掉。這麼想，秦鋼的頭腦開始清醒，再次仔細回想蕭雲海剛才說過的每句話。殺死他兒子的，是蕭雲海的上級，可是那個上級是誰呢？蕭雲海沒有說，不肯說。但是蕭雲海說了，那個上級也在臺灣，而且正在尋找他秦鋼的路上。如果他真的要來，那還好了，自投羅網，省的秦鋼去找他。但是那個上級怎麼可能知道他在哪裡？從他與蕭雲海見面開始，包括對幾句話，打幾下拳腳，總共不過才幾分鐘時間，而且期間蕭雲海根本沒有空間，可以跟上級聯絡，他也完全沒有聽見蕭雲海跟任何其他人講過一句話。那麼，他和上級有什麼其他辦法聯絡？他身上也有跟蹤設備？

秦鋼左思右想，覺得可疑，便蹲下身，仔細地搜查蕭雲海的周身。除了錢包，鋼筆，汽車鑰匙等等，沒有什麼特別的物件。但是很快，他發現了機密：蕭雲海脖子上掛的一條項鏈，固定在他的衣領上，不能擺動，就是說，那條項鏈上的銀墜，是個話筒。蕭雲海可以一邊行動，一邊隨時向上級彙報。

秦鋼把那條項鏈拔下來，細細查看，然後又搬動蕭雲海血肉模糊的頭，從他的耳朵裡挖出一個極微小的耳機。那麼剛才他們之間的所有對話，都已經被蕭雲海的上級聽到，那個上級眼下確實就在來謝維祥公司的路上。

秦鋼把話筒和耳機以及車鑰匙等等，全部收進自己的衣袋，快步朝門口走。蕭雲海的上級可能是誰呢？是不是就是一品香餐廳先走出來的那個高大男人呢？

第十五章

林笠生開著董欣麗的車，把姑娘帶到一品香。他在嚴教授家裡，向董欣麗講完大陸特工在臺灣的惡行之後，董欣麗十分憤恨，再三要求林笠生協助她調查一品香的案子，表示一定要報導這件事，引發臺灣民眾對大陸特工的警覺。林笠生是坐公車來嚴教授家的，可是剛才董欣麗開了自己的車子來，所以兩個人就順便開了她的車子趕路。

離一品香還很遠，大概三個路口以外，馬路就被完全封鎖起來。街面上放了路障，便道上拉了黃色的警戒線，幾個年紀很輕的警員，在路障和黃線後面值勤。時間已經很晚，車子不是很多，被攔住之後，都紛紛轉彎，繞別的路走了。可是兩條腿走路的行人，隨隨便便繞路，就不那麼容易，不少人站在黃線跟前，跟值勤的警員們爭執。

林笠生停下車，還在琢磨該怎麼辦，董欣麗已經開門跳下，快步向警戒線走去。林笠生趕緊下車追趕，可是沒有來得及阻攔她。董欣麗拿出自己的記者證，舉起來給黃線後面的警員看，一邊說：「我是電視台記者，工作需要，請你放行。」

本來周圍的人，包括那個警員，都沒有太注意誰來誰往，她這麼一喊叫，那個警員倒是睜大了眼睛，看了她好一陣子，一時說不出話來。

林笠生伸手，把董欣麗拉開幾步，小聲說：「你這麼說了，他們更不敢放你進去了。」

「我是新聞工作者，他們必須放我進去。」

林笠生搖搖頭，說：「你做新聞記者，做了多少年了？」

董欣麗看他一眼，沒有回答，轉身朝黃線走去。

她再次回到黃線跟前的時候，看見警戒線後面快步走來一個年長些的警官，一邊大聲問：「怎麼回事？怎麼回事？」

剛才跟董欣麗講過話的年輕警員，靠到長官耳邊，指著董欣麗，說了幾句什麼。

那長官便對著董欣麗走來，大聲說：「我們執行例行檢查，沒有任何新聞價值，請小姐不要在這裡干擾公務。」

董欣麗急不擇言，說：「發生了凶殺案，民眾有知情權。」

此言一出，周圍的人都震驚了，看看董欣麗，又看看警官。

那年長的警官動起怒來，高聲說：「你從哪裡聽說這裡發生了凶殺案？誰告訴你這裡發生了凶殺案？來人啊。」

幾個值勤的年輕警員應聲跑過來，等候命令。

警官指著董欣麗，下令：「無中生有，妖言惑眾，給我抓起來。」

眾人一聽，都紛紛往後退。林笠生急忙拉著董欣麗，夾在群眾中間，快步離開。見到董欣麗退後了，警官們便也不再追究，隨她去。警官們心裡有鬼，不過虛張聲勢，其實並不想擴大事端，萬一真的把新聞記者捉起來，民眾關注，造成大案，警局更難做出令人信服的解釋。

林笠生在她耳邊，說：「快走，快走，別惹事，你怎麼是這麼個急性子。」

董欣麗仍舊不甘心，還不住地回頭，想繼續爭辯。

「要是你說出來嚴世良，他的警察生涯就完了。」

「打死我也不會透露信息來源的，」董欣麗不高興了，補充，「幹了這麼多年，這點新聞職業道德我還是很懂的。」

「那關你幾天，也不好受吧？」林笠生一邊把董欣麗推進車裡，一邊說，「而且你關進監獄，還怎麼報導這件事情呢？」

這句話，倒是馬上讓董欣麗安靜下來。對呀，她自己個人的安危尚且可以不論，報導這條重要新聞，卻是不能稍微怠慢的。

林笠生坐進駕駛座，說：「我們還可以去另外一個地方，調查這個案件。」

「啊？」

林笠生邊發動車子，邊說：「謝維祥在一品香被殺，我們到他的公司去，也許能夠獲得一些線索，是不是？」

董欣麗點點頭，不得不欽佩林笠生，到底是老特工更辣。

林笠生跟蹤蕭雲海，自然也知道謝維祥的公司所在，七繞八繞，便到了目的地。他原想，鑾大的一座寫字樓，裡面駐扎很多公司，警局即使封鎖現場，頂多封鎖幾層樓，無論如何也不至於會像一品香那樣，封掉幾條馬路。但他想錯了，警局雖然沒有封掉幾條馬路，但卻把整座樓都封鎖了。大樓門外站了多名警官，禁止任何人出入。

這一次，董欣麗雖然覺得很喪氣，但也確實學乖了，沒有急匆匆地對警官們亮出自己的記者證，而是跟在林笠生身後，等著林笠生想辦法。

林笠生並不跟警員們交談，只是站在樓門外，貼著窗玻璃，張望裡面門廳。大約五、六分鐘之後，他看見大堂裡，嚴世良匆匆走過，便用力敲玻璃，大聲喊叫，終於被嚴世良聽到，走到門口，對林笠生和董欣麗招招手，門外的警官便讓他們二人走進去。

「你們兩個來這裡做什麼？」嚴世良問。

林笠生說：「我來幫你破案。」

嚴世良對董欣麗說：「你參與這件事，會很危險。」

「我不怕，」董欣麗說，「如果前怕狼後怕虎，就不要做新聞。這麼大的事情，我怎麼可能放過。」

「你只能站在這裡看看，不要隨便亂跑，別人問起來，我沒法回答。」

「放心吧，世良，我很乖的，不會給你惹麻煩。」

嚴世良笑了笑，不好意思地點點頭，走回大堂櫃檯。櫃檯後面，站了兩個保安。晚間值班的保安，十點鐘下班了，警局來這裡調查案件，通過夜班保安，把他從家裡叫來，剛剛回到寫字樓，等候問話。因為這樣，嚴世良才從樓上兇案現場跑下來，剛巧被林笠生從窗外看見。

嚴世良拿出秦鋼的照片，給晚班保安辨認。「仔細看看，這個人今天晚上是否進過這個大樓？」嚴世良說。

那個保安看了半天，說這個人有點像晚上送外賣的人，可是不能確定。寫字樓裡公司不少，進進出出的人很多，他記不住誰是誰。

嚴世良跟保安交談的時候，董欣麗站在一邊聽著。林笠生卻悄悄地溜開，自己坐電梯上了樓。

「你再仔細看看，那個送外賣的人什麼模樣。他右邊臉上有傷疤，貼著紗布和橡皮膏。」嚴世良說。

晚班保安說：「我講過了，好像有點像。他還給了我一個便當，宮保雞丁。便當盒我丟在這裡，哦，清潔工已經收走了。但是那個送外賣的人，臉上光光的，沒有傷疤，也沒有貼紗布橡皮膏。」

嚴世良看看乾淨的字紙簍，手裡拿著照片，心裡琢磨，沒有說話。

董欣麗不敢打擾他，站在那裡，東張西望。

這時候，薛運久推開樓門，走進來。他看見董欣麗的側面，略一猶豫。電視台的記者，經常在螢幕上露面，有心的人一般都會記得，而薛運九是個非常細心的人。他隨即轉身，想要回頭走出門去，在董欣麗看見他之前避開。卻不料被嚴世良看見，趕忙奔過來，報告：「薛委員，您來了，正好，我正要向你彙報案情進展。」

這一下，薛運九沒有辦法，只好站住腳，轉過身。

不等嚴世良開口向薛運九報告，董欣麗搶先趕到薛運九面前，張口便問：「薛委員，請問您能否向我們的電視觀眾說明一下兩起凶殺案的情況？」

薛運九沒有回答問題，反倒先問：「董小姐，董欣麗小姐，電視台的記者，是吧？請問，你怎麼知道有兩起凶殺案？」

董欣麗聽見這一問，轉頭左右看看，不見了林笠生，又看見嚴世良有些驚恐的臉，轉轉眼睛，回答薛運九：「我和朋友到一品香去宵夜，沒想到那裡封鎖現場，不許進出。我是做新聞的，當然馬上察覺到一定有重大問題。現場的人在那裡東一句西一句討論，聽說是台隆公司的謝維祥老總被謀殺了。我既然進不了一品香，當然就要到這裡找台隆公司調查啦。」

「你來了台隆，就能夠確定這裡也有一起凶殺案呢？」薛運九也不是吃素的，緊緊追問。

這一問，出乎董欣麗意料，慌了片刻，轉頭一想，反問道：「這裡也許不是凶殺案，但一定是重大案件，否則你們警局為什麼要把整座大樓都封鎖起來了？」

薛運九回答不了這個問題，但他老謀深算，轉而又問：「我們這裡已經封鎖現場，布置了警戒，可你還是進來了。你是怎麼進來的？」

董欣麗拿出記者證，說：「我有記者證，哪裡都進得去，誰能阻擋。」

薛運九看嚴世良一眼。

嚴世良急忙回答：「剛才董記者在門外喊叫，我怕她嚷得滿城風雨，就讓她先進來，便於控制。我們小範圍談談，總比案情還沒有調查清楚前，就洩露出去好一些。」

薛運九聽了，覺得有理，點點頭，不再說話。

董欣麗看出薛運九的疑問已經解決，便重新發問：「薛委員，請您說明一下兩個凶殺，喔，兩個重大案件的情況。」

薛運九想了一想，斟詞酌句，慢慢說：「台隆公司的謝維祥先生，確實在一品香餐廳死亡。至於死因，臺北分局目前正在調查中，等案情調查有了確實結果，我們會向臺灣民眾做出詳細報告。」

「那麼台隆公司辦公室裡的凶殺又是怎麼一回事？」董欣麗知道台隆公司辦公室發生重大案件，但並不確定是凶殺。嚴世良並沒有向她透露樓上案件的任何信息。但是董欣麗有經驗，直接提出台隆辦公室發生的也是凶殺，意在釣魚。

「根據我接到的報告，台隆公司辦公室發生了一場嚴重的打鬥事件。至於是否也是一起凶殺，現在臺北分局也正在調查，尚未確定。你看見的，我也是剛剛趕到。」薛運九說完，又補充，「臺灣公民意外死亡，不管是自殺還是他殺，對警方來說，都是頭等大事。我們警政署將動用一切可能的人力和物力，協助臺北分局調查，一定會偵破這兩個案件。這裡我代表警方，向臺灣人民保證，臺灣社會是安全的，大家完全不必感覺有威脅，以至影響日常生活。」

董欣麗點頭說：「謝謝薛委員。那麼謝維祥先生夫婦在一品香餐廳被殺害，同一晚，他的公司辦公室又發生兇案，其中是否有某種聯繫？薛委員能否做一說明？」

薛運九說：「這兩起案件，我們警方一定會嚴格偵察，考慮所有的蛛絲馬跡，不漏掉任何一種可能性。至於這兩處案情是否有某種聯繫，警方正在展開全面調查，在沒有結論之前，我們不能做任何公開表示，結案之後警方一定向公眾報告。」

「薛委員在警政署負責反諜工作，嚴警官又是保一總隊的幹員，既然薛委員和嚴隊長親自介入此案調查，是否說明這兩起案件，涉及大陸潛伏臺灣的特工，能否請薛委員說明一下？」

薛運九看看董欣麗，搖搖頭，一時無話。

嚴世良則看著董欣麗，敬佩不已。這姑娘的確是做新聞記者的好料，頭腦十分敏捷，問起話來，邏輯周密，點水不漏，即沒有透露嚴世良洩密，又逼薛運九必須回答。

薛運九嘆口氣，說：「大陸中共在臺灣派有潛伏特工，是早已公開的祕密。臺灣警方，特別是我們警政署反諜部門，一直在努力追捕中共特工，而且取得很大的成績。但是因為現在兩岸通航，大陸來臺灣的人越來越多，做生意的，求學的，旅遊觀光的，各種各樣，其中是否混有特工人員，沒有人會瞭解。臺灣民眾大概都知道，大陸公民，不管是誰，不管是什麼人，中共都隨時可能找到你，要求你為中共工作。我們同時也都知道，大陸人民，從小受的教育，就是愛黨愛國，也非常習慣背叛和告密，所以只要中共要求哪個人做間諜，刺探某些情報，他們通常都會接受，而且做起來得心應手，也沒有一點負罪感，這是我們臺灣警方防不勝防的。」

「謝謝薛委員，這是一篇很好的序言，但是我想請薛委員指教，具體到眼前這兩個案子，大陸特工是如何作業的？」董欣麗不依不饒，窮追猛打。

薛運九看著董欣麗，看了一會兒，搖搖頭，嘆口氣，伸手從口袋裡取出一張照片，遞給董欣麗，說：「這個人叫做秦鋼，他過去多年一直是中共的諜報人員，主要在歐洲活動，後來突然消失一段時間。前兩天他參加一個從北京到臺灣來的旅遊團，到達臺北。隨之我們這裡就連續發生了兩起重大案件，我們不能不懷疑他跟這兩個案子有這樣那樣的關聯。這張照片你可以拿去公開發表，尋求臺北民眾協助。但這是他前幾年的舊照，據說他現在面頰上有傷疤，貼著紗布和橡皮膏。可以是很好的辨認標誌，如果哪個臺灣市民見到臉上有傷疤的人，都應該立刻向警方報告，協助警方追捕這個嫌疑犯。」

「那麼能否請薛局長介紹一下，台隆公司辦公室裡被殺害的是誰呢？」

「這個？我剛才說了，我們目前並不知道是否有人被凶殺，無可奉告。」

一個警官走過來，附在薛運九耳朵邊，講了幾句話。

「很對不起，董小姐，我現在必須離開，有事情要處理。」薛運九說。

「請便，薛委員，案情重大，不敢耽誤您的時間，謝謝您合作。」董欣麗很客氣地告別。

嚴世良等薛運久走出樓門，才低聲對董欣麗說：「你可真會說話。」

董欣麗笑了，說：「要不就白幹這麼多年新聞採訪了。嘿，世良，我的報導可不可以引用你的話呀？」

「那我太榮幸了，不過你別給我惹禍。今天這個反諜的任務，是交給我負責的，我一定要進行到底，把大陸潛伏特工全部挖出來，消滅掉。」

「我就引你這些話，講得太豪邁了。」

「你別嘲笑我，你是臺大新聞的高材生，能說會道，也會寫。」

董欣麗轉著圈，注視周圍，然後問：「你看見林笠生了嗎？好半天不見他，哪兒去了呢？他帶我來看現場，一轉身就不見了。要不要給他打個電話？」

「別管他了，他就是這樣的，經常都會來無影去無蹤。既然他突然失蹤了，你打電話去，他也不會接。」嚴世良輕描淡寫地回答。剛才他從眼角餘光裡看見林笠生上電梯，經過特工訓練的人，不管在什麼地方什麼情況下，都一定是眼觀六路耳聽八方。他知道林笠生去哪兒了，但是不想告訴董欣麗。姑娘不是警務系統裡的人，需要保證安全，還是儘量少涉及為好。

董欣麗想想也對，便放棄了聯絡林笠生的想法，說：「那我就回家了，需要洗個澡，換個衣服，然後到電視台裡去，收集些背景資料，趕上六點鐘的晨間新聞。我要是不馬上報導出去，到了下午，所有媒體都會報導了。」

「我送你吧，深夜一點半，路上也許不夠安全。」

「你這裡忙，辦案要緊，不能多打擾。」

嚴世良想了想，說：「那我派個警員送你回家。」

「我們是開了我的車子來的，你別忘了讓林笠生把我的車子開回去。」

「沒問題，我碰見他，就跟他說。如果他不在，我就把你的車子開回家。」

兩個人說著話，一起走到門口。嚴世良招呼一個門外站崗的警員，交代他護送董欣麗回家。

警員答應了，跑去開了一部警車過來。

嚴世良和董欣麗握手告別，看著她坐進車裡，車子開走之後，才轉身回進樓門，繼續他的偵察工作。

第十六章

殺掉蕭雲海之後，秦鋼走出謝維祥的寫字樓，左右望望，不見捷運車站的牌子，走了幾步，看到蕭雲海的豐田。他站住腳，想了想，伸手到衣袋裡摸摸，剛才他把蕭雲海的車鑰匙收起來了。他拿出車鑰匙，走到車前，按動車鑰匙上的按鈕，打開車門，坐進去，發動起來。

來臺灣以前，秦鋼仔細研究過臺灣地圖，知道臺北市的北面，有個小鎮，叫做淡水，十分清靜。該地與臺北相距僅二十幾公里，開車不過半小時，也通捷運。他早就計畫好，需要藏身的時候，便到淡水去。此刻他便依照計畫，迅速走上新北環河快速道路，趕往淡水。

二十年來，他一直辛苦勞累，擔心受怕，很少安心睡過覺。妻子去世後的五年，他更是沒有一夜能夠睡熟。他太累了，他需要休息。今天他終於完成夙願，殺了仇人，他覺得心頭放鬆一些，便感覺到身體的勞累，很想睡個覺。所以他要去淡水，遠離塵世。

夜深人靜，道路寬敞，才二十分鐘，秦鋼開進淡水。走過兩三條街，他找個地方，停了車，鎖好車門，開始步行。這是他多年特工生涯養成的習慣，到一個地方，一定把車停在目的地附近，絕不到最終目的地跟前，以免被人發現行蹤。雖然眼下他並非執行特工任務，但習慣使然，而且他也並不知道要去哪裡，所以先把車停下之後，再找旅館。

他在街上走著，東看西看。他研究過，知道臺灣有很多民宿旅館，比較便宜，住宿手續簡單，而且安靜，他就想找這樣一間民宿旅館。午夜時間，街上人很少，燈也不亮，走了一陣，他看到一家小房子，門口貼著廣告：伍佰元一夜民宿，就走進去。

一個中年男子坐在櫃檯後面看電視，聽見有人進門，便站起來。

秦鋼不聲不響，把伍佰元臺幣放到櫃檯上。

那男子看著他紅腫的眼睛，蓬頭散髮，笑一笑，搖搖頭，一邊收錢，一邊說：「又跟老婆吵架，被趕出來啦？」

秦鋼不理會，拿起房門鑰匙，轉身走開。

進到房間裡，秦鋼脫去衣服，躺倒床上。他很累，可是並不能馬上睡著。他從口袋裡取出那個老式手機，打開，螢幕上顯示出妻子的笑臉。他按動按鈕，閉住眼睛，手機傳出妻子溫柔的聲音：鋼，你什麼時候回家呀？我和小鋼都很想你。來，小鋼，跟爸爸說句話。（小鋼的聲音）爸爸，你快回家吧，媽想你都想瘋了。（妻插嘴道）瞎說。（兒子沒理她，繼續說）媽做了一鍋紅燒肉，可好吃了，她不讓我吃，說要等你回來，咱們一塊吃。（妻子的聲音）別瞎說，誰不讓你吃了。（小鋼嘻嘻笑，妻又說）鋼，你別聽他瞎說，他每天都吃一碗肉，長得可結實了，你回來看吧。（小鋼的聲音）爸，媽給我買了一罐可口可樂，可好喝了。（妻的聲音）鋼，你什麼時候完成任務呀？頤和園的玉蘭花快開了，你說過要陪我去看玉蘭花的，我等著呢。行了，留言太長了，有空打個電話回來。真想你，掛了。

手機留言卡嚓一聲停了，可是秦鋼沒有關手機，似乎在等待著再次聽到妻子的聲音，但那是妻子最後一次留言，從此沒有了生命。

「你可以瞑目了，仇人已殺，你的仇報了。」秦鋼喃喃地說。

然後，他便沉入昏迷，手機掉在胸口上。

秦鋼四歲那年父親就去世了，他幾乎記不得跟父親在一起的日子。四歲以前，他基本不記事，四歲以後，對父親的記憶也是模模糊糊。父親是個會計，工作很忙，一周六天，從早到晚，有時候夜裡也不回家。父親只有星期天在家，可是大多時間都是睡覺，也不怎麼跟秦鋼一塊玩，說話都不多。母親總是說，父親是個負責任的人，他死的時候給家裡留下不少錢，足夠母親撫養秦鋼長大。好多年以後，秦鋼長大些才知道，其實父親經常不回家，並不是因為工作忙，而是外面有情婦，最後也是死在情人的床上。出於負罪感，父親做帳偷錢，存到母親名下，作為對他們母子的補償。秦鋼九歲的時候，母親又結婚了，並且搬了家。

從浙江的小鎮，搬到大都市北京，小秦鋼彷彿來到另外一個世界，一個完全陌生的，不屬於他的世界。他聽不懂北京人講話，他也不會講北京話，學校裡同學都嘲笑他，沒有人願意跟他坐在一起，他永遠孤孤單單，沉默無語，直到有一天。

午飯時間，同學們成群結夥，圍坐一起，說說笑笑。秦鋼照例獨自一人，坐在牆角的桌邊，拿出自己的便當：一個燒餅。繼父從來不管他，母親又上班又顧家，忙裡忙外，經常沒有時間給秦鋼弄午飯，就給他帶個燒餅。

忽然，她走過來，坐在他的對面，把她的飯盒放到桌上，對他笑笑。

秦鋼嚇了一跳，滿臉通紅，驚慌失措。

她問了他一句話，可是他聽不懂，沒有回答。一年多之後，他會講北京話了，問過她，才知道，當時她問他：「你不喜歡吃帶的燒餅，是嗎？」

秦鋼看著她手裡的飯盒，嘴裡開始流口水。

她把自己的飯盒推到他面前，然後把他帶的燒餅拿過去。她的意思很明顯，跟他交換午飯。

秦鋼打開她的飯盒，白花花的米飯上面，放著醬色的紅燒肉，香噴噴的，十分誘人。

「吃吧，我媽媽做的。」她對他說完，就開始咬他的燒餅。

那是秦鋼這輩子吃過的最美味的一頓紅燒肉，而且從此以後，紅燒肉成為秦鋼最愛的一道菜，因為其中充滿著他們兩個人第一次會面的溫暖和甜蜜。

秦鋼有了第一個北京人朋友，他從此直起了腰，不容忍別人嘲笑他，或者她。他開始打架，他必須極盡全力，保衛他唯一的朋友，保衛他們珍貴的友情。秦鋼在學校每天打架，經常頭破血流，也經常被老師懲罰，甚至好幾次被學校叫來家長訓話，也因此回家挨打。但是他不停手，只要看到哪個同學對她說一句不好聽的話，對她撇一撇嘴，對她瞪一瞪眼，他就衝上去，一頓拳打腳踢，直到對方討饒。

整整一年的征戰，為秦鋼贏得了「拳頭王」的稱號，學校裡再沒人敢對他說三道四，也沒人敢對她表示輕視或者無視。這同一年裡，她每天跟他一起吃午飯，經常跟他交換，讓他吃到紅燒肉。也因此，為了能夠跟她交談，秦鋼迅速地學會了北京話，成為一個地道的北京人。

之後，他們上了同一所中學，沒有一天分離過，直到上大學。本來他們都報考同一所大學：北京師範大學。她被北師大外語系錄取了，可秦鋼收到國際關係學院的錄取通知。他們很奇怪，秦鋼並沒有報國際關係學院，他根本不知道北京有這麼一所大學。她做了一些調查，發現國際關係學院的級別，比北師大高很多，於是秦鋼聽從了她的建議，到那所大學去報到。

開學之後，秦鋼才知道，國際關係學院是中聯部主辦的，專門培養駐外工作人員。他的班級裡，一半同學是高幹子弟，他們被認為是最忠於黨的一批人。另外一半是農村最貧困人家的子弟，他們被認為是最具奴性，最無獨立頭腦，所以對黨最感恩的一批人。只有秦鋼屬於異類，既無高幹家庭背景，也非窮人家庭出身。陰錯陽差，他是憑著從小學開始的「拳頭王」稱號，而被選入了這所大學。

經過一年級的觀察選擇，國際關係學院的教學，從二年級開始進入專業：訓練外派特工人員。學生的功課，除了外語和世界歷史，主要是政治課，培養共產主義信仰，進行忠於黨的洗腦。此外還有技能訓練，包括通訊，跟蹤，射擊，搏鬥，以及暗殺。學校課程，從來不講什麼人可殺，什麼人不可殺。對於中聯部的特工而言，只要上級命令要殺的人，就是可殺和必殺，不問年齡，不問性別，不問緣由。開始一段時間，對於這樣的教育，秦鋼並不能完全適應，但是時間久了，也就慢慢地習慣了，接受了，成為黨的忠誠戰士。

中國老話說：小別勝新婚。他和她兩個人，因為不在同一所大學，每周六天，分別讀書，只有星期天能夠團聚，於是相互的感情就更加熾烈燃燒，難捨難分。大學畢業後，她應聘到北京四中做英文教員，他進入中聯部歐洲司任職。

分別到任的那個夏天，他們結婚了。沒有盛大的婚禮，甚至沒有廣泛的通知，他們離開北京，跑到青島的海邊，建立起兩個人的世界。

之後他們家在北京，分多聚少。秦鋼常年駐外，總是在歐洲執行任務。但每年他們的結婚紀念日，秦鋼一定回北京，跟她一起到青島海邊，重溫當年的婚禮，重結百年之好，重宣永不變心的誓言。

睡在淡水的民宿旅館裡，雖然惡夢不斷，忽東忽西，忽上忽下，忽水忽火，忽死忽活，秦鋼總算還是閉了六個鐘頭的眼，八點多鐘醒來。頭昏腦漲，靠著沖冷水，清醒過來，穿上衣服，走出旅館。

肚子沒有餓的感覺，無需吃早飯。他順著街道，一路走下去，直到突然發現，他走到馬路盡頭，面對茫茫的大海。秦鋼站住腳，愣了一陣，重新起步，走到海邊，慢慢坐下。

妻子去世之後，秦鋼再也沒有到青島去過一次，再也沒有到任何地方的海邊去過。可是今天，他坐在海邊，望著海水，流出熱淚。面對世界，秦鋼是個鐵石心腸的漢子，殺人不眨眼，可是面對她，秦鋼卻是個心軟如絲的情人，常常會流淚。

秦鋼默默流著淚，從衣袋裡掏出一根蠟燭，插在沙中，擦火點燃。今天是她的生日，他不會忘記。他也是專門選了這幾天的旅遊團，來臺灣報仇雪恨。天公做美，剛好前一天殺了蕭雲海，今天可以祭奠她。

蠟燭燃燒的那粒小小光亮，好像她眼中閃爍的目光，向他張望，也好像她臉上跳躍的笑意，對他搖擺，又好像她永遠不息的靈魂，對他召喚。秦鋼眼前，一切都消失了，只剩下這粒微弱的光芒，彷彿在引導他，走入大海，再次跟她相聚。秦鋼的意識混亂起來，慢慢從後腰裡拔出手槍，舉起來，對準自己的額頭。仇人殺掉了，他再沒有繼續活下去的意願，他要跟隨她而去，去到天國，永不分離。

他閉住眼睛，萬念俱空，手指扣在槍機上。

忽然幾聲輕輕的撲騰聲，粉碎了寂靜，將他驚醒。秦鋼睜開雙眼，看到一隻渾身雪白的小鳥，落在他的面前，側著頭，望著那蠟燭的光。

這是她的靈魂嗎？她想對他說些什麼？她要喚他同往，還是叫他生還？秦鋼緩緩地沉下手臂，把手槍放到腳邊，盯著那隻站立不動的小鳥，苦淚再次流出。

五分鐘過去，十分鐘過去，蠟燭終於燒完，光亮終於消失，小鳥終於飛去。可是秦鋼的淚，卻沒有流盡。

「叔叔，你別哭了，擦擦眼淚吧。」

一個孩子幼稚的聲音再次驚動他，秦鋼睜開眼，看見一個十歲左右的男孩子站在面前，手裡舉著一包擦手紙。

秦鋼接過紙袋，抬起頭，看見不遠處孩子的父母站在一個小販推車前，跟那小販講著話，對他點點頭。

「謝謝你，」秦鋼說著，從包裡拿出一張紙，擦去臉上的淚。

「叔叔，你要不要喝一點可口可樂呢？我喜歡喝的。」那孩子舉起另一隻手，手裡握著一罐可口可樂。

「是，你喜歡喝可樂。」秦鋼想起兒子，「叔叔不喝，你喜歡，你喝吧。」

「我還有，爸爸給我買了。」孩子指指他的父母，說，「這罐是給你的。」

「你今天不上學嗎？」

「今天學校放假，爸爸媽媽帶我來看海。」

秦鋼眼裡忽然又冒出淚來，如果他的兒子還活著，也正是面前這孩子的年齡。回想一下，兒子長到五歲，他好像從來沒有帶他去看過海，他永遠是非常忙，老是出國，甚至很少回家，跟妻子和兒子相聚。

他猛然一驚，冷汗淋漓。蕭雲海臨死前說的，是他的上級下令殺他的家人，而且是那個上級開槍，殺害了他五歲的兒子。兒子的仇還沒有報，兒子的仇人還沒有找到，還沒有被鏟除，他怎麼可以如此輕易地放棄。

秦鋼趕緊擦掉眼淚，接過那罐可口可樂，說一聲謝謝。

那孩子便轉過身，蹦蹦跳跳地跑開，到父母身邊去。

秦鋼舉舉手裡的可口可樂，算是對那家父母的敬意。他們點點頭，拍著兒子的後背，笑嘻嘻地走開了。

望著他們的背影，秦鋼胸口終於感覺到有一些暖意升起來，化解著寒冰。他放下可樂，取出菸盒，拿出一支，放進嘴裡點燃，抽起來，繼續望著眼前的大海。也許人生還是值得的，也許希望就在天邊閃爍，雖然遙遠，但畢竟在那裡閃爍。他收好手槍，拿出那個老舊的手機，再聽一次妻子和兒子的電話。

「鋼，你什麼時候回來呢……」

繼續坐了大約一個鐘頭，秦鋼的情緒平靜下來，重新開始思索：蕭雲海的上級是誰呢？聽起來他也在臺灣，他在哪裡潛伏，怎麼找得到他呢？然後他突然想起，殺死蕭雲海的時候，他從蕭雲海身上搜到一副微型通訊器材，那應該是蕭雲海跟上級聯絡用的，放到哪裡去了？

第十七章

嚴世良送走董欣麗之後，乘電梯回到辦公樓頂層，走進謝維祥公司的總裁辦公室。看見林笠生蹲在蕭雲海的屍體邊，兩手翻動死人的衣服。

「突然就不見了，董欣麗還在到處找你呢。」嚴世良說著，蹲到林笠生旁邊。

「刑偵才給他拍完照片，取完指紋血樣ＤＮＡ，」林笠生鬆開手，拍了拍，說，「身上什麼都找不到。」

「樓下大堂值班的保安看過照片，說是認不準人，晚上沒有一個臉上貼了紗布橡皮膏的人進來。」

「他會不會把臉上的橡皮膏摘下來了呢？」

嚴世良回答：「我問了那個保安，他也沒見到任何一個臉上帶傷疤的人。」

「我在歐洲跟秦鋼打交道的時候，他臉上沒有傷疤，除非後來他負了傷，」林笠生說，「如果他臉上原本沒有傷疤，只是貼塊橡皮膏假扮，用來掩人耳目呢？」

「不是沒有可能，」嚴世良沉思著說，「如果真如此，他計畫得也有點太長久了。難道他重出江湖這兩年，臉上一直貼著紗布？」

林笠生點點頭，沒有再說話。

「薛運九剛才也來了，」嚴世良開始一個新的話題，「被董欣麗攔住，問了幾句話，冠冕堂皇說了一陣，趕緊逃走，沒有上來。」

「上來也沒用，反正一點刑偵都不懂。」

「他給了董欣麗一張秦鋼的照片，還說明他臉上有傷疤的特徵。」

「哦？」林笠生想了一想，說，「就是說，警政署決定把秦鋼的相貌公佈於眾了。」

「如果他真的臉上有傷疤，那就非常好辨認，總會有人看得見。」

幾個刑偵人員推了一部手推車走過來，說：「嚴隊長，我們需要把屍體運到法醫辦公室做解剖鑑定。」

林笠生和嚴世良同時站起來，點點頭，走開去，讓刑偵人員處理蕭雲海的屍體。

房間裡仍舊有許多刑偵人員在繼續工作，查看每一寸地方，尋找蛛絲馬跡。

兩個人繞著外面大辦公室走了一圈，都不說話，查看各處打翻的桌椅，拉開的抽屜，散亂的紙張，最後走過玻璃門，進入總裁的私人辦公室。

「刑偵已經搜查過了，我讓他們先不要搬動這裡的東西，我要自己看看現場。」嚴世良說。

林笠生點點頭，轉頭看看屋子，走到辦公桌前，注視著桌上的電腦。謝維祥是網路通訊專家，電腦是他的命根子。林笠生也親眼見到過謝維祥交給蕭雲海一個記憶卡，蕭雲海又把那個記憶卡轉交給楊子，他怕楊子會把記憶卡送回大陸，所以把楊子殺死了。他因此知道，謝維祥交給蕭雲海的情報，一定都存在他自己的個人電腦裡，只要能夠找到那些文件檔，就能夠知道謝維祥到底收集到了些什麼情報，甚至可以確認其中那些情報已經交給了中共，那些情報還沒有洩露。

但是謝維祥既然是網路專家，自然知道電腦保密的重要性。他會不會把所有資料都存在辦公室的電腦裡，很難說。而且謝維祥的電腦，必定是密碼鎖定，沒有密碼，根本開不了機，更談不上搜索電腦裡存的文件。

林笠生坐著，望著電腦螢幕上的密碼窗口發愣。電腦是新生代的玩具，林笠生雖然會使用，但稍微複雜一點，他便無能為力。

嚴世良見狀，便安慰說：「我們總隊有好幾個電腦專家，我打個電話，找來一兩個，破譯密碼應該沒有問題。」

林笠生搖搖頭，說：「謝維祥自己是電腦和網路專家，一輩子吃電子通訊這碗飯，保密作業自然極為精深，否則三軍司令部怎麼可能找他來安裝和提昇通訊網路。臺北分局的電腦專家，即使達到他的水平，恐怕也得花點時間，才能破譯他的密碼。」

「等這裡現場偵測完畢，我們把所有電腦都搬去總隊，弄他個七七四十九天，我就不信不能查他個水落石出。」

「哪裡還用七七四十九天？你把他們副總找來，或者把台隆公司所有高級主管都找來，不就行了嗎？」

「我想過這個辦法，可是這個時間，打電話到這些人家裡去，把他們從床上叫起來，會被人家罵做隨意干擾公民日常生活。而且謝維祥的個人電腦密碼，副總也未必知道。」

「這是重大謀殺案，世良。他們老總被人謀殺了，他們辦公室裡也有人被謀殺，還不可以把他們叫來嗎？你太多慮了。再說，萬一他們有人知道謝維祥的密碼呢，至少謝維祥的私人秘書應該多少知道一點吧。」

嚴世良想了想，點點頭，拿出電話，打給總隊辦公室，命令值班警員立刻電話通知台隆公司所有主管，兩個小時之內，趕到總隊辦公室開會。

「還有謝維祥的所有秘書也要來。」林笠生插一句。

嚴世良點點頭，補充完命令，掛斷電話，對林笠生說：「我們走吧，我得想清楚，台隆的人到了，問他們什麼話。」

兩個人走出總裁辦公室，嚴世良對門口一個警員說：「把這裡所有的電腦都搬到總隊去，需要搜查。」

然後他們走到門口，看見旁邊一張桌子上，放了許多大小不同的透明塑膠袋，上面貼著標簽，寫滿各種說明，都是刑偵人員在房間裡找到的各種可能物證。

嚴世良站住，拿起一個證據袋，舉到面前看著，問：「這是什麼東西？」

林笠生看了一看，說：「暗器，沒讀過金庸的武俠嗎？飛鏢啊。」

「這是冷兵器時代的武器，現在還有人拿這玩意傷人？哦，購物中心被殺的那小夥子，眼睛受傷致命。我們以為是刀傷，或許也是這飛鏢打的。」

「這個證據，可能指明，蕭雲海被殺，一定是剛從大陸來的人幹的，可能真就是秦鋼。」

「何以見的？」

「如果這三起謀殺，包括購物中心死的那個小夥，是臺灣人幹的，黑幫也好，在臺灣潛伏的大陸特工也好，都肯定不會用飛鏢來殺人，他們會用刀，或者槍，甚至用棍棒。只有大陸來臺灣的人，一是飛機上不能帶槍帶刀，二是才到臺灣，人生地疏，一時還弄不來刀槍，所以只好用飛鏢一類的武器。這麼小的鐵片，分散放在行李裡，還是可以躲過安檢，帶上飛機。所以我看，十有八九是秦鋼的手腳。」

嚴世良很信服地點點頭，說：「大概也是出於同樣的分析，薛運九把秦鋼的照片給了董欣麗。」

刑偵人員推著裝了蕭雲海屍體的車子，走過他們身邊，推出門去。

嚴世良放下證據袋，問道：「你跟我回總隊去嗎？」

「我不是你們總隊的人，去做什麼？」林笠生回答，「你回總隊的路上，還有時間，先吃個飯，已經早上五點鐘了。」

「坐我的車子吧，等會你再回來開董欣麗的車，還給她。」

他們坐了嚴世良的車子，開往北投，路上停到一家早餐店，一起吃早餐。兩個人各自點了要吃的食物，端著托盤，走到一個空桌前，對面坐下，默默地吃了幾分鐘。

「他們到底要找什麼東西呢？」嚴世良突然問。

林笠生知道答案，可是假藉咀嚼嘴裡的食物，沒有回答。

「不知道他們誰先到，誰後到？」嚴世良又問，「你剛才說，根據他用飛鏢殺人的跡象看，有可能是秦鋼幹的。那麼是蕭雲海先到了台隆，正在尋找之中，秦鋼來了，把他殺死？還是秦鋼先到，正在搜尋，蕭雲海到了，發生打鬥，最後蕭雲海被殺？總之，兩人都是要找什麼，也許是同一樣東西，顯然是重要情報。」

林笠生說：「我看，是蕭雲海先到，正在尋找，秦鋼到了，把他幹掉。」

「可是蕭雲海身上除了刀傷，哦，鏢傷，也有槍傷。如果真是秦鋼打的，他從哪裡弄來的手槍呢？根據現場勘察，蕭雲海手槍在一個檔案櫃下面發現，就是說在打鬥之中，他的手槍被打掉，滑落到檔案櫃下面。而且法醫初步鑑定，蕭雲海身上的槍傷，並不是他自己的手槍打的，所以顯然也不是秦鋼搶去蕭雲海的手槍，然後射殺他。但是既然秦鋼有自己的手槍，為什麼還要用飛鏢殺人呢？」

「我也在想這個問題，」林笠生說著，拿出菸盒，取出一支，放進嘴裡，「但是如果不是秦鋼，又會是誰呢？」

「你還在抽菸？早晚要傷了你的性命。」

林笠生笑笑，抽了兩口，說：「就看子彈和香菸，哪一個先殺了我。」

「尼古丁那玩意，不是鬧著玩的，殺傷力不比子彈小。」
「只要不在我找到秦鋼，破獲大陸潛伏特工之前殺了我，就好。」
「我勸你還是趕快戒了吧，沒什麼好處。」
林笠生又抽兩口，說：「殺光大陸潛伏特工之後，我一定戒菸。」
嚴世良無奈地搖搖頭，嘆口氣，說：「如果不是秦鋼，那就是一直潛伏在臺北的其他大陸特工幹的。」
「可能。」
「實在難以理解，照你說的，蕭雲海也是他們自己的人哪。」
林笠生沒有回答，陷入沉思。
嚴世良也不再說話，同樣在思索。
「喂，世良，昨天中午，我讓你跟蹤的那個女人，有什麼情況？」林笠生突然轉變話題，問道。
「她好像並沒有太多特工訓練，根本注意不到身後有人跟蹤，一直走進中國旅行社。我查了一下，中國旅行社的員工名單上，沒有那個女人的介紹。進一步調查發現，她是中國旅行社員工的家屬，叫做岳娜，只是住在那房子裡。」嚴世良說著，從衣袋裡拿出幾張紙，遞給林笠生。
「臺灣也是太寬大了，大陸員工的家屬也可以隨便來臺灣長住？」林笠生說著，接過嚴世良遞過來的紙張，打開看著，點點頭，說：「現在你手上有兩個凶殺案，夠忙了。這個女人的事，我來辦。我估計，這個岳娜，也是特工，不過級別不高，沒有受過很多訓練，只做些通訊聯絡工作而已。那麼由她聯絡的上級，很可能也就在中國旅行社裡。」

「這個情況我們早就瞭解，中國旅行社在臺灣的辦事處，實際上就是大陸的諜報機關。」

「大陸駐外的所有機構，不管掛什麼樣的招牌，一律都是中共的諜報機關。」

「中國旅行社有個員工叫盧新，岳娜是盧新的老婆。」嚴世良說。

「哦？岳娜是結婚了的？」林笠生想了想，說，「也許只是掩護，中共習慣玩假扮夫妻這一套。」

嚴世良說：「我以前跟過盧新幾天，他每天都在學校裡活動，臺大啦，師大啦。可是他好像不大熱心情報工作，倒是經常坐在圖書館裡讀書，而且總是讀一些中國近現代歷史的書，估計都是在他們大陸讀不到的，覺得新鮮吧。」

林笠生聽了，想了一想，說：「這個人有點奇怪，我來調查一下，也許他可以幫助我們找到他們的上級。」

「誰？盧新，還是岳娜？」嚴世良說，「岳娜今天下午回上海，昨天買的機票。」

「回上海？一個人走？」

「對，她一個人走，老公留在臺灣。」

「顯然他們的夫妻是掩護，」林笠生說，「我原來想，岳娜應該更接近他們的上級，但是她走了，我只好來查盧新，總之一定要找到他們的上級。」

嚴世良突然說：「晨間新聞要開始了，看看董欣麗是不是有報導出來。」

餐廳牆角掛的電視螢幕上，露了一下董欣麗的面孔，同時顯示大字：重大新聞首家曝光，被嚴世良看到。他說：「有董欣麗的報導。」

林笠生抬頭看了一眼，對櫃檯裡招招手，比劃一下，要餐廳服務員把電視聲音放大些。服務員拿起遙控器，把電視的聲音擴大了些。

幾秒鐘音樂之後，新聞節目正式開始。

第十八章

螢幕上，女主播首先開口：「各位觀眾，早上好，歡迎收看本台晨間新聞。」

男主播接著說：「本台首先曝光，重大新聞。昨天夜裡，臺北市連續發生了兩起惡性案件，下面請聽本台記者董欣麗報導。」

董欣麗出現在螢幕上，神情嚴肅，毫無笑容，開始報導：「各位觀眾，我是董欣麗。昨天晚間新聞結束以後，大約十點多鐘，我和朋友到一品香餐廳吃宵夜。沒有想到，離餐廳還有好幾個路口，交通就被封鎖了，車輛行人都不准通過。聽旁邊的民眾議論，說是晚飯時間，台隆電子通訊公司老總謝維祥先生在一品香餐廳被殺。這是謝先生的資料照片。」

跟著董欣麗的話，螢幕上顯示出兩張謝維祥的照片。一張是他當兵時的照片，年紀尚輕，軍容整齊，神色嚴峻，精明幹練，佩戴著少校的軍銜。另外一張是他任台隆公司老總的近照，已有五十多歲年紀，老成持重，面目慈祥，微微笑著。

同時董欣麗繼續畫外音報導：「謝維祥先生曾在陸軍服役多年，退役之後成立台隆公司，一直為國防部工作，負責提升海陸空三軍通訊設備。這種背景之下，如果謝先生被害，其背後的故事一定還有很多，也很複雜。我向一品香餐廳前面執勤的警員求證，得不到回答，甚至跟他們發生激烈爭執。可是警局堅持，案件正在調查中，無可奉告。於是我決定到台隆電子公司去，希望在那裡能夠得到一些線索。不想到達台隆公司的時候，發現那座寫字樓也被嚴密封鎖。起先以為，因為該公司老總在一品香被害，所以台隆也戒嚴起來。跟樓門外警戒的警員們打探，才發現那些警員並不知道一品香的案子，而是因為台隆公司寫字樓上，也發生一起兇案，所以他們才封鎖這座寫字樓。」

螢幕上出現謝維祥公司所在的寫字樓照片，樓裡燈火通明，人影閃動，門口站立多名警員。

董欣麗聲音不斷：「各位看到的，是我用手機拍攝的台隆公司門前。因為昨晚我是吃飯路上，偶然發現這些事故，所以並沒有本台攝影師跟隨，只能用我的手機拍攝，品質不太好。這樣連續性的兇案，都發生在台隆公司身上，就不可能是偶然事件，必定有更多的聯繫。我第一個想到，這是黑幫凶殺。如果是這樣，警局裡會有關於台隆公司與黑幫關係的案底，破案應該不十分困難。不過我想，像謝先生這樣的人，在陸軍服役多年的軍官，電子公司的老總，勾結黑幫的可能性，大概不會很大。我第二個想到，這是商業競爭引起的凶殺。我立刻上網查了一下，發現台隆公司從成立開始，很多年來，一直只做國防部的通訊項目，從來沒有進入過任何民用行業，所以台隆從來沒有發生過任何民事糾紛。最近而言，台隆公司也並沒有參與任何商業競標之類的活動，所以很難想像會有哪家公司，為了爭奪商業項目，下手凶殺台隆老總。想來想去，不得要領，我跟門口警員反覆溝通，希望他們放我進去寫字樓。正這個時候，我發現保一總隊的嚴世良分隊長在門內大廳走過。我跟嚴隊長是中學同學，就趕緊請求他幫忙，接受我採訪。這是嚴世良隊長的資料照片。」

螢幕上顯示出嚴世良的戎裝照，大概是他在警察學校讀書時的照片，滿臉稚氣，微微帶笑，一副心滿意足的神情。

「這張照片可不像個高級警官，」林笠生說，「不過挺帥的。」

「誰知道她從哪裡找來的，也許是我們中學同學之間傳來傳去的。」

董欣麗繼續報導：「因為我沒有攝影師跟隨，而我忙著採訪，無法繼續用我的手機拍攝，周圍的警員誰都不肯幫這個忙，所以下面只有我的採訪報導，沒有現場圖像展示。根據臺灣法律條文，臺北市發生凶殺案，一律由臺北分局負責調查。但是台隆公司老總謝先生的凶殺案，保一總隊來參與偵察，讓我有點驚奇。保一總隊的職責是防衛臺北受到外來侵犯，尤其是外部間諜活動。於是我不免想到，台隆老總的兇殺案，還有第三種可能，政治謀殺，間諜作案。而最大的嫌疑，當然是大陸潛伏在臺灣的間諜。我在與嚴隊長的簡短交談中，向他提出這些問題。嚴隊長的回答，先是不置可否，又拒絕透露具體細節，說是案件正在偵察中，無可奉告。我正發愁如何繼續採訪下去，警政署薛運九委員走進門來，我趕緊過去對薛委員進行採訪。這是薛委員的資料照片。」

螢幕上又出現薛運九的資料照片，肥頭大耳，西裝革履，志得意滿，絕對的政府官員養尊處優的相貌。

「這個董欣麗非常能幹，三個鐘頭，找到這麼多的資料照片。」林笠生說。

「他們媒體，隨時都會存放很多資料，那是他們的命根子。」

董欣麗繼續報導：「警政署的薛運九委員，多年來在臺灣一直是反諜的專家。既然薛委員親自來到台隆案的現場勘察，就不難得出結論：謝先生的兇案，不是一件普通的凶殺，並非黑幫作案，也非商業競爭所致，而一定牽扯大陸潛伏臺灣的間諜活動。前面已經說到，謝先生大學畢業，在中華民國陸軍通訊兵服役十年，做到少校。謝先生退伍之後，創辦台隆公司，又跟國防部合作幾十年，幫助臺灣陸海空三軍提昇電子通訊系統。不難想像，因為謝先生跟臺灣軍界的關係和工作性質，大陸軍方對他會特別關注。而大陸潛伏臺灣的特工也必定要打謝先生的主意，設法獲取臺灣三軍的機密資料。也許他們最終沒有得到台隆公司的合作，所以不惜殺害了謝先生。」

「好厲害，董欣麗能夠到你們總隊去做探員。」林笠生嘆道。

「我跟你說嘛，上學的時候就知道，她聰明過人。」

董欣麗在電視上繼續報導：「薛運九警務委員，作為反諜專家，也來參與這樣兩個案子，我們可以大致斷定，這是涉及大陸潛伏特工的兇殺案，也許兩起案件都屬於同一原因和同一目的。由於謝先生被害，警方有許多偵察工作要做，薛委員和嚴隊長都十分繁忙，可以理解。簡短的採訪之後，薛委員給了我一張照片。」

電視螢幕轉換到秦鋼的容貌，不是很清晰，五官普通，毫無特色，任何人見到，都不會留下什麼印象。

董欣麗繼續報導：「薛委員介紹，這個人叫秦鋼，是大陸訓練出來的專業特工，多年在歐洲執行任務，經驗十分豐富，在全世界的情報界相當有名。但是據說五、六年前突然退出情治系統，沒有人知道是什麼原因，也沒有人曉得他隱居何處。直到兩年前，才重出江湖，建立了一家私人的特技訓練俱樂部。這次跟隨一個旅遊團到臺灣來，而那個旅遊團因為違反相關法規，已經被遣返，可是秦鋼私自脫團，滯留臺灣，臺北警方早已對他實施通緝。薛委員指出，據說秦鋼這幾年臉上一直有傷疤，日常都貼著紗布橡皮膏，很好辨認。薛委員號召臺北市民，積極配合警方，看到臉上有傷疤的人，請立刻報告警方。」

隨著董欣麗的報導，螢幕上的秦鋼照片，一會兒左一會兒右，畫些傷疤或者貼上橡皮膏，供大眾觀看和記憶。

董欣麗繼續報導：「薛委員需要趕回警務署公幹，之後我繼續詢問嚴隊長，最後終於瞭解到，昨晚有人非法闖入台隆公司，繼而在辦公室內發生激烈打鬥，有人員負傷。嚴隊長聲明，案件正在調查中，無法對外透露更多相關信息。」

這麼說著，董欣麗把嚴世良的照片再次放到螢幕上，邊做結束語：「採訪最後，嚴隊長再三向我說明，臺北警方一定盡職盡責，偵破兇案，將嫌犯捉拿歸案。他敦請臺北市民放心，照常工作和生活，同時協助警方工作，凡遇到有嫌疑的人員，及時向警方報告。對於昨晚的案情，本台將繼續隨時跟蹤，及時向觀眾們報導，請隨時關注。董欣麗臺北報導，謝謝收看。」

報導結束，電視鏡頭返回演播室，男女兩個主播都睜大眼睛，張大嘴巴，面面相覷，停了一秒鐘，男主播才說：「哇，好可怕啊。」

「哇，好可愛啊。」女主播說，又趕緊補充，「我是說那個嚴世良隊長。」

男主播說：「臺灣民眾大概很難想到，大陸究竟在臺灣潛伏了多少特工，干擾臺灣社會生活和經濟軍事文化各方面的建設。最近幾年，隨著兩岸交流活動增多，大陸特工對臺灣的影響力，也越來越增強。」

女主播：「大陸政府幾十年來，一直口口聲聲說，臺灣同胞，臺灣同胞，可實際上，始終把臺灣人民當作敵人。在國際上，處處封殺臺灣的活動。在國內，則大量派遣特工潛伏，對臺灣社會實施各種破壞。」

男主播：「而且大陸政府至今還在不斷地宣布，他們要武力解決臺灣問題。武力解決，就是要來侵犯臺灣國土，屠殺臺灣人民。從歷史上看，中共對外敵的抵抗，從來不重視，比如對日本和俄國的各種入侵，中共都採取容忍和退讓的態度。可是殺起同胞來，中共卻異常凶狠，沒有一點一滴的同情。所以我們臺灣民眾，必須時刻提高警惕。」

女主播：「昨夜連續兩起重大凶案，應該提醒臺灣民眾的警覺。我們不能繼續受到大陸政府的矇騙，不要聽信他們那些同胞友好往來等等的謊言。我們要自強，團結一心，抵抗大陸的圍追堵截，建設我們的國家，保衛我們的國家。」

男主播：「有關這兩起大陸特工在臺灣殺人的案件，本台會繼續跟蹤報導，請大家隨時注意收看。」

電視新聞節目暫停，開始播出廣告。

嚴世良朝服務員擺擺手，表示可以把電視聲音放小。服務員聽了，拿起遙控器，把電視聲音關掉。

「你在電視上看，真是挺帥的。」林笠生笑著說，「等著吧，以後會有很多女孩子來找你了。」

「不要取笑，怎麼會。」

「連那個女主播都驚嘆，你好可愛哦。」

「但願董欣麗也這麼想才好。」

「會的，一定會的。」

嚴世良站起來，說：「我得走了，說不定台隆的人已經到了總隊。」

第十九章

秦鋼早上八點鐘才醒來，而且很快就出了門，所以沒有看到董欣麗的晨間電視報導。他在海邊坐了兩個多鐘頭，想起從蕭雲海身上找到的通訊器材，確認那是尋找蕭雲海上級的最好辦法，便急急忙忙趕回旅館。他估計昨天夜裡找到那個耳機和話筒之後，隨手塞在衣服的哪個口袋裡，而那件外衣留在昨晚過夜的民宿旅館。

走在路上，秦鋼看到街邊商店放了許多號外：大陸特工在臺猖狂活動，殺人放火。還有幾份號外，刊出他自己的照片，都是意料中的事。不過那都是幾年以前的資料照片，而且所有報導都特別強調他右面頰上的傷疤，有些還特別在照片上畫出記號來。因此臺北所有的警察和民眾，都時刻在注意臉上帶傷疤的人，沒有人會注意到他。秦鋼摸摸自己的臉，慶幸自己多年前早做周密計畫，所謂有備無患。

回到旅館，鎖住房門，秦鋼拿起昨晚脫下的外衣，一個口袋一個口袋尋找。他記得蕭雲海身上携帶的耳機和話筒都十分微小，可能失落在任何一個衣縫裡，或者夾在任何一個什麼物件之中。好在秦鋼使用這種通訊設備多年，對這類東西十分熟悉，並沒有費太多功夫，便找到了，一個微型耳機，一個微型話筒。

拿在手裡，仔細查看。可以斷定，這兩件東西是絕對高端器材，他做特工的時候沒有使用過，不知道如何啟動。想了一陣，秦鋼照著昨天蕭雲海的樣子，把耳機塞進耳朵，把話筒別到衣領上。然後對著話筒，發出幾聲測試的話音，耳朵裡馬上聽到電流聲。

看來，這套設備是語音啟動的，而且嘴巴和話筒必須要在一定距離之內，才能接收或者傳播。

「知道我是誰嗎？」秦鋼問，「我知道你在聽，告訴你，我是殺死蕭雲海的人，下一個就輪到你。」

對方沒有回答，但也沒有切斷通訊。

「你就是到天涯海角，也絕對逃不出我的追殺。」

對方仍舊不說話，不知在搞什麼鬼。

「我用蕭雲海的話筒，想必你能聽見。」

「我知道你是誰？」對方終於開口了，北京口音，聲音低沉，聽得出來是個中年人。

「你是蕭雲海的上級，你下令殺害我全家。」

對方沒有再說話，挺沉得住氣。

「為什麼？為什麼要害我的家人？」

「你用問為什麼嗎？上級下令要你辦的事，你會問為什麼嗎？」對方突然冒起火來，厲聲反問，然後又說，「從你入黨那天開始，你就是黨的人，從頭到腳，從裡到外，全部都是黨的人。黨要你活，你就活，黨要你死，你就死，沒二話，更沒資格問為什麼。黨做出的每個決定，都是為了革命事業，也許你一時半會不明白，但最終你會懂得，你的生與死，都是黨的事業中一個微小的組成部分，也許你活著，是對黨做貢獻，也許你死，也是對黨做貢獻。為了我們黨的革命事業，我們每個人都死得其所，死而無怨。你竟然還敢問為什麼，你真是膽大包天。就因為你這樣膽大包天，你這樣的狗脾氣，所以你的家人必須死，你自己也必須死。我們黨不能容許你這樣的人混在革命隊伍裡，投敵叛國，擾亂軍心，而且……」

忽然之間，對方講了一大堆話，沒完沒了。秦鋼的特工意識猛然啟動了，生出懷疑。經驗豐富的特工，保密是第一本能，絕對不會輕易在通話中說一大堆廢話。對方必是有什麼企圖，他必須即刻終止對話。這麼一想，秦鋼馬上從衣領上拿下話筒，耳朵裡的耳機便立刻消失了音響，通訊停止了。秦鋼從耳朵裡拿出耳機，看了看，跟話筒一起，放進衣袋，心想對方大概想通過對話，追蹤到他目前的所在。不過剛才對話，總共不到一分鐘，再靈敏的電子設備，估計也還是查不到他的位置。

跟蕭雲海的上級取得了直接聯絡，知道此人確實在臺灣，那就好辦了。秦鋼是有經驗的職業特工，並且完全瞭解大陸特工的作業程序，他相信自己會很快找到蕭雲海的上級，報仇雪恨。但是他也知道，這幾天臺北一定是風聲鶴唳，草木皆兵。雖然他急於找到仇人，一天也不想等待，但他眼下什麼都不能做，他不能莽撞行事，欲速不達。眼下他必須儘量保持低調，在淡水再住一兩天，避過風頭，再回臺北。在找到蕭雲海的上級，並且殺掉他之前，他必須先妥善地保護好自己。所謂留得青山在，不怕沒柴燒。

計畫妥當，他便安下心來，同時又想，他也可以利用這一兩天時間，搞明白謝維祥藏的記憶卡上面究竟有什麼重要內容，乃至為此喪了命。

秦鋼跑到附近一家電子商場，進進出出幾家不同的電子商店。他知道迷電腦的人，心都很專，從不關心時事，一天到晚就是玩電腦，很少看電視，所以他在電子城裡，會很安全，完全不怕會被人認出來。事實上，他在電子城轉了半天，不管是店員還是顧客，沒有一個人對他多看過一眼。

轉來轉去，挑來挑去，秦鋼買下一個破譯登錄密碼的軟體，一個破譯文件加密系統的軟體。店員細緻地給他講解如何使用這套軟體，並且告訴他，取決於文件加密的級別，有時候也許要幾天時間，才能破譯出密碼。聽店員這麼說，秦鋼等不及回旅館以後再說，便在那家電腦店裡，買下一台手提電腦，就近鑽進一家書店，找個角落坐下，啟動新買的電腦，裝入解密軟體，再插入從謝維祥禮帽裡搜到的那個記憶卡，隨即開始破譯程序。

看著電腦螢幕上不斷旋轉的圓圈，秦鋼腦子裡又浮現出妻子和兒子的模樣。他拿出小小的舊手機，摸了半天，終究沒有按動收聽鍵，又放回到衣袋。他站起來，走到旁邊的書架邊，隨便找到一本介紹臺灣的書，拿回來坐到椅子上，翻看閱讀，打發時間，等待電腦作業結束。

半天過去，直到傍晚，電腦仍在工作，沒有結果，看來要破譯記憶卡的密碼，確實不大容易。謝維祥的公司本來就是從事電子通訊事業，而在電子通訊事業中，最重要的一環就是加密，保護用戶的私密，再說台隆公司又是替臺灣陸海空三軍建造電子通訊設備，保密要求當然更高。所以他在加密方面下了大功夫，技術確實非常發達。

但是既然蕭雲海為了拿到這個記憶卡，不惜殺人又被殺，可見這個記憶卡裡存放了十分重大的資料，要麼是臺灣軍事防衛的資料，是中共政府準備武力收復臺灣所急需的，要麼是大陸派駐臺灣的情報組織的資料，一旦暴露，中共在臺灣的潛伏力量將全盤損失。情報既然如此重大，秦鋼無論如何都捨不得放棄努力。電子商店的人告訴他，破譯密碼也許需要幾天時間呢。他決定先不關機，讓破譯程序繼續連夜工作。

秦鋼捧著半開的電腦，走出書店，找個小餐館，吃了晚飯，然後走回旅館。

剛剛走上樓，遠遠的，他便看見臨走時夾在門縫裡的小紙片，落到地上。他立刻知道，他不在時候，有人進入過他的房間，或許現在還埋伏在房間裡，等他到來。秦鋼馬上緊張起來，這情況下，破譯謝維祥電腦就不再是首要任務了。秦鋼關掉手裡的電腦，抱在胸前，放輕腳步，轉身走下樓。

應該不是臺灣警方來搜索，如果是警方，不會偷偷摸摸地進入他的房間，那就只能是大陸特工。可他們怎麼會這麼快就發現他住的地方呢？想來想去，秦鋼猜出來，是他上午跟蕭雲海的上級通話，暴露了行蹤。蕭雲海身上的通訊設備，具有ＧＰＳ功能。

他快步走過幾條街口，確定身後沒有人跟蹤，悄悄挪到蕭雲海的車子前，迅速開了車門，鑽進車去，馬上發動起步，轉了幾個彎，開進一家酒館的停車場。

他不能再啟動蕭雲海的通訊器材，再次暴露行蹤。他拿出膠帶，把話筒耳機包裹幾層，放到後座上，遠離身體，避免語音啟動。他需要重新計畫，在躲避臺北警方追蹤的同時，也躲避大陸特工的追蹤，而且還得設法找到蕭雲海的上級。

他轉過身，從旁邊座位上拿起電腦，打開一看，意外發現雖然他關了電腦，但是因為沒有停止破譯軟體，破譯謝維祥記憶卡密碼的程序仍在繼續中。他心裡一喜，決定另找一家旅館住下，讓電腦工作一夜，或許會有結果。這麼想著，他拿著電腦，下了車，鎖好車門，再次上路去找旅館。

第二十章

董欣麗的新聞報導發出之後，臺灣民眾掀起一股巨大的反擊大陸特工熱潮。這促使臺灣警方不得不痛下狠心，安排盡可能多的警力，到處搜捕中共潛伏特工，以安臺灣民眾之心。而且因為最近幾起凶殺案，臺灣民眾對大陸特工憤恨已極，紛紛積極配合警方，提供各種不平常的跡象，致使大陸潛伏臺灣的特工，一個接一個，相繼落網。

同時，蕭雲海已經斃命，岳娜回上海，林笠生想要順藤摸瓜，找到這批大陸特工的上級指揮，只有盧新這一條線索。林笠生估計到所謂岳娜和盧新的夫妻關係，只是一種掩護，卻萬萬沒有料到，岳娜是因為舉報盧新通敵之後，才獲准回上海度假。

臺灣長大的人，完全無法懂得，大陸的學校，幾十年來，從無改變，一直進行告密教育，積極鼓勵學生，隨時向老師報告其他同學的言行。大陸學生，從小學一年級開始，為了任何理由，爭寵也好，表忠也好，詆毀他人也好，只要向老師舉報某某同學的錯處，不論大小，甚至無中生有，添油加醋，都會得到老師的表揚，或者獎勵。所以大陸民眾，從小就培養得極端自私，具備為達目的不顧一切的性格，把告密看作光榮，把出賣當成自然。只要看看中共的黨史，從延安整風到文化革命，劉少奇周恩來鄧小平，中央大員全部在內，人人都曾經向毛澤東告過密，個個都曾經無情地出賣過同志。也因此，大陸民眾特別能夠接受黑貓白貓抓住老鼠就是好貓的說法，並且身體力行，無視道德和人性，為了爬上權力位置，為了弄到錢，可以無所不用其極。

岳娜和盧新，都是大陸學校教育出來的優秀學生，自然也都把告密出賣看作平常事。他們雖然不是真夫妻，但為了有效的掩護，還是住在同一個屋簷下，一個鍋裡吃飯，雖然岳娜堅持不肯跟盧新睡一張床。人與人都一樣，日常生活中間，如果相互之間沒有感情，卻又要一天到晚在一起，抬頭不見低頭見，便必定會發生出這樣那樣的小矛盾。而小矛盾累積起來，越滾越大，兩人關係就越來越不好，甚至相互生出恨意來。

盧新比岳娜先來臺灣潛伏，在教育情報組工作，以中國旅行社駐臺辦事處人員的名義，成年累月在臺灣各間大學裡轉，用廉價旅遊等等為誘餌，召集臺灣學生到大陸去讀書或者工作，進行統戰宣傳。兩年以後，岳娜才來臺灣，由韓陸上校直接領導。

其實岳娜來臺灣以前，並非職業特工，而是上海一家公司的會計。一次到北京出差，在飛機上與韓陸鄰座，得以結識。作為大陸軍政高級官員，韓陸上校不能免俗，雖然結婚生子，卻也享有若干情婦，分散全國各地。由於韓陸自己從事特工生涯，知道特工人員的特質，所以工作之外，他便儘量避免跟任何專業特工來往，而只想尋找絕對的輕鬆和寧靜，因此他的所有情婦都跟特工職業不沾邊。於是會計師岳娜便成了他的新目標，而且輕易地成功。大陸年輕女人，哪個不想攀上一個軍隊高官呢？

交往一段時間後，韓陸驚奇地發現，岳娜竟然十分忠誠。韓陸是總參二部的高官，手下有數不清的特工任他調派，跟蹤監視某個普通公民，舉手之勞。他接獲的所有報告，都明確顯示，自從與韓陸上過床之後，岳娜再沒有跟任何其他男人有過來往，甚至韓陸調到臺灣之後，岳娜仍舊守身如玉。這讓韓陸很感意外，他的所有其他情婦，沒有一個如此癡心，多多少少都會暗中偷腥。韓陸之所以容忍她們，只是因為他並不把這些情婦當回事，不過荷爾蒙爆發時刻，解決一下生理需要而已。時過境遷，就丟到腦後，再不去想了。但是岳娜的表現，卻讓韓陸動了心，成為他的最寵。兩年多來，韓陸每次從臺灣回國，到北京述職之後，都並不回自己家，而是到上海，與岳娜團聚。

同時，韓陸自從調到臺灣，經過一年觀察瞭解，發現情況並不如他想像的那麼簡單。潛伏在臺灣的特工，除了總參總政系統之外，還有中聯部，外交部，國安部，統戰部，國臺辦等等非軍隊系統的人員。雖然名義上都歸韓陸領導，但他經常不能實際行使絕對的指揮權。從他父輩的血統遺傳，加上他多年在大陸軍界的經歷，韓陸上校知道，駕馭部下的最佳手段，便是製造深度恐懼。而要讓部下從心裡懼怕他，韓陸必須確實地拿住每個人的短處。於是他向北京總部報告，潛伏臺灣的特工，並不全部忠誠，需要各個甄別。他提出，再調派一個人來臺灣，做他的眼線，監視部下生活，收集個人情報，確定他們的忠誠度。對於北京最高層，近些年來，忠誠已經成為對人鑑定的第一位重要標準，所以韓陸的提議，立刻獲得批准。

韓陸隨即進一步提出，為了減少潛伏臺灣的特工們的疑慮，新派到臺灣來的這個人，不能同是職業特工，不屬大陸的情報圈內，並且必須確認對韓陸個人絕對忠誠。那麼這個人，經過多年考驗的，只能是會計師岳娜，上級批准了他的請求。

為了掩護岳娜的身分，上級根據韓陸的建議，指派岳娜作為盧新的老婆來臺灣，做全職太太。韓陸上校之所以選擇盧新，一是因為盧新還是單身，來個老婆，不會引起不必要的糾紛。二是因為盧新也是上海人，跟岳娜做夫妻，順理成章。三是因為盧新做教育方面的情報工作，與韓陸上校負責的軍事情報，距離最遠，不會讓人把岳娜與韓陸聯繫起來。也因此，在最近一次大調整中，韓陸仍然沒有把盧新調到自己手下來。

盧新起初聽說北京給自己派了個老婆，心裡並不樂意，但是真的見了面，發現岳娜相當美貌，卻又覺心喜，以為既做夫妻，自然可以天天上床。不料岳娜完全不把盧新看在眼裡，晚上根本不進盧新的臥室。盧新並不知道岳娜來臺灣的祕密使命，以為只是岳娜看不起自己，心中便生出嫉恨。作為職業特工，盧新當然在大陸也有不少特工朋友，不費吹灰之力，便查出岳娜的底細，以及她與韓陸的關係。稍稍留意，盧新便知道，來臺灣之後，岳娜雖然沒有天天跟韓陸睡覺，也還是常在韓陸那裡過夜。韓陸是上級，盧新也知道上校的為人，雖然心裡憤恨，卻也不敢有所表露，只好忍氣吞聲，努力忘掉岳娜，另外尋歡。

不過盧新並不知道，岳娜經常到韓陸住處過夜，除了一起睡覺之外，還有要務在身，就是向韓陸彙報她最新收集到的種種情報。岳娜是個天生的密探，表面上她是個全職太太，不懂得特工作業，整日只知道到處串門，東家長西家短，實際上她接觸到的人，每句話，每個表情，每個動作，她都記在心裡，發現有不對頭的地方，便立刻向韓陸彙報。因為她的告密，潛伏臺灣的大陸特工，已經有三人被北京召回，祕密處置了。除了監視手下特工人員之外，韓陸上校偶爾也會派遣岳娜做點其他的聯絡工作，比如派她跟蕭雲海碰頭，聽取彙報，傳達指令。但這樣的次數不多，韓陸知道，岳娜沒有經過專業訓練，容易出錯，他必須儘量的保護她。

原本因為把她配給盧新做老婆，岳娜以為上級對盧新有充分的信任。後來從不多的言談舉止中，岳娜漸漸感覺，盧新好像已經覺察出了她和韓陸的關係。岳娜知道自己來臺灣的工作，十分機密，如果暴露，會引起潛伏臺灣的全體特工不滿，那就糟糕了。但是她沒有具體證據，無法把自己的擔憂報告給韓陸。於是岳娜便用了心，開始暗中偵察盧新。既然名義上在同一個屋簷下過日子，近水樓臺，只要岳娜多回幾次住處，便很容易地找到機會，偷看盧新的手機和電腦通訊，捕風捉影。功夫不虧有心人，最近幾天，終於被她發現了盧新的一條極度機密，可以用來向韓陸告密：盧新結識了一個臺灣女生，祕密來往，沒有向組織彙報。

掌握了證據，岳娜立刻毫不猶豫地向韓陸舉報盧新，並且加油添醋，斷定盧新有通敵嫌疑。作為對她舉報的獎勵，岳娜可以休假兩周，啟程回上海去了。

上次大調整，盧新沒有被調入韓陸手下，他很慶幸。盧新知道韓陸心狠手辣，殺人不眨眼，在他手下工作，提心吊膽，朝不保夕，沒什麼好處。而且留在教育情報組，得以繼續在臺灣各大學裡活動，也方便他跟新交的臺灣女友來往。至於岳娜獨自回國休假，盧新沒有絲毫懷疑，反倒覺得沒有岳娜在面前討厭，他能夠更加輕鬆，增加與臺灣女友見面次數。

不料突然之間，盧新接到上級通知，即日調入韓陸手下，把他嚇了一跳。是不是出了問題？是不是他跟臺灣女生交朋友，被發現了？他做得十分小心，怎麼會暴露呢？但是不管怎麼樣，上級命令，不能抗拒，他丟下手裡工作，趕到韓陸辦公室報到。他想好了，如果上級問起來，他必須仔細地解釋清楚，他並沒有通敵，沒有洩露任何機密，他只是交個女友。如果上級堅決不同意，他可以跟她分手。韓陸不在，秘書留下他的報到紀錄，告訴他，改日通知他來面談。

盧新離開韓陸的辦公室，在馬路上閒逛，提心吊膽，汗流滿面，不能自已。他下午發了條短信，約女友晚上見個面，有重要事情告訴她。逛到天黑，他小心翼翼地走去約會的餐廳，路上格外小心，終於發現身後有人跟蹤。他肯定那是韓陸派了人，要殺他。盧新愈加恐慌起來，感到自己的末日將臨。

但是跟蹤盧新的人，並不是韓陸派的人，而是林笠生。

林笠生最近有些失去耐性了。秦鋼到來，謝維祥被殺，蕭雲海被殺，一系列的兇殺，讓林笠生感覺，大陸駐臺特工組織好像開始加快行動。情勢有變，他林笠生也不能繼續以往的策略，也需要加快動作，儘快破獲大陸駐臺特工組織。而要達到這個目標，最重要的是找到指揮駐臺特工的領導。眼下，尋找這位領導的唯一線索，就是盧新。

與跟蹤楊子的方法相同，林笠生並不特意掩蔽自己的跟蹤，為了讓盧新發現而產生恐慌。心裡恐慌的人，必定會出錯，出了錯，就會被林笠生抓住線索。

今天下午，他開始緊密跟蹤盧新不久，發現盧新剛到師大附近，突然轉身，又走回來，急急忙忙鑽進旅行社大門。不知發生了什麼事？林笠生耐心地等著，三十分鐘後，盧新跑出來，在馬路上逛了一陣，不斷回頭張望，還幾次拿出手機撥號，顯然是沒人接，再匆忙收起。

天色漸暗，將近晚飯時間，盧新終於走到師大附近一家麥當勞門口，隔著玻璃窗，向裡望望，然後推門進去。

林笠生斷定盧新不是來吃飯的，否則沒有必要跑這麼遠的路。他是來見人的，林笠生想著，朝麥當勞走過去，他必須看到盧新見的是誰。

他剛推開門，迎面碰見盧新跟一個姑娘從店裡走出來，也到了門口。林笠生一手拉著門，後撤一步，表示讓兩個年輕人先出。那個姑娘轉頭對他笑笑，說：「謝謝你啦。」

盧新看他一眼，毫不理會，把一個手搭到姑娘肩上，半摟半抱地走掉了。

吃飯時間，店裡人很多，都是師大的學生。坐著吃飯的是師大學生，打工的店員也是師大學生。剛好一個清潔工學生在門口打掃，林笠生便上前打問：「剛才出門去的那個女生，也是師大的學生嗎？」

「哪個？」清潔工學生問。

「吶，我進來的時候，給他們開門的那一對，才出去的，在那裡。」

清潔工學生趴到窗上，朝外看看，說：「噢，那是余佳茹，我們學校數學系的。」

「她是臺灣人，還是大陸妹？」

「誰？余佳茹？」清潔工學生有點吃驚，隨後笑起來，「她是臺灣生臺灣長，純粹的臺灣姑娘。」

清潔工學生還要繼續，林笠生道了聲：「謝謝了。」便轉過身，推門出去了。

講了幾句話，再出門去，已經看不見盧新了。但是林笠生並不著急，決定暫時放棄捉拿盧新的計畫。他要找到盧新，輕而易舉，早晚的事，但絕不能當著臺灣姑娘余佳茹的面，不能讓余佳茹痛苦。

可是盧新躲過了林笠生的一劫，卻沒有能夠躲過上級韓陸的手。

盧新交了余佳茹這個女朋友，心思早就不在他的特工任務上了。最近一段日子，韓陸手下的人，一個又一個，接連被臺北警方逮捕，大陸特工中間人心惶惶，坐臥不寧。卻沒有料到，偏偏在這個節骨眼上，通知來了，他終於也要到韓陸手下工作，逃不出葬入火海的命運。又突然之間，盧新發覺被人跟蹤，不由得想起楊子的下場，幸虧情急生智，臨時拉了余佳茹做掩護，才算躲過，也成為壓倒他的最後一根稻草。盧新決定立刻退出潛伏臺灣的特工組織，洗手不幹，老老實實做人。想了許久，盧新決定寫個報告，請求離職。他不能講自己心裡的恐懼，不能講自己交了臺灣女友，他只想簡單地說，他已經在臺灣工作三年多，非常想家。

第二十一章

董欣麗的緊急新聞報導，就像在臺灣丟了一顆大炸彈。首先是各新聞媒體大驚失色，急忙四處出動，搜尋相關資料和信息，東拼西湊，添油加醋。而後是民眾一片譁然，對中共潛伏臺灣間諜情況議論紛紛，提心吊膽，談虎色變。人人走在馬路上，東張西望，隨時注意行人臉上有無傷疤，警局電話不斷。最後是各級政府官員爭先恐後，到處發表演說，巧言令色，虛張聲勢，要求相關部門嚴肅處置諜案，澈底剷除中共對臺灣安全造成的威脅。

所有這些，當然給臺灣警政署和各地警局造成很大壓力，只好紛紛明確表示，將盡一切可能，布置所有可能的警力，全面偵破中共諜案，而實際上，各地警局也確實加大了對諜案的重視，四處搜尋圍捕，大有寧可錯殺一萬，不可放過一個的態勢。

這個局面，讓著名反諜專家薛運九坐臥不安。他每天從早到晚，不知要參加多少會議，接多少電話，做多少演講，挨多少訓，發多少誓，同時還要聽多少彙報，做多少指示，審多少嫌疑犯。

過了幾天，終於算是有了個機會，他把嚴世良叫進自己的辦公室，關住房門，問道：「你跟董欣麗很熟嗎？」

嚴世良這幾天自己也是忙得不可開交，非常不滿薛運九這個時候找他談話。但是薛運九是上級，嚴世良也不敢輕易得罪，應道：「是，高中同學。」

「呵呵，她一夜爆紅，成了全臺灣最搶眼的新聞記者。」

對這句評論，嚴世良不知怎麼回答，沒有作聲。他知道，薛運九最初打算把兩個案子都掩蓋起來，暫不公開。沒有想到，在台隆公司的樓裡，意外被董欣麗撞到，做了簡短的採訪。薛運九迫於無奈，又不願道出大陸潛伏臺灣特工的現實狀況，只好說出秦鋼的名字，並且把秦鋼的照片交給了董欣麗。董欣麗把所有這些都報導出來，使薛運九處於很被動的局面，心裡肯定十分惱火。

停了片刻，薛運九說：「本來，她們電視台，報導一件兩件兇案，沒有什麼特別，那是他們的本職工作。可是她反反覆覆地強調，這兩起兇案，並非臺灣社會上的惡性案件，而是大陸潛伏特工在臺灣做下的諜案，那麼問題就嚴重了。」

嚴世良看著薛運九，點點頭，沒有作聲。

「這樣一搞，你看到了結果。所有的新聞媒體都跟進，搶著報導大陸在臺灣潛伏特工的存在，捕風捉影，天昏地暗，掀起臺灣民眾的反諜運動，當局也措手不及，一時拿不出妥善辦法來處置。另一方面，大陸政府自然也很擔心，而潛伏在臺灣的大陸特工們也一定要採取相應措施。首先他們必須保護自己，更加隱蔽，這就讓我們的反諜工作更加困難。同時他們也一定會設法打擊給他們造成傷害的人，避免他們組織上的更大損失。」

嚴世良說：「只要他們活動，暴露出來，我們就一網打盡。」

「沒有那麼簡單。」薛運九搖搖頭，看了嚴世良一眼，說，「我現在擔心，他們會動手，傷害董欣麗。」

嚴世良聽了，有些吃驚，張大嘴巴，看著薛運九，說不出話。他原以為，薛運九因為氣憤，找他來談話，是想套出董欣麗的什麼過失，以便給董欣麗找點麻煩，卻沒想到，薛運九竟然是關心著董欣麗的人身安全。

薛運九似乎看透嚴世良的疑問，說：「你以為董欣麗報導了台隆的案子，讓我很難堪，我會因為個人因素，就置她的安危於不顧嗎？那你太小看我薛運九了。我是臺灣的警官，我的責任是保護每個臺灣公民的安全。就算我不滿意董欣麗公開報導這兩個案件，我也仍舊必須負責保護她的安全。」

嚴世良聽了低下頭，滿臉通紅，不敢聲響。

「我得到情報，大陸特工這幾天一直在收集有關董欣麗的資料，我懷疑他們大概要對她下手。」

嚴世良聽了，站起身來，說：「我現在就去，我要保護她。」

「找你來，就是為這件事。」薛運九說，「董欣麗的安全由你個人負責，怎麼安排隨便你，需要什麼儘管說，但是不要大事聲張，我們已經夠亂了。」

「是，薛委員，謝謝。」

嚴世良說完，衝出薛局長的辦公室，奔出警政署大樓，開上車，亮警燈，直奔董欣麗家。一路上，他心裡通通直跳，七上八下。他知道大陸特工心狠手毒，殺起人來，不顧一切，殘忍異常。他現在恨汽車跑得太慢，只怕晚到了一步，董欣麗出了意外。

他到了門口，停了車，急忙跳出，還沒有關上車門，就看見董欣麗慌慌張張從樓裡跑出來。嚴世良急忙迎上前去，叫道：「董欣麗，別跑，別跑。」

董欣麗一見是嚴世良，撲過來，抱住他，放聲大哭。

「怎麼了？怎麼了？」嚴世良又是受寵若驚，又是驚惶失措，摟著董欣麗，不住聲的問。

「他們……他們抄了我的家……」董欣麗邊哭邊說。

「誰？誰？別哭，別哭，我們去看看，去看看。」嚴世良說著，輕輕拍著董欣麗的背，安慰她。過了片刻，董欣麗總算平靜了一些，抬起頭，擦掉眼淚。

「你帶我去看看，好嗎？」

董欣麗點點頭，轉過身。

嚴世良便輕輕地扶著董欣麗的肩膀，走進樓門，上到三樓。董欣麗的公寓大門敞開著，門鎖被毀壞。嚴世良把董欣麗推到牆邊，用手勢比劃著，讓她靠牆站著，同時從後腰裡拔出手槍，打開保險。

「你剛才沒有進去嗎？」嚴世良壓低聲音，問道。

董欣麗驚恐地望著嚴世良手裡的槍，哆哆嗦嗦地回答：「我剛上樓，看見門被砸開了，就趕緊逃跑，哪裡還敢進去。」

「那好，我們要保護現場。」嚴世良說著，另一手掏出手機，撥了號碼，迅速地向臺北分局報案，要求立刻派員來現場勘查。

收好電話，嚴世良一手提槍，一手拉著董欣麗，輕輕走進公寓，一間屋子一間屋子地查看。到處亂七八糟，衣服書籍滿地亂丟，書櫃倒塌，沙發翻轉，書桌上紙張混亂，抽屜拉出，丟在地上。

董欣麗兩隻手捂住嘴，避免叫出聲來。

嚴世良是有經驗的警官，看到所有這一切，倒放了心，收起手槍，對董欣麗說：「這顯然不是搶劫。」

「不是搶劫？」

「搶劫怎麼會去翻你的書櫃，翻轉沙發，而且你的臥室一點沒動，只破壞你的客廳和書房。我們出去等吧，不要破壞了現場。臺北分局派的警員，很快就會到了。」

董欣麗跟隨著嚴世良走出門，一邊問：「看樣子，你知道是誰幹的？」

「我當然知道，是大陸潛伏的特工們幹的，他們恨你暴露了他們在臺灣的組織和活動，所以來故意製造出這樣的亂像，為了恐嚇你。」

「你說，他們來，不是要殺我？只是想嚇我？」

「他們來這裡的目的，當然是要殺你。別怕，聽起來很恐怖，但是他們沒有成功，是不是？」

「你說吧，我不怕。」

「大陸人心狠，大陸特工當然更狠，完全沒有任何同情心的。」

董欣麗點點頭，沒說話。

嚴世良繼續解釋自己的猜測：「他們來你家，原本是要殺人。可是要殺人，就不能這樣大動干戈的鬧騰，必須輕手輕腳的動手，避免暴露。沒想到，撲空了，你不在家，他們沒有辦法。估計他們會等一陣子，可是等不到。但是你的門已經弄壞了，無法掩蓋，而且他們不能空手而歸。於是他們臨時改變計畫，製造出這個砸爛你家的現場，並且故意讓你能看出來是誰做的，想起到恐嚇的作用。」

「恐嚇？」

「讓你以後閉嘴，不再去報導他們的活動。」

董欣麗聽了，不做聲。

嚴世良說：「薛委員剛指派我負責保衛你的個人安全，所以我才趕來。沒想到，晚了一步，他們先來，幸虧你不在。你這裡不安全，他們隨時可能再來搗亂。這樣吧，你住到我家去，躲避幾天，等能夠確保安全了，你再搬回來。」

「你家？」

「哦，對不起，不是搬到我家去，」嚴世良臉紅了，趕緊解釋，「是暫時住到我爸家去幾天。」

董欣麗聽了，倒高興起來，轉念一想，又反問：「你爸爸家就確保安全嗎？」

嚴世良沒有馬上回答，他無法確定。

「我相信你，你一定能保護我的安全。」

嚴世良點點頭，又想了想，說：「我們必須把中共潛伏的所有特工全部鏟除乾淨，才敢說臺灣安全了。但是我們一定盡全力，再艱難也絕不退縮，我們會一個一個地消滅他們，直到把他們全部消滅，讓臺灣重新獲得安全。」

「對，他們想把我嚇住，讓我不再揭露他們的陰謀和活動，他們妄想。我絕不停止，我要把他們都暴露出來，讓你們把他們全部關進監獄，受到應有的懲罰。我們一定要保衛臺灣，我們一定能保衛臺灣。」

臺北分局的幹員們到了，立刻開始勘察作業。

嚴世良向警員做了必要的交代之後，便開上車，帶了董欣麗，到嚴教授家。

嚴教授一見董欣麗，高興得大喊大叫，一把抱住，跳起舞來，把董欣麗也逗笑了。

「爸，欣麗就交給你了，保證她的安全。」嚴世良說。

「你放心，在我這裡出不了事。」嚴教授拉著董欣麗的手，走去看她住的客房，再不理會自己的兒子。

嚴世良搖搖頭，喊一聲：「我還有事，先走了。」便走出去，在身後關住門。

第二十二章

盧新提心吊膽，等著韓陸接見訓話，等了兩天，沒有動靜。第三天突然接到任務，跟蹤董欣麗，找到她目前的住處。新聞記者是公眾人物，找到董欣麗簡直是舉手之勞。盧新在電視台門口蹲了一陣子，晚間新聞結束之後，就看到董欣麗走出門來。

跟在董欣麗的後面，開著車，盧新打電話向韓陸報告情況。韓陸下令，到了地方，在門前守候，看緊那個女人。韓陸會儘快組織人馬，當天夜裡突襲，幹掉董欣麗。

盧新看見董欣麗下車，走進一個公寓大門，趕緊跟隨進去，一層樓一層樓，上到四層，聽見開門聲，又聽到幾句對話，斷定就是董欣麗的住處。等到聽見關門，盧新輕手輕腳爬上樓，看到門上的名牌，才知道那是嚴國珍教授的家。沒有想到，跟蹤董欣麗，竟然跟到嚴教授家，那麼如果韓陸真的來襲擊董欣麗，難免會傷及嚴教授，他的罪過可太大了。

這麼想著，盧新一陣心慌，差點跌倒在地上。他好幾年一直在各間大學裡活動，經常在圖書館裡讀書，知道嚴國珍教授是何等人物，也知道臺灣青年學生多麼愛戴嚴教授。除非鐵石心腸，頭腦稍微正常些，人或多或少，總免不了受環境的影響。盧新雖然也是大陸專業訓練出來的特工，一直自認是忠於領袖忠於黨，可他的頭腦尚未被澈底洗白，心底還保留了一點正常的人性和理智。所以在圖書館裡大量閱讀，又同許多臺灣男女學生交流，他開始有所轉變，比較能夠接受臺灣民眾的思想意識，因此他才交了現在這個女友，而且又因為結識了余佳茹，便受到更多影響，愈加懂的尊重人性和人權，認識到政治鬥爭的醜陋，殺人放火的罪惡，甚至為自己潛伏臺灣的行為而感到羞恥。

眼下突然之間，他要參與屠殺嚴國珍教授的暴行，讓他覺得手腳冰涼，急忙走下樓梯去。到了樓底，他站定腳跟，開始琢磨，如何想個法子，謊報軍情，向韓陸報告董欣麗離開了，到別處去了。但是情況緊急，他一時想不出該找個別的什麼地方。而他也知道，大陸潛伏臺灣的特工們，所有手機上的GPS，都時刻在總部留有記錄，韓陸現在已經知道他在哪個位置，只需確認在哪層樓而已。盧新現在沒有退路，已經無法改變一切。

正在猶豫，韓陸來電，確認董欣麗沒有離開，通知他，突襲小隊已經上路。命令盧新守在樓門口，準備配合行動。

盧新報告說：「我不知道今晚有行動，沒有携帶武器。」

「沒關係，我們帶了多餘的手槍，可以給你一把。」韓陸說，又問，「你有沒有查出來，那是誰的住處？董欣麗的家，已經被我們搗毀了。」

盧新沒有辦法了，只好回答：「這是嚴國珍教授的家。」

「哈，那太好了，一箭雙鵰。」韓陸說完，掛斷電話。

嚴國珍教授早就是韓陸上校眼裡的一根刺，一直在想辦法除掉他，只是因為嚴國珍名氣太大，總參二部始終沒有批准他的行動。現在有了新的名目，董欣麗的報導，已經直接影響到中共潛伏臺灣的特工組織和活動，必須馬上採取行動，一方面阻止有關的新聞報導，一方面殺雞給猴看，警告臺灣民眾，不要跟中共作對。韓陸隨即在車子裡給北京發密件，請示行動。然後把車子停在嚴國珍教授的樓下，焦急地等候北京回復。由於情況緊急，上級很快就批准了韓陸的計畫，即刻剿滅董欣麗和嚴國珍二人。

韓陸接到命令，安下心來，開始行動。天已黑得伸手不見五指，韓陸和帶來的兩個部下下了車。三人都穿著黑衣黑褲，頭帶黑帽，手提無聲手槍，悄悄進了樓門。盧新埋伏在樓裡的底層，見到來人，輕聲報告：「四樓左手。」

韓陸不答話，揮揮手，便領先上樓。他身後一個特工，伸手遞給盧新一把手槍，又遞過一個手槍消音器，然後跟隨著韓陸，輕輕地摸到樓上，來到嚴國珍的公寓門外。

盧新以安裝消音器為由，故意落在最後，一聲不吭。

韓陸不說話，用手指示身後一個部下打開門鎖，那人掏出工具，開始撬鎖。

公寓裡面，董欣麗因為自家曾經被撬，受過驚嚇，對自己周圍的情況特別注意。她和嚴教授正吃著宵夜，覺得聽到門外似乎有動靜，便把一個手指支在唇邊，對嚴教授表示不要出聲，然後輕輕走過去，把耳朵貼住門板，果然聽到門外有轉動門鎖的響動。她趕緊走回嚴教授身邊，貼著耳朵，悄悄把情況告訴給老人。

「我這後面有個安全門，可以出去，接著防火鐵梯，你可以爬下去，趕緊走。」嚴教授壓低聲音，急急地說著，推著她朝後走，隨手把公寓裡所有的電燈都關掉。

「那嚴教授您呢？」

「別管我，你快走。」

「不行，嚴教授，我不能一個人走。」

「你走，我拖住他們，快走。」

嚴國珍一邊說著，用力推著董欣麗往屋後走，把姑娘推到後門邊。

前面房門被輕輕打開，屋裡漆黑一團。韓陸以為嚴國珍和董欣麗已經睡了，沒有發覺有人進屋，心裡一喜，轉手指示部下放輕腳步，摸進屋子。突然聽見公寓後面有開門的聲響，韓陸知道自己暴露了，趕緊指揮部下，分散行動。可是屋裡黑暗，他們又不熟悉家具布置，所以並不敢魯莽動作，只能一步一步摸索著前進，免得被絆倒。

盧新趁這機會，假裝被沙發絆倒，跌在地上，哼了一聲，不再動彈，他實在不忍心傷害嚴國珍教授。

韓陸三人還在盡力熟悉黑暗，忽然感覺面前飛來無數細小顆粒，劈里啪啦，打在臉上。韓陸和兩個部下趕緊臥倒在地，伸手摸索，發現身邊落滿許多圍棋子。原來情急之下，嚴教授抓起棋子當武器，攻擊韓陸一夥，爭取時間，掩護董欣麗逃跑。

韓陸怒從中來，跳起身，端著槍，對準前方，猛烈掃射起來。兩個部下見狀，也都站起，同時開槍掃射。因為都裝了無聲裝置，槍聲並不震耳，只聽到一陣突突的響，加上許許多多玻璃破碎的雜音。

盧新臥在地上，渾身僵直，不能動彈，眼裡流出大股的淚。

可憐嚴國珍教授，身中數彈，倒在地上，通的一聲。

韓陸他們都是職業殺人犯，聽見動靜，便知道是目標被擊中，立刻停止射擊，面面相視。可是因為屋裡黑暗，誰也看不見誰。

「燈在哪裡？」韓陸問出聲。

盧新趁著機會，悄悄爬起身，往身後的門口走過去，摸索電燈開關。

這個時刻，從屋子裡面，突然又飛過來什麼物品，嘩啦嘩啦地作響。韓陸幾人一聽，立刻臥倒，開槍射擊。盧新趕緊也臥倒，緊閉雙眼。韓陸他們連續打完一梭子彈，不聲不響，摸黑卸下空彈匣，安裝一梭新彈，靜靜地等候片刻。

嚴國珍教授再無生息了。

盧新打開電燈，幾個人才看到，剛才飛到眼前來的，是幾本被打得粉碎的書籍。嚴國珍教授被第一輪槍彈擊中，倒在地上，手邊碰到他這幾天正在閱讀的書籍雜誌，聽見韓陸叫喊要開燈，便抓住書籍，用盡全力丟過來。他此舉的目的，是爭取再拖延一些時間，讓董欣麗能夠逃得更遠一些。而他這麼個行動，引起再一輪暴烈的槍擊，打到他身上，奪去他最後一絲生命。

「死了吧？」韓陸問。

盧新遠遠地站著，看著地上嚴國珍的屍體，渾身槍洞，到處流血。

一個部下走過去，拿腳踢踢嚴教授的身體，答說：「死了。」

韓陸跟著走過去，他更關心董欣麗的去向，所以一步邁過老人身體，繼續往後走，終於看見公寓後面的安全門敞開，董欣麗早已不見蹤影。韓陸嘆口氣，回轉身來。他的任務完成了一半，殺了嚴教授，卻放跑了董欣麗，他需要想一想，如何向北京報告。

「董欣麗跑了，她會立刻報告警局，我們趕緊撤。」韓陸說完，率先走出公寓前門。

兩個特工跟著走出去。

盧新站著，看看嚴教授。他想過去，為嚴教授的身體蓋個被單，但是他不敢。韓陸就在前面，他不能暴露自己對嚴教授的同情和尊重。猶豫了幾秒鐘，盧新無可奈何，跟著眾人，跑下樓梯。

嚴世良接到董欣麗告急電話，大驚失色，急忙往家裡趕，同時給林笠生打電話。他趕到家門口的時候，林笠生也剛好到了。兩個人見了面，話也不及說，併肩衝上樓梯。嚴世良看到公寓房門大開，屋裡燈光雪亮，立刻感到渾身冷徹，兩腳有點站立不穩。

林笠生趕緊扶住他，說：「世良，穩住。」

兩個人一步一步走進門，腳下是散亂的棋子和彈殼，身邊是打碎的家具和書籍，而面前地板上，躺著嚴世良的父親，林笠生的恩師，面色蒼白，沾滿血跡，身體扭曲，彈痕累累。

嚴世良走到父親身邊，跪下雙膝，流著淚，抖著唇，不住搖動父親的身體，嘴裡呼叫：「爸爸，爸爸，爸爸。」

可是他再也聽不到父親的回應，再也看不到父親的笑臉。

一分鐘後，嚴世良終於無法忍住自己的悲痛，俯下身，抱住父親的身體，放聲大哭。

林笠生也跪下，跪在嚴世良的身邊，一手扶著戰友的肩膀，想安慰他，卻忍不住，自己也流下熱淚。

臺北分局的幹員也接到了董欣麗的報告，趕到現場。看到嚴世良和林笠生，便都站在一邊，靜靜地等候，沒有打擾他們。

董欣麗衝進門，撲在嚴教授身上，嚎咷大哭。

薛運九跟著走進來，默默地看著嚴教授的遺體，說：「又一筆血債。」

林笠生拍拍嚴世良的肩膀，輕聲說：「我們必須離開現場，讓警員們作業。」

嚴世良抹掉眼淚，站起身，仍舊注視著父親的面容。

薛運九走過去，拉起董欣麗，然後對門邊的警員們說：「你們開始工作吧。」

嚴世良咬著牙，說：「現在他們跟我有私仇，殺父之仇，不把他們一個一個都殺完，我嚴世良誓不為人。」

林笠生說：「嚴教授的血不會白流。」

董欣麗邊抽泣著，邊說：「我，我一定把這件血案，報告給臺灣的民眾，我們全體人民，要聯合起來，消滅那些殘忍的魔鬼。」

嚴世良仰起頭，睜大血紅的兩眼，大叫：「我要把他們全殺光，全殺光。」

第二十三章

韓陸瞞不住事實，向北京彙報了暗殺董欣麗行動的失敗，挨了批評，生了兩天氣，才平靜下來。想來想去，他總結出來，所有這些不順心的事情發生，都是因為秦鋼。他必須首先處理掉秦鋼，潛伏臺灣的特工才能獲得安全，繼續按照計畫，展開行動。但是他卻無法知道，該到哪裡去尋找秦鋼。

幾天前那個夜晚，韓陸從蕭雲海的話筒裡，聽到秦鋼與蕭雲海打鬥的全部經過，而且知道秦鋼發現了蕭雲海身上的通訊設備，拆下來帶走了。沒有想到，歪打正著，他在蕭雲海的通訊設備裡安裝了GPS，秦鋼意外使用這套設備給他打了個電話，韓陸便立刻查到他的位置。但他不能親自馬上趕去淡水，他必須先處理蕭雲海被殺的善後事情，給臺灣媒體和警方發送假情報，掩護蕭雲海的真實身分。

他編造出這樣一個故事：秦鋼到臺北來，負有特殊任務，與謝維祥聯繫，獲取臺灣軍方防衛情報。謝維祥不合作，秦鋼暴露，只好下手把謝維祥夫婦槍殺。然後秦鋼趕去謝維祥的公司，尋找相關資料。不料在前往謝維祥公司的路上，被蕭雲海發現。蕭雲海在大陸的時候，曾與秦鋼一起工作過，相互熟悉。蕭雲海跟隨秦鋼到了謝維祥辦公室，發生爭吵和打鬥，最後秦鋼把蕭雲海打死，然後自己逃跑。

韓陸把這個故事向北京彙報，獲得批准，匿名發送給臺灣各媒體，又通過媒體轉告臺北分局，製造假像，迷惑公眾。

此事之後，韓陸獲得上級批准他的行動，消滅嚴國珍和董欣麗。董欣麗逃掉之後，得到更加嚴密的保護，一時無法再次下手。於是韓陸決定，騰出手來，全力處理秦鋼的問題。他發現秦鋼在淡水之後，曾經派了三個部下，到淡水去暗殺秦鋼。沒想到，卻被他識破而溜掉。韓陸雖然很生氣，但也沒有辦法，只好親自出馬，到淡水去看看。

但是秦鋼還會繼續住在淡水嗎？那麼有經驗的特工，知道自己暴露了行蹤，斷然不會繼續逗留原地。如果他已經離開淡水，現在會到哪裡去了呢？韓陸琢磨不出來，他剛剛動身，還沒有上到去淡水的公路，突然停下，坐在車裡，不知道該去哪裡。

五年以前，他就極力主張趁熱打鐵，秦鋼一回到北京，就把他幹掉。可是外聯部領導心太軟，念著秦鋼十幾年的功勞，又覺得誤殺他妻兒，心存歉意，數次上報中央，堅決反對韓陸的計畫，終於留下秦鋼一條性命，結果現在惹這麼多麻煩。更重要的，從秦鋼與蕭雲海的打鬥中，他知道謝維祥的資料記憶卡在秦鋼手裡。秦鋼怎麼得到的，他不知道，但他必須找到秦鋼，弄到那個記憶卡，才能向總參二部和北京有個交代。

也許他還是應該到淡水去勘察一下。雖然秦鋼可能已經離開淡水，但那裡畢竟是他最後一處停留過的地方，說不定能夠尋找到一點線索。這麼想著，韓陸重新發動車子，繼續上路。

韓陸每過五分鐘，便用通話設備，對蕭雲海的耳機呼叫一次。他希望萬一秦鋼啟動接聽，他就可以再次通過ＧＰＳ查到他的位置。

「你跑不掉了，秦鋼，我會立刻找到你，殺掉你。」韓陸不停地對著蕭雲海話筒重複。

功夫不負有心人，韓陸還沒有走出臺北，忽然聽到秦鋼的回答。

「想殺我，沒那麼容易。」

「殺你，不過舉手之勞。」韓陸繼續對話。雖然他希望通過對話，用ＧＰＳ查到秦鋼的位置，但他從做特工的經驗裡了解，成功的機率幾乎為零。然而出乎意外，秦鋼竟然回答了他的呼叫。韓陸微微笑了一下，不管秦鋼幹過多少年特工，到底還是年輕氣盛，抵不住他韓陸幾下激將法，就露底了。

韓陸一邊說話，一邊啟動旁邊座位上的平板電腦，調動ＧＰＳ，查詢蕭雲海話筒的位置。真佩服中央軍委的英明決策，巨大投資，取得成果，他很快就看到蕭雲海話筒的圓點。卻很意外，秦鋼眼下並不在淡水，而是在臺北，看起來也開著車子，運動非常快速。韓陸趕緊調轉車頭，按照ＧＰＳ上的圓點標識，朝秦鋼所在的方向駛去。

眼看著，漸漸接近了秦鋼的位置，韓陸放慢車速，同時話不停頓，繼續道：「你在英國企圖叛逃，中央早就準備把你幹掉了。可是你們外聯部護犢子，遲遲不執行命令，所以這任務才派到我們總參二部的頭上，我們軍人從來執行命令不含糊。沒想到你突然回國，外聯部幾次三番上報，才算把你保下來，要不然你早就沒命了。」

「你等著，我饒不了你。」秦鋼說。

「你以為你能活？」韓陸邊說著，盯著平板電腦上標識秦鋼位置的圓點，離自己越來越近。

「他蕭雲海什麼結果？你也活不長。」

在韓陸的平板電腦上，標識秦鋼的圓點停止運動了。韓陸抬頭一看，他前面的幾部車子正慢下來，韓陸趕緊踩剎車，才看見他到了一個十字路口，面對著紅燈。

秦鋼跟他是在同一條路上，相向而行，兩個人都停在同一個十字路口的紅燈下面。韓陸心裡一喜，急忙轉頭，前後左右查看，兩側的車流快速運動著，標識秦鋼位置的圓點原地不動，顯然他是停在十字路口對面。對面馬路紅燈下面，停了將近十部車子，哪一部會是秦鋼呢？他不知道，秦鋼是租了一部車子，還是偷了一部車子，所以即使面對面，他也未必能夠認出來。

馬路口，左右衝鋒的車流停止了。韓陸頭頂上，紅燈熄滅，綠燈亮起，前面的車子走動起來。而馬路對面，車子也迎面開過來了。

韓陸鬆開車閘，開動車子的時刻，突然冒出一個念頭，立刻伸手按住自己車子的喇叭鈕，不鬆開。他的喇叭尖叫起來，把馬路口上的所有人都嚇了一跳，車子都減了速，所有開車的人都驚慌失措，左右環顧，不知出了什麼事。

韓陸的手仍舊按在喇叭鈕上，尖叫繼續著。平板電腦上，標識秦鋼位置的圓點，繼續向他運動，眼看就要交錯。

韓陸目不轉睛，盯住迎面開過來的車子，車窗裡的人臉，一個，又一個。

他看到了目標，那一定就是秦鋼。因為意外的鳴笛，所有迎面過來的開車人，個個都是面色發白，眼光游移，東張西望。只有剛剛與他交錯而過的這個人，毫無驚慌之色，目光銳利，隔著車窗，緊盯住他。

只一秒鐘，韓陸和秦鋼，兩個人都看清了對方，記進心裡。

韓陸隨即放鬆了手，喇叭聲停止了。過了路口，韓陸見到一個空擋，急轉方向盤，把車子掉過頭，開上對面車道。整個路口，到處響起喇叭聲和叫罵聲，還夾雜了許多緊急剎車聲。但是韓陸不管不顧，他只想著追上秦鋼。

雖然一閃而過，秦鋼卻已經認出來，對面開車迎面而過的人，便是一品香餐館樓上包廂先走出來的高個子。他就是蕭雲海的上級，秦鋼自己對自己點點頭。剛才他回答蕭雲海話筒裡的呼叫，雖然確實是一時氣憤所致，但他潛意識裡，也還是另有所圖，就是利用蕭雲海話筒裡的GPS，找到蕭雲海的上級，沒有想到，居然輕而易舉地成功了。

看來他沒有猜錯，蕭雲海的話筒或聽筒裡，真的是安裝了GPS，所以前天他們查到秦鋼在淡水，到他的旅館來找他，現在也查到他的位置，一路追趕。

接下來，他們一定會著手安排人員，四處圍捕他。秦鋼從倒車鏡裡，看到剛才跟他交錯的車子，遠遠地跟著。他想開快，追上他，可是街道狹窄，車流很長，他試了幾次，都無法順利超車，反倒招引一陣又一陣的喇叭。

秦鋼開了幾條街，打開車窗，把耳機和話筒摘下，捏在左手裡。看到對面車道上，迎面開來一部小貨卡，便在與自己車子交錯的剎那，把手裡的耳機和話筒隔著車窗，丟進那小卡車的車斗。

第二十四章

追趕秦鋼幾條街，突然間丟失了ＧＰＳ跟蹤信號，緊跟著再也看不見秦鋼的車子，韓陸感覺十分懊喪。如果這是在北京，他根本可以不費吹灰之力，一句話就把整條馬路全部封鎖，立刻把秦鋼拿下。可是臺北，情況完全不同，絲毫不能干擾民眾的生活秩序，那還怎麼能夠迅速地捉拿壞人呢。

雖然沒有能夠捉到秦鋼，但總算是見了他一面，可以確認秦鋼臉上並沒有任何傷疤，那只是他做出來的一種化妝掩護。接下來，他繼續偵察秦鋼，就不會再被迷惑。這麼想想，韓陸心裡稍微好過了一些，便急急忙忙趕回旅行社辦公室。

卻沒有想到，剛一進門，就接到盧新的請辭報告，一時再次怒火中燒，很想拔出手槍，當時就斃了盧新。韓陸早些天接到岳娜的密報，知道盧新最近交了個臺灣女友，大有洩密通敵的嫌疑。因此他下令把盧新調到自己手下，並且立刻布置他參與殺害董欣麗和嚴國珍的行動，作為考驗。沒想到，這個盧新，躲了兩天，竟然敢向他提出辭職，簡直是狗膽包天。

韓陸默默踱了幾步，壓壓火氣，叫秘書通知所有人員，當晚八點鐘開會。

到了時間，軍事情報小組幾十人到齊，包括盧新。全體靜坐無語，面面相覷，不知為什麼韓陸突然緊急通知開這個會。

韓陸來了，看見盧新也坐在桌邊，他沒理會，先對這著眾人講了幾件無關緊要的事情，然後話頭一轉，要盧新講一講他的情況。

盧新到會之前，便已經能夠感覺到，這個會是專門為他開的。潛伏臺灣的大陸特工，至今還沒有過一人，向組織上提出過辭呈。他這是開天闢地頭一遭，會有什麼樣的結果，實在難說，心裡不免打鼓。但是現在，辭呈已經上交，收不回來了。

「講講吧，大家都忙，不要耽誤時間。」韓陸再次下令。

沒有辦法，盧新只好開口。他先簡單講了講自己以前多年來完成的各項任務，然後喘了幾口氣，嚥了幾口唾沫，講出來自己最近交到一個臺灣女朋友，很想跟她一起過日子。他們只想開個小鋪子，做點小買賣。因此他請求組織上允許他退職，他保證絕不暴露組織，絕不出賣同志，他只想做個普通人，過普通人的日子。

說過之後，盧新強制忍住自己身體的抖動，垂著眼睛，等待韓陸和同志們的決定。幾十人靜靜地坐著，不言不語，誰都不看他，眼睛都盯著桌面。

好幾分鐘，房間裡寂靜無聲。

盧新憋著氣，一動不動，簡直就要窒息過去。

韓陸終於開口，說：「我是總參二部的幹部，是軍人。現在我問一問，在座的人，我們是不是有資格選擇自己的生活道路？」

沒人回答。

韓陸繼續：「作為軍人，我確信，我們沒有選擇自己生活的自由。軍人的使命，就是服從命令，就是作戰殺敵。我們軍人有明確的條例，軍人在前線，不服從命令，臨陣脫逃，做逃兵，就是叛變行為，就要受到軍事法庭的審判。」

盧新心裡一涼，趕緊張嘴，想為自己辯護。他不是總參的幹部，他是統戰部派出來收集教育方面情報的。他不是軍人，不能按照軍人條例處理他的請求。

但是韓陸揮揮手，不允許他講話，繼續說：「我們黨從成立的那一天起，就明確規定：入黨自願，但退黨不能自願，脫黨退黨，一律以叛變論處。我們黨在革命戰爭歲月裡，處置脫黨退黨行為，從來不含糊，不管他是誰，他有多高的職位，他曾經為黨做過多少工作，如果他想脫黨，他想退黨，就是他想叛變，只要抓到，一律格殺勿論，而且誅滅九族，斬草除根。」

盧新聽到這裡，知道自己沒命了，身體不由自主，溜下座椅，然後跪倒雙膝，兩眼流淚。身邊的同志們，都低垂著眼睛，注視著各自面對的桌邊，壓制住自己的呼吸。

韓陸鐵青著臉，默默站起來，走到盧新的背後，從後腰裡扒出手槍，慢慢裝好消音器，然後拉開槍栓，對準他的後腦，嚴肅的說：「現在，我代表我黨，代表我軍，代表中國人民，宣布對叛徒盧新執行死刑。」然後扣動扳機，把一粒子彈射進盧新的頭顱。

盧新應聲倒下，血流如注，再無聲息。

韓陸看著自己手中冒煙的槍管，說：「現在我再問一句，你們誰對我黨我軍我國人民的革命事業有二心，誰對我黨我軍我國人民指派給你們的任務有任何疑問，誰對上級黨領導有任何不滿意，誰想怠工，誰想陽奉陰違，還以為能夠逃過審查和審判，盧新就是你們的樣子。我經常說，現在再重複一遍，從你們入黨的那一天起，你們就是黨的人，對黨要絕對忠誠，全身心地貢獻。黨要你活，你就活，黨要你死，你就死。你只是黨的事業這台機器上的一顆螺絲釘，你只是黨的事業這盤大棋中的一個棋子，黨讓你生，黨讓你死，都是為了黨的事業的成功。你不能問為什麼，不能猶豫，不能退縮，不能貪生怕死。」

所有的人都憋住呼吸，不敢出大氣。

韓陸走回座位坐下，把手槍放在桌上，指指倒在地上的盧新，說：「你們把他拖出去，丟到垃圾場裡。臺灣警局發現了，會調查，一旦發現是大陸來的人，就不會再注意了。他們只重視臺灣民眾的安全，不會關心大陸來臺人員的生死。」

坐在桌邊的人，站起來，但沒人敢走到盧新跟前去。

韓陸站起來，說一聲：「我們一定要解放臺灣。」

幾十人立刻齊聲響應：「我們一定要解放臺灣。」

然後韓陸走出房間，他的部下這才動手，把盧新拖起來，誰也不說一句話。

第二十五章

嚴國珍教授的人生和被害，董欣麗連續做了三集報導，感動了全體臺灣人。幾天裡，人們不斷地發慰問信，講話，送花，向嚴教授表示哀悼和敬意。

頭七那天，嚴教授曾經任教的臺灣大學，舉行隆重的葬禮。除了臺大師生，嚴教授曾兼過教職的師範大學，清華大學，政治大學，陽明大學，新竹交通大學，甚至中央警察大學等等，各校師生，都趕來參加，送老教授最後一程。中華民國政府幾個相關部門的首腦，臺北分局和保一總隊的長官，作為嚴世良任職的領導，也都出席，並且分別發表講話。

林笠生和董欣麗陪伴在嚴世良的身邊，輕輕流淚，默默無聲。

葬禮結束，由大批警車前導，將嚴國珍教授送往陽明山墓地埋葬，一路上所有行人見到，都紛紛立定，摘下帽子，向嚴教授行注目禮。

保一總隊給嚴世良放一周假，讓他安撫悲傷。而嚴世良則決定利用這個星期的時間，跟林笠生一起，迅速追查大陸特工組織，尋找殺害他父親的凶手。

他們兩人頭一個必須立刻處理的信息，是獲知盧新被殺，斷了他們尋找大陸特工領導的線索。

嚴世良很不滿意，抱怨道：「我一直以為你是個有耐性的人，沒想到剛跟你說了盧新的線索，你就迫不及待，把他殺了。」

「哪裡的事，盧新不是我殺的。」林笠生說，「你對我講過盧新之後，我跟蹤了他幾天，沒有什麼結果。他沒多大價值，原本是想過要解決掉他。可是後來發現，他交了一個臺灣女友，所以就沒有動手。我不能當著一個臺灣女孩子的面，殺她的情人。」

「他是不是想要跟女友進一步發展？」

「大概不會，即使是，現在也完了。」

嚴世良想了一想，又問：「這個盧新是有意要投誠？」

林笠生思索著，沒有說話。

「那麼盧新是他們自己人殺的？」嚴世良自問自答，「臺北分局在垃圾場裡發現盧新的屍體，腦後中槍身亡。因為查出死者是大陸來臺人員，所以通知我們保一總隊。」

林笠生忽然說：「是不是他交了臺灣女朋友，想洗手不幹了，所以大陸組織就把他殺了。中共歷來如此，一旦進去，人就絕對失去自由，一切都由上級黨委決定，誰想退出，就等於叛變，必須處死。」

「很有可能。」

「可惜了，本來我想在處決盧新之前，要從他那裡獲得他們潛伏臺灣的特工組織的情況。像他那樣的人，肯跟臺灣女性交往，我估計他會講出來。」林笠生接著說，「你們保一總隊最近抓獲的不少大陸特工，多半都是收集經濟文化社會類情報的，可是我特別注重的，是專門收集臺灣軍事情報的特工。我跟蹤楊子，沒有結果，只好把他殺了。又跟蹤蕭雲海，沒想到下手之前，他又被殺了。然後跟蹤盧新，總是想獲知一些他們軍事方面的特工組織，尤其要找到他們的領導，澈底把他們消滅乾淨。現在盧新被殺，我的線索都斷了，只好重新尋找線索。」

嚴世良想了想，說：「還有一條線索，秦鋼。我們找到秦鋼，就一定可以找到其他大陸特工。」

林笠生聽了，一拍大腿，說：「對呀，怎麼會忘記秦鋼了？他應該是我們的頭號優先目標才對。自從他到了臺灣，謝維祥夫婦被殺，劉彪被殺，蕭雲海被殺，現在盧新又被殺，說不定都是他一手幹的。」

也許他是更危險的特工，被更高一層的中共機構派來，負有更機密的使命。」

「不一定都是他幹的，但是至少都跟他來臺灣有關係，可是我們哪裡去找他呢？」

林笠生說：「我們不去找他，讓他自己來找我們。」

「他又不是瘋了？怎會來找我們？」

「我來設計，讓他露面。」然後林笠生把自己的計謀講給嚴世良聽。

嚴世良沉吟一陣，說：「計當然是好計，但是你能確定秦鋼一定會露面嗎？」

「我並不能確定，可是只能這麼設計，希望成功。」林笠生說，「你去向薛運九報告一下，爭取時間。你值白天班，我值夜班。咱們守株待兔，三天為限。」

第二十六章

秦鋼甩掉了韓陸的追蹤，漫無目的地開了一陣，平靜下來之後，才發現他開到國父紀念館的附近了。這裡絕對是個好去處，人少，安謐，適合靜坐思索。他把車子停下來，慢慢走進紀念館的園林地帶。

他見到了蕭雲海的上級，相距兩尺，看得十分清楚。他是誰呢？更重要的，到哪裡能夠找到他呢？秦鋼反覆地琢磨這兩個問題。首先他一定不是個小人物，級別相當高。其次他一定做特工很多年，經驗極為豐富。再次他一定能夠直通中共中央，隨時接受最高層的指令。

中共負責情報工作，最高級別為五大系統：中央聯絡部，總參情報部，總政聯絡部，國安部，統戰部。其中總政聯絡部和國安部，主要負責國內的情報收集，國安部主管國內民間社會，總政聯絡部主要監管中共黨政軍內部官員，相當於明朝時期的錦衣衛，這兩個部門，大多不觸及海外事務。而統戰部的工作，主要從海外華人社區裡發展間諜，盜竊海外的各種科技資料。所以負責收集外國情報的部門，主要是中聯部和總參情報部。

秦鋼在中聯部任職多年，大多中高層領導他都見過，或者都曾經認識，可以確定，此人不是中聯部的領導，除非是秦鋼退職之後才調進中聯部的。那麼最大的可能，他是總參情報部的人。沒錯，蕭雲海是總參的，他是蕭雲海的上級，當然一定是總參的領導。有了這條線索，秦鋼就能夠順藤摸瓜，查出他是何人。

大陸情報界，雖然對外十分機密，但在內行人中間，還是相互都有所瞭解，至少都相互聽說過。秦鋼順著總參情報部的各級領導，在腦子裡細細地捋了一遍，便大約猜出來韓陸的名字。雖然秦鋼在大陸的時候，從來沒有見過韓陸，但其大名，還是聽說過。於是秦鋼也就想起來，他在歐洲跟蕭雲海同事的一段時間裡，曾經常聽蕭雲海提到韓陸，好像對這個上校極為敬佩。

如果真是韓陸，那就好找了。秦鋼心裡一喜，抬頭張望，看到１０１大樓就在前面不遠。他在大陸查臺灣資料的時候，見過這座高樓的照片，所以認得，也記得看到這座樓裡有個賣蘋果電腦的店，那是最好的地點。於是他拔起腳步，快快走進１０１大樓，找到他要找的店。

來臺灣之前，秦鋼已經想到，既然蕭雲海在臺灣站住了腳，他便一定會以某種身分，在大陸駐臺的某個機構任職，所以秦鋼早就細細地查清楚了，大陸駐臺到底有多少機構，全部記在腦子裡，準備來了臺灣之後，一個一個的查找。卻沒想到，他還沒有開始尋找蕭雲海，那蕭雲海卻先來找了他，免去了他很多麻煩。

但是現在，他需要動用以前收集到的資料，來尋找蕭雲海的上級，韓陸。

在蘋果商店裡，他啟動一台顧客試用電腦，很快找到大陸駐臺機構的名單，頂頭一家就是中國旅行社駐臺辦事處。哈，當然的。秦鋼迅速打開該辦事處的網頁，找到員工名單的欄目。中國旅行社是國家企業，自高自大，而且有錢。網站上居然刊出員工們的照片，對秦鋼大有幫助。他一個一個地仔細閱讀文字介紹，同時對照圖片，終於在名單最後一行，看到韓陸的照片和簡介。此人被列為中國旅行社駐臺辦事處的普通文員，但他的照片上，神情嚴峻，完全一副軍人模樣，一看便知是個慣於動槍殺人，而極少提筆寫字的傢伙。

秦鋼鬆了口氣，現在知道蕭雲海的上級是誰，也知道可以到哪裡去找到他。下一步，就是策劃如何動手報仇。

關掉電腦，秦鋼慢慢走出商店，連員工在門口的問候話也沒有聽到。但是沒走幾步，那走廊邊的公布欄裡，一張大照片吸引了他的注意。照片上是阿美小姐，秦鋼剛到臺灣，住頭一家旅館時便見到她，並且被她好好訓斥了一番，後來又在購物中心跟她邂逅一次。秦鋼走過去，閱讀照片下面的報導，才知道因為在購物中心被劫為人質，凶犯當她面被殺，阿美小姐神經受到很大傷害，一直相當抑鬱，日夜不安，終於病倒，住進醫院。阿美小姐遭綁架，被秦鋼救出，是幾天前的事，秦鋼記得很清楚。阿美小姐因此而病倒，需要住院，看來問題相當嚴重。秦鋼讀完報導，感到內疚，決定到醫院去看看她，無論如何，都是因為他追蹤劉彪，才造成了阿美小姐在購物中心被綁架的整個事件。

幾天沒有刮臉，滿腮長了鬍鬚，秦鋼整個容貌都改變了，肯定沒有人能夠認出他來。秦鋼信心滿滿，買了一束花，走進報紙上提到的那家醫院。他走到護士櫃檯前，查詢阿美小姐的病房，自我介紹是病人的家屬，很快得到回答。

登上二樓，到達阿美小姐病房之前，走在樓道裡，秦鋼忽然下意識地感到，脖子後面的汗毛直立起來，特工的敏感發出警報。他立刻放慢腳步，四處觀察。轉過彎去，他便發現，走廊頂頭一個長椅上，坐了一個男人，翹著二郎腿，假裝在看報紙。如果是旅館的走廊，坐個人看報，並不新鮮，可醫院的走廊裡，有個人坐著看報，就好像不夠正常。這是個圈套，秦鋼猛然醒悟，立刻轉身，疾步走上回頭路。

那坐在走廊頂端長椅上的人，不是別人，正是嚴世良。他看到一個中等個子，滿臉鬍鬚的男人，朝他慢慢走來，半路上突然間轉身，快步離開，不免心生疑惑，迅速放下報紙，跟蹤上來。

秦鋼感到身後有人跟蹤，加快腳步。

身後的嚴世良，也隨即加快腳步，緊緊跟隨，一邊拿出無線電，通知埋伏在醫院各處的警員。同時再次提醒大家，根據事先的安排，無論如何，他們在醫院裡面絕對不能動手，只能跟蹤，到醫院外面至少五十公尺之外，才可以實施逮捕。

兩人一前一後，跑下樓梯，快步走出醫院大門。醫院四處埋伏的便衣警員，都紛紛圍攏過來。

秦鋼這時確定，他中了計，忙丟掉手裡的花束，拔腳飛奔。

嚴世良和警官們見狀，都跟著奔跑追趕，一邊拿無線電相互聯絡。

為了方便病人來往，醫院對面便是一個捷運車站。秦鋼就是坐捷運到醫院來的，所以很熟悉。他跑出醫院，直接奔進車站，迅速下樓，顧不得刷車票，抬腳跳過收票門，衝上站台。車站裡的人，乘客和服務員們，見到居然有人不買票，直接跳過收票，驚訝得睜大眼睛，站住腳，一時說不出話來。

嚴世良跟著跑進車站，看到秦鋼此舉，也看到周圍人們的神情，急忙舉起自己的警官證章，嘴裡叫著：「警察，警察！」跟著跳過收票門，奔上站台。

剛好一列捷運到站，所有的車門都打開了。秦鋼飛快地奔到站臺頂端，站在第一節車廂車門前，大口喘氣，卻不上車。這是貓捉老鼠的遊戲，他老有經驗。

嚴世良跑到站臺上，也站住腳，不再繼續往秦鋼跟前跑。他也不是新手，知道秦鋼在玩什麼把戲，引逗他奔跑追趕，卻等到車門關閉的瞬間才進車廂，他如果沒有跟上，便被關在車外，無法跟蹤。所以嚴世良站在中間一節車廂的門前，緊盯著秦鋼。

車站上人太多，現在強行逮捕，如果秦鋼抵抗，難免傷及無辜。嚴世良揮手指揮跟隨而來的其他警員，讓其中幾個先上車，另外幾個留在站臺上。嚴世良心想，捷運關門的剎那，如果秦鋼不上車，他也不上車，如果秦鋼上車，他就跟著上車。無論如何，不能放過秦鋼。

車門開始關閉的瞬間，秦鋼突然抬腳，跨進第一節車廂，車門在身後迅速關閉起來。嚴世良見狀，伸出一條胳臂和一條腿，插進自己面前幾乎關閉的車門，被緊緊夾住，而另一只手，則在車門外面不住摸索，好像希望能找到一個什麼能夠抓住的東西，看來是準備就在車門外面，貼著車身，跟著列車行進。

秦鋼從車窗裡看見嚴世良這個舉動，倒是一驚。據他所知，臺灣民眾大多軟弱溫順，卻想不到，萬裡挑一，竟然也有如此的拚命三郎，為完成任務竟然不要命。
捷運因為關不住車門，不能啟動，只好重新開門，於是嚴世良便進入了車廂，不住撫摸被夾痛的手臂。
秦鋼由於看到嚴世良的忘我行動，心裡著實佩服，稍微猶豫了一下，沒有能及時邁出車去。待車門再次關閉，捷運啟動，已經來不及下車了。
車裡人很多，秦鋼在第一節車廂，再無空間可以移動，只好望著車廂門，準備隨時與跟來的警員搏鬥。他知道，車裡人多，警員們絕對不敢動槍。
嚴世良在中間段落的車廂，急急地往前面的車廂移動，想在下一站到達之前，接近秦鋼。他一邊在人群裡擠著，連聲道著歉，一邊拿著無線電，指揮車上的其他警員，都到車門口等候，準備隨時下車，又提醒大家，絕對不能拔槍，保護捷運乘客更為重要。
可是嚴世良還沒有擠到第一節車廂，捷運便停在下一個車站上。秦鋼迅速下了車，衝上天橋。嚴世良一見，也急忙擠過人群，擠出車門，緊緊在後追趕。
奔到自動扶梯頂端，秦鋼看到扶梯上站得滿滿的人群，稍停一步，突然跳上分開兩邊上下扶梯的中間隔斷。那隔斷將近一百公尺長，四十五度角傾斜，大片鋁板裝置銜接，閃亮光滑，毫無阻攔。秦鋼身體一歪，便順著陡立的隔斷，飛速下墜，直至到底之前，絕無停止的半點可能。
嚴世良跑到扶梯跟前，見到此一景象，嚇得臉色發白，站在那裡，不知所措。

兩邊上下扶梯上的乘客，看見秦鋼在隔斷上飛快下滑，都捂住嘴巴，發出驚叫。有幾個男人試圖伸出胳臂，拉住秦鋼，可是他們趕不上自由落體的速度，手臂未到，秦鋼已經滑下數公尺。

眼看就要到底，秦鋼兩腿收緊胸前，躬起後背，儘量把身體縮成一團，好像體操運動裡的前滾翻，然後兩手抱住頭。隔斷到頭，離地將近一米高，驟然中斷，垂直入地。秦鋼身體即被甩出，騰空飛起，順著慣性，飛過幾公尺，終於落地。他盡力用身體側面著地，連續彈跳不止，打了幾個滾，才停下來。他鬆開抱頭的雙手，展開身體，伸伸腿，揚揚臂，摸摸頭，拍拍身體，似乎全部完好，無處受傷，便慢慢站起身。

周圍所有的乘客，都張大眼睛，驚恐地望著他。連那些舉著手機拍照，或者錄影的年輕人，都也愣在那裡，忘記操作手裡的電話。走來走去的路人，都停住腳步，看著秦鋼從地上站起來，轉身朝扶梯頂頭望望，眨眨眼睛，然後舉步離開。圍觀的人們禁不住鼓起掌來，這大概是他們一生中所能看見的最驚險的一幕，而且不是雜技團表演。

嚴世良站在扶梯頂端，繼續發愣，心裡佩服秦鋼的勇氣和技能。跟隨趕來的其他警員，都站到他身後，眼睜睜地看著秦鋼離開，七嘴八舌，議論紛紛，稱讚不已。

秦鋼迅速地走著，心裡卻明白，那麼多人，從各個角度，拍了無數照片，錄了許多視頻，過不了一會兒，就都會貼上各大網站，他立刻就成了眾矢之的，臉上傷疤的掩護原已失去作用，現在滿臉鬍鬚也不再有變裝的效果，此刻開始，他更加難以掩藏了。

第二十七章

「知道你會給我打電話。」林笠生接了電話，這麼說。

「這麼多年了，你的電話居然沒變。」

「從你到臺北那天起，就知道你早晚要給我打電話，所以把老電話又拿出來。你怎麼樣？身體還好？」

「別扯閒話，想拖時間，跟蹤我的電話位置？這點小把戲，你我都懂。告訴你不妨，我在101，你就是查到這裡，也找不到人。」

「放心，我早不幹這行了。你在英國打我一槍，我還做得下去嗎？」

「抱歉，真的沒想要你的命。」

「用不著解釋，秦鋼，我知道，否則我哪裡現在還能跟你講話。可是傷筋動骨一百天，害我住了幾個月的醫院。」

「沒把你打死，就是沒完成任務，所以他們懷疑我通敵。」

「不瞞你說，我當時確實有過策反你的想法，可是你一直十分堅定。」

「他們從來不會這麼想，在英國好幾次想殺了我，可是殺我沒那麼容易。」

兩個人沉默了片刻。

秦鋼嘆口氣，說：「可是他們殺了我老婆孩子。」

「Sorry，very sorry。」林笠生不知道這個時刻，用中文怎麼表達相同的意思，只好說英文。

兩人又沉默了片刻。

「謝維祥不是我殺的。」秦鋼說。

「我預測到了。」

「可是你還在追捕我。」

「我找你，是為了要找到殺害謝維祥的凶手。」

「什麼邏輯？」

林笠生沒有回答。

幾秒鐘後，秦鋼說：「你們把警力用在我身上，用錯了地方，不怕放跑了殺害謝維祥的真凶？」

「不會的，臺灣任何一個國民遇害，警方都絕對不會掉以輕心，會一直追查，直到凶手被制裁。」

「殺害謝維祥的凶手，不是普通人。」秦鋼說，「是大陸派駐臺灣的職業特工，本事很大。」

「我也預測到了。」

「我已經替你們處理了。」

「哦？你是說蕭雲海？」
「是，蕭雲海殺了謝維祥，我殺了蕭雲海。」
「蕭雲海殺了你的老婆孩子？」
「是，所以我來臺灣報這個仇。」
「仇已經報了，為什麼還留在臺北？」
「蕭雲海臨死前告訴我，他殺我的家人，是執行上級命令。現在我必須找到他的上級，把他也幹掉。」
「你知道那個上級是誰？他也在臺灣嗎？」
「我可以確定，他在臺灣，前兩天跟他打過一次電話。」
「你有他的電話？老熟人了？」
「不是，沒有見過面。」秦鋼回答，沒有洩露在馬路上跟韓陸碰面的信息。
「但是你有他的電話。」
秦鋼沒有作聲。
林笠生知道秦鋼不回答的意味，也就沒有追問。
「一品香餐廳發生慘案的時候，我看見一個人在蕭雲海前面走出那個包廂，估計他就是蕭雲海的上級，我當時拍了一張照片。」秦鋼說。

「發給我看看。」

「現在就發，你馬上收到。」秦鋼說著，操作手機，找到要找的照片，發給林笠生，又說，「你幫忙查查這個人，在臺灣這得你幫我一把。」

「我試試看吧。」林笠生說著，一邊查看手機，等待秦鋼發來的照片，「我現在不在警務系統工作了。已經幾年了，跟你一樣，出來自己單幹。」

「噢，可是你在警局一定還是有不少關係，辦這點事，應該不難。」

林笠生沒有答話。

秦鋼說：「你給我48小時，先別抓他。」

「臺灣不像你們大陸，不會憑著誰說句什麼話，就隨便抓人。臺灣是法治社會，警局必須掌握確實證據，才會辦案。」

「那就好，48小時。我辦完了，自己離開臺灣，不會給你們惹麻煩。」

「何必一定要你自己再去殺人。」林笠生說，「你把他交給我，臺北分局一定會嚴肅處理。」

「我只要48小時，我必須親手殺掉他。」

林笠生不再作聲，他的舊手機很慢，半天才收到秦鋼發來的照片。他看了一下，立刻轉發到自己新的智能手機上，同時說：「照片收到了，我查一下他在哪兒。」

「用不著你費力，他叫韓陸，在中國旅行社駐臺辦事處，名義上是個文員。」秦鋼說，「你知道，大陸派駐臺灣的所有機構，不管掛什麼名，旅行社也好，投資公司也好，零售網站也好，國營的也好，私營的也好，所有機構和所有人，都經過大陸政府嚴格審查，才能派來臺灣。而且他們有一個共同的使命，就是來破壞臺灣的政治經濟文化。此外還都負有另外的特殊任務，刺探臺灣各種情報，上報大陸各部門。這些駐臺機構，根據自己的行業，有的刺探文化情報，有的刺探經濟情報，有的刺探社會情報。其中最危險的，是總參派來的特工，專門刺探臺灣軍事情報。」

「我們了解這些情況。」

「韓陸是總參的上校，他現在在臺灣，一定是北京派來負責領導潛伏臺灣的特工組織。他是個很危險的人物，本事很大，幹了很多年，經驗很豐富。」

林笠生嗯了一聲。

「我找他報仇，結果有三：一我把他殺了。二我們同歸於盡。三他把我殺了。如果我殺他沒有成功，你們一定要想辦法把他除掉，否則對你們臺灣的安全是很大的隱患。」

「我一定辦到。」

「另外，我拿到一個記憶卡，估計上面是謝維祥收集到的臺灣軍事防衛方面的資料，或者可能還有別的情報。我讀不出裡面的文件，謝維祥加密很嚴。大概謝維祥拒絕把這些情報交給韓陸和蕭雲海，所以被他們殺害。北京方面一定很著急，下定決心，千方百計要找到這份情報。我已經把這個記憶卡存放在一個非常保險的地方，沒有人能夠找到。現在這個記憶卡是我的生命保障，你們最好不要繼續追殺我。我把韓陸殺掉之後，會把這個記憶卡交給你們。」

「我從來沒想追殺你，而且殺你也不是一件容易的事，誰會輕易冒這個險。」

「我已經告訴韓陸我有這個記憶卡，所以他一定會設法來找我，索取這個記憶卡。那就是我的機會，跟他會面，把他殺掉。」

「你不要蠻幹，」林笠生說，「我們既然知道他是誰，而且知道他在臺灣有公開的身分，找到他不是難事。」

「這是我跟他兩個人之間的事情，你給我48小時，以後隨你怎麼做。」

林笠生沒有繼續說話。

第二十八章

韓陸連續兩次接到總部電話，對他不能按時完成任務，搞不到臺灣陸海空三軍防衛通訊資料，很不滿意，責令他48小時內完成，搞不好就提頭來見。韓陸一聽這話，額頭就冒出汗來。他知道目前中國最高元首，常常喜歡用這句話，表示決心。所以韓陸知道，他的任務已經報到大陸最高級別，而且是黨和國家的主席親自下了令。他沒有任何其他選擇，當場向上級表示，頭可斷，血可流，堅決完成任務。

當天晚上，剛吃過飯，韓陸就把手下全部人馬都召集起來，研究下一步計畫，務必兩天內捉住秦鋼，拿到謝維祥的情報記憶卡，冒再大的險，再大的犧牲，也在所不計。

或許是為了營造氣氛，會議室裡燈光調得很暗，外面的路燈透過百葉窗，投射進來，標出一條一條的亮影。韓陸坐在長桌的頂頭，面孔隱在黑暗中，只有嘴上的香菸一閃一閃的亮。窗口射進的幾條亮影斜在他臉上，更增加了許多陰險和凶狠，透露出他此刻的心情。確實，他想殺人，殺很多人，他想把臺灣人都殺光。

「暗殺並不是我們的主要任務，我們的主要任務是收集臺灣的軍事情報，為了達到這個目的，我們有時候也策反一些關鍵的臺灣軍方人士，那都是較長期的工作，需要耐心。可是眼下，今天和明天，我們的首要任務，是捉住秦鋼。北京總部指示，所有在臺人員都暫時放下目前手中的一切工作，集中全部人力物力，不惜一切代價，兩日內捉住秦鋼。」韓陸開始講話。

坐在桌邊的部下，都沒有講話，等待韓陸繼續。他們從會議室的氣氛，猜出今天情勢不同，沒人說笑，沒人抽菸，沒人出大氣。

韓陸把手裡的香菸，再抽一口，壓滅在桌面上，說：「大家有什麼意見和建議，都拿出來，一起研究研究。」然後擺出一副傾聽意見的樣子。

會議室裡靜默了幾分鐘，人人心裡都在琢磨韓陸上校到底在打什麼主意。

「每個人都說說自己的看法，只要能夠完成任務，都提出來。」韓陸又說。

終於有一個部下開口：「我明天要去泰國兩天，我在臺灣陸軍裡的一個軍官聯繫人，後天度假，約好在泰國會面，他有情報要交給我。」

「捉拿秦鋼，你是狙擊手，必須在場，不能讓他跑了。」韓陸說，「你跟你的聯繫人說一下，推遲兩天度假。」

「陸軍軍官請假不容易，不好臨時修改。」

韓陸想了想，說：「有必要的話，我向總部彙報一下，換個人去泰國接受情報。你必須參加我們這次行動，全力以赴，捉到秦鋼。」

「是。」部下回答，「我跟那個聯繫人交代一下。」

「別人還有什麼情況？」韓陸看看在座的其他人，又問。

沒有人答話。

「那好，就是說大家這兩天都能夠集中精力，參加這個行動。」

大家都點頭，表示同意。

韓陸點燃另一支香菸，抽了兩口，語調平靜地說：「捉拿秦鋼，為什麼要費這麼大的力，又為什麼如此緊急？不是因為他殺了劉彪，也不是因為他殺了蕭雲海。第一，秦鋼手裡拿著謝維祥的一個記憶卡，上面有臺灣陸海空三軍電子通訊的保密資料，那是總部要求必須獲得的情報，我們為此工作了將近兩年，謝維祥才答應弄好一個記憶卡，交給我們。那個記憶卡本來交給了楊子，可是在楊子轉交給我之前，他被殺了，所以我們必須再拿到一份。可是謝維祥改了主意，再不肯跟我們合作。為了防止暴露我們的組織和目標，萬不得已，我們只好把謝維祥殺掉，滅了口。但是在蕭雲海再次找到謝維祥的記憶卡之前，秦鋼忽然出現，把蕭雲海殺了。現在根據我掌握的確切情報，秦鋼拿到了謝維祥的那個記憶卡。所以無論如何，我們必須儘快捉住秦鋼，搜出謝維祥的記憶卡，上交總部。」

會議室裡鴉雀無聲，所有人都在專心傾聽，有幾人還在做筆記。

韓陸吸了兩口菸，說：「第二，因為近兩年的工作，謝維祥跟我們有過多次來往，也去過大陸幾次，跟北京一些高層領導，有過直接接觸。總部估計，他掌握了一些我們在臺灣潛伏特工的情況。謝維祥臨死之前，明確表示拒絕跟我們合作，所以我們很難保證，謝維祥沒有收集和保存我們潛伏臺灣的相關資料，甚至說不定他還準備把這些資料交給臺灣情治系統。據我估計，我們殺死他的行動，比較突然，他毫無妨備，可以確定他還沒有把這些資料交給臺灣警局，所以至少目前還看不出臺灣警方有任何大規模的行動。幸虧我們搶先把他幹掉了，否則對我們會是毀滅性的打擊。幹我們這一行，凡事寧可信其有，不可信其無。所以現在我們必須捉住秦鋼，拿到謝維祥的記憶卡，查看他是否收集了有關我們的相關資料，保護我們自己的生存和工作。」

這段話，讓在座的人們很有點吃驚。誰都沒有想到，他們居然會面臨如此嚴重的一個問題，關乎自己的生死。但是他們雖然都在擔心，甚至開始想自己的退路，卻仍舊沒有一個人敢說一句話，發出任何聲音。

韓陸又抽了幾口菸，看看周圍的部下，在桌上壓滅菸頭，重新開口：「我們可以確定，臺灣警方目前也在集中人力物力，追捕秦鋼。他們把秦鋼當作大陸派來臺灣的一號特工，專幹暗殺的勾當，殺死了劉彪，殺死了謝維祥，又殺死了蕭雲海。這對我們而言，不是什麼壞事，把注意力從我們身上轉移開了。但這種局面，也增加了我們捉拿秦鋼的難度。我們在行動中，或許會跟臺灣警方發生衝突。但是因為現在我們壓倒一切的首要任務，是捉拿秦鋼，所以即使真的跟臺灣警方發生衝突，我們也還是要不惜一切犧牲，哪怕跟臺灣警方正面開戰，也要堅決完成任務。在座的大多都是軍人，沒有軍籍的，也都受過足夠的軍事訓練，所以成為黨和人民信任的駐外人員。現在祖國需要我們上前線，衝鋒陷陣，捨生忘死，完成任務，我們沒有二話。」

在座的部下沒人應聲，垂著眼皮，不露聲色，心裡卻都七上八下，波濤洶湧。

韓陸靜了幾秒鐘，從口袋裡掏出一張紙，丟在桌上，說：「這是任務分配，所有行動立即開始。」說完，上校站起來，走出房間。

桌邊的人，幾分鐘沒人動，誰都不想去拿那張任務分配。可是，沉默不能長久，那張紙還是被快快地傳看了一遍。然後所有的人都默默站起來，心事重重，相互握握手，走出門去。

第一組兩個人，根據韓陸派下的任務，立刻開了車，跑到電視台門前，選擇了一個隱蔽的地方，埋伏下來。他們的任務是監視董欣麗，通過她找到秦鋼。至於韓陸如何判斷出董欣麗一定會同秦鋼聯絡，為何捉到董欣麗就能夠捉到秦鋼，他們無從知道。他們只是執行韓陸的命令，也許上級掌握了可靠的情報，知道董欣麗跟秦鋼有關係，或者上級是要拿人質來換秦鋼的記憶卡。既然要捉一個人質，當然是名聲越大的人越好，而目前來看，捉住董欣麗，自然是最有效的人質。

電視台都要播報完晚間新聞之後，記者們才下班，已經將近十一點鐘。董欣麗跟其他幾個人一起走出門，招手告別，紛紛走去停車場。只有董欣麗沒有走去停車場，而是走到停在馬路邊的一部汽車跟前，拉開車門，鑽進去，車子隨即開動起來。

有人接？負責監視的兩名特工相互對視一眼，吃了一驚，幸虧他們隱蔽得好，否則也許早就暴露了。他們不言語，開動車子，遠遠跟蹤著接董欣麗的車，一邊把這個情況報告給韓陸。韓陸記錄下來接董欣麗那部車子的牌照，立刻上網搜索，確認是保一總隊嚴世良的車。那就是說，嚴世良現在每周七天每天二十四小時保護董欣麗的安全，情況有點複雜。但是眼下，北京有令，即使刀山火海，也得衝上去。

韓陸把嚴世良的車牌發給所有部下，同時下令，全體人員立刻出發，四路出擊，分組包抄，隨時聯絡，追趕嚴世良和董欣麗。韓陸的計畫，捉到董欣麗當人質，逼迫秦鋼露面，交換記憶卡。這個過程中，就算要擊斃嚴世良，挑戰臺灣保一總隊，也在所不惜。

嚴世良帶著董欣麗，開過幾個路口，很快發現自己被跟蹤了。他拿出手機，打給保一總隊，要求增援，同時加速，試圖擺脫跟蹤。手機開著，讓保一總隊的武裝突擊隊能夠追上他的位置。

後面跟蹤的兩個大陸特工，見到嚴世良突然加速，意識到自己已經暴露，便一邊向韓陸報告，一邊也加快速度，繼續追趕。他們絕對不能讓嚴世良跑掉，否則他們自己的腦袋不保。

「後面有人跟蹤我們，我得想辦法擺脫掉他們。你別怕，我絕對不會讓你經受任何危險。」嚴世良告訴董欣麗。

「我知道了，你打電話我聽到。」董欣麗說，「我不怕，跟你在一起，我什麼都不怕。」

嚴世良聽了，忍不住轉過頭，看看董欣麗。同一瞬間，董欣麗也轉過臉，看著嚴世良。兩個人的目光相遇，迸出火花。如果在任何一個其他的時刻，他們也許會相互伸出雙臂，擁抱到一起。可是眼下，不是那種時刻，他們首先必須保護自己的安全。嚴世良轉回頭，董欣麗也轉回頭，誰都沒有說話，但兩個人的心裡，都如明鏡一樣的清楚。他們在危機的時刻，相愛了。

「專心開車，我不喊叫。」過了一分鐘，董欣麗說，同時雙手捂住嘴，儘量不發出喊聲來。

嚴世良點點頭，沒說話。他使出在警官學校訓練出來的開車技巧，急速繞過若干路口。可身後的跟蹤者看來也非等閒之輩，同樣的技術高超，仍舊繼續緊緊地跟著。而且逐漸地，身後追趕的車子在陸續增加，還多了幾部輕便摩托車。

為了防止造成更大的民眾傷害，嚴世良一邊向保一總隊上峰報告自己的決定，一邊轉了方向，把車子開出城區。

保一總隊上級批准他的決定，同時下令所有出動增援的警員，分路向嚴世良靠攏。

根據部下分別的報告，韓陸意識到嚴世良的意圖，而且估計到嚴世良已經向保一總隊報告了情況，更多警員在路上，繼續拖延，危險更大，他隨即下令，開槍射擊，但是一定不要打死董欣麗。

亂槍之下，嚴世良的車窗玻璃都被打碎，董欣麗尖叫著，把頭埋到兩腿上，雙手捂住耳朵。這個時候，嚴世良只能兩手緊抓方向盤，穩住汽車。突然他的一個輪胎中彈，車子立刻失去控制，在路上連續打轉，然後傾翻打滾，墜落到路邊的水溝裡，停下來，兩個安全安全氣囊噴出，窒息了嚴世良和董欣麗。

韓陸的車子首先趕到，顧不得嚴世良，先打開副駕駛邊車門，拿刀割破氣帶，又割斷保險帶。隨後趕到的部下，七手八腳，幫忙把董欣麗拉出來。韓陸原本想把嚴世良也一起捉走，可是聽到天上直升機的轟鳴，看到巨大的探照燈迅速接近，知道保一總隊的武裝突擊隊趕到了，只好下令撤退。他的人馬訓練有素，馬上離開了現場，並迅速分散，立時無影無蹤。

保一總隊的直升機停在空中，武裝突擊隊員從掛索上落地，迅速救出嚴世良，裝上擔架，升入直升機，運往臺北醫院。趕來增援的警員還沒有到達現場，嚴世良的車子便爆炸了，火球升空，極為恐怖。

第二十九章

第二天一早，林笠生聽到了消息，立刻趕往醫院，看望嚴世良。他剛進醫院門口，便接到秦鋼電話，說是他剛接到韓陸的電話，他們捉住了董欣麗，約好當天中午見個面。

林笠生不由自主站住腳，靠到牆邊，跟秦鋼講話。

「他們要跟你換人質？」他顧不得問韓陸怎麼會給秦鋼打電話，眼下更要緊的事情是人質。

「對，拿人質換謝維祥的記憶卡。」

「噢，這樣。那麼這是個機會，你可以殺掉韓陸。」

「沒錯，打的就是這個主意。」秦鋼又補充，「當然也不能讓董欣麗受害，她無辜。」

「如果不是要換記憶卡，他們早就把董欣麗殺害了。」

「明白，所以必須保護她。」

「你準備赴約？」

「當然，正在路上。」

「什麼時間交換？」

「中午十二點。」

「十二點？有點奇怪。」

「大隱隱于朝，專門找個你想不到的時間。」

「不過很可疑，大中午的，眾目睽睽，攻不易攻，退也不容易退。」

秦鋼停頓片刻，說：「他說的這個時間，寧可信其有，不可信其無，我只能照這個時間安排。」

林笠生想了想，說：「謝維祥的記憶卡，不能給他。你說好的，殺了韓陸之後，記憶卡就給我們。」

「記憶卡當然不會給他，我跟他是殺妻殺子之仇。」

「告訴我約見的地點。」

「幹嘛？也想趟渾水？」

「給你打個掩護，他們有不少人。」

秦鋼想了想，說：「算了，這是我跟韓陸兩個人之間的事，不想牽扯更多人。」

林笠生沒有再要求，靜了片刻，說：「不要輕易拚命，他不值得。」

秦鋼沒接話，保持沉默。

「我要去看看嚴世良，他受了很重的傷。」

「啊？」

「他接董欣麗下班，被韓陸他們追趕，槍擊翻車。」

「替我問個好吧，走了。」說完，秦鋼掛斷電話。

林笠生收起電話，站了片刻，才重新起步，走去嚴世良的病房。

不到門口，便聽到病房裡人聲嘈雜，喊成一片。林笠生趕緊停止腦中的思索，跑進病房。

病房裡，醫生護士都緊靠在牆邊，瑟瑟發抖。兩個壯大的警員在床邊，四隻手努力壓制床上的嚴世良。而嚴世良則拚命掙扎，嘴裡喊叫著，要下床。

「怎麼回事？怎麼回事？」林笠生高聲問道。

「他們把董欣麗捉走了，你們讓我走，我要去找她。」嚴世良一邊喊，一邊繼續掙扎著。

林笠生走到床邊，兩手扶住嚴世良的肩膀，說：「世良，你聽我說，放心，董欣麗現在很安全，我有新情報告訴你。」

聽林笠生這麼一說，嚴世良不再掙扎，急切地說：「你說你說，你快說。」

林笠生轉頭看看屋裡，對所有人說：「各位出去一下，我跟嚴隊長有話說。」

醫生護士和警員看看林笠生，又看看嚴世良，默不作聲地走出去，關了門。

林笠生坐到床邊，小聲地把秦鋼告訴他的情況，一五一十轉告給嚴世良。

「現在是早上七點鐘，」林笠生最後說，「他們約見的時間是中午十二點，還有五個鐘頭。秦鋼已經在路上了，他一定要提前至少三個小時，到達現場，先對環境進行偵察和監視。韓陸他們當然也會提前到場，布置人員。」

「他們交換董欣麗，我必須到場。」

「你身體行嗎？」

「翻個車，多大的事嘛？再說還有安全氣囊，」嚴世良拍拍腦袋，說，「連輕度腦震盪都沒有，住什麼醫院，開玩笑。」

「那好，我和你一塊去，給秦鋼打個後援。」

嚴世良一聽，興高采烈，就要下床。

林笠生把他擋住，說：「先向總隊報告一下，讓突擊隊也出動，但是別太早。」

嚴世良從床頭櫃上拿過手機，準備撥號。

「還要總隊查到秦鋼的位置。」林笠生說，「他不肯告訴我約見地點，我們先要查到，才去得成。」

「你有秦鋼的手機號？」

「有，而且是很老式的那種手機，沒有加密，所以GPS很好查。」說完，林笠生拿出自己的舊手機，查到秦鋼的號碼，告訴給嚴世良。

嚴世良撥了號碼，向保一總隊上級做了詳細報告，把秦鋼的手機號碼說清楚，請求總隊查詢該手機的GPS位置。

掛斷電話以後，嚴世良拔掉身上所有的管子，跳下床，脫掉病房白罩衫，換好自己的警服，跟林笠生一起走出病房。

守衛在門口的警員，已經接到總隊的命令，放行嚴世良，所以毫無阻攔，跟嚴世良開幾句玩笑，便撤退了。只有醫生和護士們，還在嘀嘀咕咕，要求嚴世良繼續觀察兩天。嚴世良毫不理會，只管自己趕路。林笠生回頭，向醫生護士們道歉，又表示感謝，說明任務緊急，只好匆忙離開。

兩個人坐進林笠生的汽車，嚴世良接到總隊電話，並且把追蹤秦鋼手機GPS的信號發到他的手機上，標明在基隆港一個集裝箱存放區內。同時上級指示，總隊武裝突擊隊已經在準備，中午前全體出動，對整個地區實施封鎖戒備，此戰要將這批大陸特工全部殲滅。

林笠生看看手錶，七點半，開車到基隆半個小時，找到港口集裝箱存放區，大概又要半小時，九點鐘以前，一定能夠到達現場，查看環境，監視對方人員，時間足夠。

「我們要不要停一下，拿些火力比較大的武器？」林笠生問。

「我們有時間嗎？我想突擊隊會帶足夠的火力，還是早點到比較好。」

「知道你心裡急，」林笠生點點頭，說：「我身上帶了槍，你從醫院出來，身上什麼都沒有。所以到了時間，我們分頭行動。你去找突擊隊，拿到武器，配合他們行動。我去找秦鋼，給他打個掩護。」

「看到董欣麗，馬上告訴我。」

「當然。」

兩個人不聲響，靜默了幾分鐘。

「那邊有個快餐店，我去買些吃的。他們約的是中午，我們得吃飽了，打架才打得動。」

嚴世良點點頭，同意了。

林笠生把車開進餐廳，迅速買了兩份便當，隨即開回中山高速。

他們九點不到就到了海港地區，很快找到集裝箱存放區，爬到集裝箱頂上，四處轉動，仔細地查看了環境，卻沒有看見一個人。整個上午，集裝箱存放區裡沒有一個搬運工，也看不到任何一個可疑的人，甚至沒有發現絲毫秦鋼的影子。林笠生幾次給他打電話，也沒有打通。執行任務的時候，秦鋼一點都不會馬虎。

嚴世良則一直跟總隊保持著聯繫，隨時報告情況。將近中午的時分，負責警戒現場地區的臺北警員，都已經安排妥當，全部隱蔽，各司其職。但是武裝突擊隊尚未出動，總隊上司的計畫，突擊隊都是直升機運送，幾分鐘就能到達，所以要確實看到韓陸和秦鋼見面，開始交換，突擊隊才出動，以免打草驚蛇。

可是一個鐘頭過去，又一個鐘頭過去，始終見不到韓陸及其部下的身影，也聽不到秦鋼的聲音。

林笠生和嚴世良，一動不動，繼續埋伏在選好的觀察點。太陽底下，集裝箱頂上，兩個人臥著，汗流浹背。

「我就估計，韓陸約在大中午，一定是另有打算。」林笠生說。

「他們的人肯定是已經到了，就是在查看周圍有沒有可疑之處。」

「臺北的警員今天倒也埋伏得不錯，至今還沒有出紕漏。」

「但願吧。」

「有點餓了吧？已經中午了。」

「便當已經冷了吧？」

「一樣吃，幹跟監的，常吃冷飯。」

兩人不說話，拿出路上買的便當，吃起來。

又是一個鐘頭一個鐘頭過去，直到天黑，也不見一人。

「我就知道，交換人質這樣的事情，怎麼可能大中午，一定是晚上。」林笠生說。

「他們就是想把周圍埋伏的人都熬到受不了，撤退了，他們才動手。」

「大概就是這麼個打算，但是我知道，秦鋼絕對不會輕易就退了。」

「外面的警員們受罪了，沒有命令，他們也不能撤。」

「估計不會餓肚子，飯應該能夠送到。」

「再晚點，咱們倆可要餓肚子了。」

「我一點也不餓，沒有心思去想。」

「你真的確定，愛上董欣麗了？」林笠生忽然轉了話題。

嚴世良想了想，答說：「我看出來，她對我好像也有點意思。」

「你眼力有那麼好嗎？」

「應該沒錯，昨晚我們在逃離追蹤的路上。」

「患難見真情。」

「確實，那個時刻，誰想得到，也許我們倆都會被打死。」

「所以她沒有必要講假話。」

「她沒講話，只是看了我一眼，我就都明白了。」

「祝福你們，這場仗打完，建議你離辭。」

嚴世良想了半天，沒有講話。

「做個平民，沒有像今天這樣的任務，才能好好過日子，跟董欣麗廝守一輩子。」

嚴世良還是沒有講話，靜了一會，搖搖頭，嘆口氣。

「沒有訂終身以前，先要跟她商量，講清楚，別害了人家。」

嚴世良聽著，點點頭。

兩個人再沒有繼續談話，看著天色越來越暗。

又過了一陣，林笠生的手機震動了一下。他立刻打開，看見短信：「他們來了，你們兩點鐘方向。」

「秦鋼？」嚴世良問。

林笠生點點頭，快速回信：「你知道我們在什麼位置上？」

秦鋼沒有回答，他當然知道他們在哪裡。

林笠生嘆口氣，收起電話，說：「我們沒看見他，他可看見我們了。」

「怎麼可能？」

「他還是比我們厲害，」林笠生抬手指指前方，「兩點鐘方向，他告訴我的。」

兩個人悄無聲息，朝兩點鐘方向爬動。爬了將近二十多米，便果然看見集裝箱下面，有一些人影晃動。

「你向總隊報告吧，突擊隊可以出動了。」林笠生貼著嚴世良的耳朵說。

嚴世良拿出手機，向總隊發出短信，指示了突擊隊降落的確切位置。

「好了，你去會突擊隊，我在這裡守著。」

「我得看見董欣麗，才能離開。」

「你放心，這裡有我呢。」

「那就拜托了，董欣麗千萬不能有差錯。」

「我不管韓陸，那是秦鋼的事。我就一個目標，保護董欣麗。」

「那我走了，等會兒見。」

說完，嚴世良轉過身，迅速地離開。

林笠生轉過頭，睜大眼睛，看了一會，便動手從集裝箱頂上，悄悄爬下來，蹲到地面上。

月光下面，前面不遠處，他看見秦鋼從一個集裝箱背後走出來，站定。

跟著，他的對面，韓陸也走出來，面對秦鋼站住。

幾乎同時，無聲無息，周圍突然出現很多人，把秦鋼團團圍住。

林笠生倒吸一口涼氣，為自己的疏忽而羞愧，幾乎一整天，他竟然沒有發覺這些人的埋伏。真是人老了，缺乏敏感了。但是眼下，他沒有時間琢磨自己，他必須保護秦鋼。他把手槍拔出來，握在手裡，緊盯著韓陸和他的部下，只要有人做出點滴可疑的動作，他就首先開槍，先擊斃韓陸，然後能殺幾個歹徒就殺幾個。

秦鋼扒開衣服，露出身上捆綁的炸藥，大聲說：「有多少人跟我一樣不怕死，往跟前來。」

圍在他身邊的人見了，都不由自主，往後退幾步，沒人願意死，就算是中共特工，也還是下意識地愛惜自己的生命。

韓陸雖然沒有後退，但也覺得有點心驚膽戰。他倒不在乎自己個人的生死，但是如果秦鋼真的炸死了，他就無法拿到北京急著要的記憶卡，完不成任務。

秦鋼看到身邊人的後退，也看到韓陸的稍微猶豫，知道自己佔了上手，便說：「你把董欣麗交出來。」

「你先交出記憶卡。」

秦鋼指指自己胸口，說：「記憶卡貼在這兒，董欣麗到了安全地點，記憶卡就給你。」

韓陸也是大陸來的中國人，自然知道這種承諾毫無意義。中國人做交易，什麼好聽的話都說得出口，毫不猶豫，面不改色，因為他們根本沒有打算遵守任何諾言。當面什麼都答應，背後什麼都不做，背信棄義，毫無誠信，不遵守任何規則，本就是中國文化中最基本的傳統。所謂兵不厭詐，就是這套把戲。韓陸從小讀《三國演義》，對古人的智慧一直佩服得五體投地，也在努力學習和實踐，絕不輕易上當受騙。但是眼下，他沒有其他選擇，他必須拿到謝維祥的記憶卡。於是猶豫片刻之後，他把董欣麗從身後拉出來，雙手綁住，嘴上貼著封條，推她朝秦鋼走過去。他的手槍，始終舉著，對準姑娘的後背。

「站住！」董欣麗走到韓陸和秦鋼兩人距離的中點，韓陸突然下令。

董欣麗停住腳步，眼看著秦鋼。

秦鋼把胸前的記憶卡解下，拿在手裡，一步一步走到董欣麗跟前，迅速把她拉到自己身後，然後彎腰，把記憶卡放到地上，掩護著董欣麗，緩慢地朝後退。

突然間，韓陸手一擺，密集的槍彈立刻朝秦鋼射來。

秦鋼對大陸官員言而無信的突然襲擊早有準備，見到韓陸揮手，早已轉過身來，彎腰屈腿垂頭，把董欣麗抱在懷裡，跪倒在地。他背上綁著一塊警察使用的防彈鋼板，幾乎完全罩住了他的身體，以及胸前掩護著的董欣麗。

林笠生見狀，再不猶豫，立刻舉槍回擊，同時高呼：「秦鋼，我掩護你。」意外的槍擊，教周圍的大陸特工們吃了一驚，不知那槍聲和喊聲從何而來。

趁著當口，秦鋼抱緊董欣麗，背後鋼板頂著斷續的槍彈，往後撤退。

韓陸不顧其他任何人，發生任何情況，獨自往前走，要去拾起秦鋼放到地上的記憶卡。

林笠生一見，也顧不得掩護秦鋼了，急速朝韓陸射擊，逼迫韓陸臥倒躲避，無法前進去拿那個記憶卡。

正在僵持不下，空中突然投射下來兩股強大的探照燈光，把地面照得雪亮，保一總隊的直升機到了，突擊隊員們全副武裝，順著艙門掛出的鋼索，迅速落地，進入戰鬥。

埋伏外圍的總隊警員們，同時接獲命令，開始縮小包圍圈，遇有抵抗，格殺勿論，一時槍聲四起，吶喊震天。

跟隨衝鋒進來的嚴世良，早已看到董欣麗，不顧一切，奔到秦鋼身邊，拉住董欣麗。

韓陸見狀，雙手舉槍，連續射擊，掩護自己，衝到剛才秦鋼丟下記憶卡的地方，拾起那塊記憶卡。

秦鋼見嚴世良把董欣麗撲倒在地，自己趴在她身上，阻擋槍彈，便轉過身來，剛好看見韓陸拾起地上的記憶卡，便舉槍猛烈朝他射擊。

「不要打死他！」林笠生高聲喊叫，他要捉活口，審訊出全部大陸潛伏臺灣的特工人員，以求一網打盡。

秦鋼聽見林笠生的喊叫，稍微停了一下手。

這一瞬間，一部全黑色的路虎車，不知從哪裡突然出現，衝到韓陸跟前。不等車子停下，韓陸拉開車門，縱身跳進去，那車子隨即飛速開走了。

秦鋼站在那路虎車後面，嘩啦嘩啦打了一梭子，終於沒有能夠阻止住那部車。

林笠生飛步急追，但人腳如何趕得上車輪，眼見著那路虎車漸行漸遠。

突然一個總隊警員騎了一部摩托車，向林笠生奔過來，嘴裡喊叫：「命令，命令！」

林笠生顧不得接受命令，把那警員推下車，調轉車頭，說一聲：「借用一下。」便跳上車，追著遠處那輛路虎，飛馳而去。

秦鋼看一眼身後的嚴世良，說：「保護好她！」然後轉身跑到一個集裝箱後面，迅速消失。他還沒有殺死韓陸，他不能讓臺灣警員把韓陸活捉。

周圍的槍戰還在繼續，頭頂的直升機繼續照耀著地面。韓陸的部下仍在頑強抵抗，設法逃命。總隊突擊隊員們的火力凶猛，壓得大陸特工抬不起頭。

嚴世良一手緊緊抱住董欣麗，一手裡拿著無線電，連續呼叫：「給我打，凡是不肯放下武器的，全部給我擊斃，一個不留。」

槍聲密集，幾十個大陸特工，死的死，傷的傷，終於放棄抵抗，剩下的人都放下武器，跪到地上，舉起雙手。

嚴世良見戰鬥結束，低頭看著董欣麗，問：「你怎麼樣？還好嗎？」

董欣麗眼裡含著淚，強笑笑，說：「我沒事，就是你太重了。」

嚴世良才意識到自己還趴在董欣麗身上，不好意思了，立刻翻身，坐到旁邊，連聲說：「對不起，對不起。」

「你替我擋子彈，謝你還來不及，怎麼還要你道歉。」董欣麗說著，自己站起來，拍拍身上的塵土。

嚴世良跟著站起，看看周圍，說：「韓陸還在逃，我的任務還沒有完成。」

「我知道，你去吧，我不攔著你。」

「你能保證安全嗎？」然後拿起無線電呼叫：「來人！」

「放心，不會有危險了，沒人打槍了。」

嚴世良望著董欣麗的眼睛，突然把嘴貼到姑娘的嘴上，狠狠地親了一口。

「你等著，等我捉到韓陸，回來找你。」

董欣麗兩手捧住嚴世良的面頰，說：「你去吧，我等著你。」

兩個警員跑到嚴世良跟前，急促地問：「嚴隊長，你有什麼吩咐？」

嚴世良把身邊的董欣麗交到兩個警員手裡，說：「你們負責立刻把她送到醫院，做全面檢查。守住她，沒有我的命令，一步不准離開。」

「是！」兩個警員一邊回答，一邊招呼調動警車。

董欣麗回轉頭，看見嚴世良奔向直升機吊下的繩梯，呼喊：「小心啊，世良。」

可是在直升機巨大的轟鳴中，嚴世良聽不到董欣麗的喊聲。他拉住繩梯，迅速攀登上去。等他爬進艙門，回頭再看，載著董欣麗的警車已經跑得沒有影子了。

一邊系著保險帶，戴頭盔，嚴世良一邊拿著手機，連聲呼叫林笠生。

兩三分鐘後，終於聽到林笠生的回應。

「我在直升機上，你在哪裡？」

「我開著手機，你跟蹤上來吧。」

嚴世良調整手機上的ＧＰＳ，很快查到林笠生的位置，便指揮直升機，朝那個方向飛去。

「我看到你的位置，」嚴世良對林笠生說，「你距離韓陸多遠？」

「估計一百五十米，他開的是一輛路虎。」

「我們馬上就到。」

「董欣麗怎麼樣？」

「她沒事，已經送去醫院檢查。」

「秦鋼呢？」

「沒看見他去哪兒了，肯定也在追韓陸。」

「他不親手殺了韓陸，絕不會罷休。」

「我們得先審問清楚了，才能讓他下手。」

「當然，我們把情報都搞到手之後，就隨便他去處置啦。」

「這種惡毒的野獸，死有餘辜，關監獄都是浪費百姓的稅錢。」

「前面再有十分鐘，就到臺北了。我們必須在到達臺北之前，解決掉韓陸。否則進入了市區，就比較多麻煩。」

「我已經看到你了，啊，也看到韓陸的路虎了。」

直升機的探照燈，罩住了仍舊急速奔馳的路虎。那車子突然轉頭，開進路邊一個巨大的多層停車場，以求躲避直升機探照燈的照射。

「我們立刻降落。」嚴世良告訴林笠生。

「車庫裡見。」林笠生說著，衝進停車場。

路虎車一層一層開上去，發現頂層上直升機降落下來，無路可走了，只好停下，調轉車頭，不再開上頂層。韓陸打開車門，邁下地面。

後面林笠生也趕到了，見前面路虎停下，開著兩個大燈，對他照著。林笠生便停住摩托，跳下來，跟韓陸面對面站著。兩人的手都扶著腰裡的手槍，隨時準備拔出射擊。

「我不怕死，」韓陸看著林笠生，微笑著說。

「你以為我怕死？」

「臺灣人沒有不怕死的。」

「今天讓你見識見識臺灣人。」

韓陸不說話，呵呵地冷笑兩聲。

林笠生聽見頭頂上奔跑的腳步聲，知道是嚴世良一層一層地順著車道往下跑。他對著手機，說：「世良，我這裡控制得了，你叫他們布置包圍，這次無論如何不能讓他跑了。」

嚴世良立刻放慢腳步，開始打電話布置突擊隊乘直升機趕過來，包圍停車場。

開路虎車的那個部下，也下了車，跟韓陸並肩站立。

林笠生說：「放下武器吧，你的人馬已經全部被殲滅。」

「你以為捉住了我，捉住了我的人馬，臺灣就安全了嗎？太天真了。我們的人在臺灣遍地都是，在你們的政府裡，你們的軍隊裡，你們的公司裡，你們的學校裡，你們的商店裡，你們的社區裡，你們的家庭裡。你們的身邊，到處都有我們的人，你們永遠也捉不完，你們臺灣就要完蛋了。」

突然從哪裡打來一槍，韓陸身邊的部下應聲倒下，一動不動了。

韓陸渾身一抖，立刻臥倒。

「還說你不怕死？」黑暗中，秦鋼的聲音傳來。

林笠生依然站著，轉過頭，說：「秦鋼，你不要插手，這是我們臺灣警方跟大陸特工的鬥爭。我倒要看看，哪個更厲害，哪個能取勝。」

說著，林笠生抬腳，朝臥倒在地的韓陸走過去。

韓陸騰的一聲站起來，迎向林笠生。

「你跟我，兩人交手，看誰技高一籌。」林笠生說。

韓陸搖頭，說：「我是一個人，你可不是一個人。」

「我要他們包圍停車場，但沒有要他們進來，這裡只有你我兩人。」

「這裡有秦鋼，上面還有你的人。」

「有我，他不會插手。」

「我就知道你們兩個是一夥，」韓陸說，「當初在英國，你陰謀策反，秦鋼差一步就叛逃了。」

啪的一槍，打在韓陸腳前。

韓陸朝後跳一步。

林笠生說：「今天你跑不了。」

韓陸從口袋裡拔出一顆手雷，舉在胸前，說：「從到臺灣的第一天起，我就沒有打算要跑掉。怎麼樣，有膽量跟我同歸於盡嗎？」

林笠生沒有回答。

「我就知道，你們臺灣人太顧惜自己的生命，所以永遠無法跟我們作戰。現在你可以跑開，保住性命。」

「你不要耍詭計，你殺我們臺灣人，我絕不容忍你繼續活下去。」

「為了我們的黨，我們的軍隊，我們的祖國，我死而無憾。」

「哈，果然是你們大陸人的習慣，漂亮話張嘴就來。」

「你以為我說漂亮話？告訴你，我們真正地熱愛我們的黨，熱愛我們的軍隊，熱愛我們的祖國，我們可以坦然地犧牲，死而無怨，死得光榮。你呢？你們臺灣人呢？你們真正地愛你們的黨嗎？你們真正地愛你們的臺灣嗎？看看你們臺灣人吧，一天到晚，你爭我鬥，相互拆臺，醜話髒話，亂鬧一氣，竟然會把我們的五星紅旗打出來，站在大街上喊口號，宣誓推翻臺灣政府。摸著心口問問自己，你們真的會為了保衛臺灣而獻出生命嗎？」

「也許有些臺灣人不會為了保衛臺灣而獻出自己的生命，就像也有很多大陸人不會為了保衛你們的黨，保衛你們的政權而去犧牲一樣。但是我告訴你，我們臺灣人裡面，還有不少人願意為了保衛臺灣的生存而獻身。拉響你的手雷吧，我們同歸於盡。」

韓陸嘿嘿一笑，伸出左手去拉響手雷。又是啪的一聲槍響，打中他的左臂，手雷沒有拉響，掉到地上。

「秦鋼，不要阻止他。」林笠生高聲叫。

「跟他一塊死，不值得。」

韓陸跌倒在地上，右手拔出手槍，對準林笠生，快速掃射。

林笠生朝右躍開，躲到一根水泥大柱後面，高聲叫：「秦鋼，叫你不要插手，我要留活口。」

秦鋼不作聲，也不露面。

韓陸臥倒在地，停止射擊，大叫：「秦鋼，你這個卑鄙的叛徒，漢奸，賣國賊，你跑不了，就算我今天殺不了你，你也逃不掉滅亡的下場。你就是逃到天涯海角，我黨我軍也一定會找到你，殺死你。告訴你，近百年了，我黨我軍處置叛徒，從不手軟。你要想保住這條小命，就快快懸崖勒馬，回頭是岸，我跟上級說說情，饒你一死。」

「我怕死嗎？」這次秦鋼開口了，但仍不露面。「你把我家人都殺死的那一刻，我就已經死了，人會害怕死第二次嗎？」

林笠生叫：「秦鋼……」

秦鋼沒有理會林笠生的呼叫，繼續說：「我留著這條命，就是為了報仇。我根本不在乎跟你同歸於盡，咱們走著瞧。」

林笠生說什麼保衛臺灣等等那些話，韓陸毫不在意，他從來不相信臺灣人有自我犧牲的意志和勇氣。但是秦鋼宣布要跟他同歸於盡，韓陸卻不說話了。他知道大陸出生長大的人，把個人生命看得很輕，殺人放火，說得出幹得出。

見韓陸不再言語，林笠生從水泥柱後面探出點頭，看見韓陸就地打幾個滾，在一部汽車後面掩蔽起來。

「韓陸，你還是早早投降吧，不要負隅頑抗。」林笠生叫道。

回答他的呼叫，響起一陣猛烈的手槍掃射，真不知道韓陸身上帶了多少子彈，可以這樣狂掃亂射。

林笠生見韓陸停止射擊的空隙，開槍回擊。兩個人你來我往，對射很久，水泥大柱和周圍的汽車都被打得千瘡百孔。

嚴世良從遠處奔來，高聲喊叫：「韓陸，你已經被層層包圍，今天無論如何逃不出去了。」

韓陸突然停止射擊，把手槍丟出來，叫道：「好了，好了，你們贏了，你們贏了，我投降，我投降。」然後從掩身的汽車後面伸出左手，表示投降。

林笠生鬆了一口氣，從水泥柱子後面出來，把手槍收進槍套，拿出手銬，向韓陸走過去。

韓陸慢慢站起身，突然揚起右臂，舉槍對準林笠生，他的身上還藏著另外一把備用手槍。

一剎那間，斜次裡衝出一人，撲到林笠生身上，把他推倒在地。

同時韓陸的槍聲響了，子彈打進飛躍空中的秦鋼，他倒下了。

嚴世良在奔跑當中，看見狀況，抬手快速射擊，將一夾子彈全部打在韓陸的頭上和胸上。

韓陸終於被擊斃。

林笠生跳起來，衝到秦鋼身邊，拿手壓住他流血的胸口，高聲叫：「叫救護車，叫救護車……」

嚴世良邊跑著，邊對無線電連聲呼叫。

秦鋼看著林笠生，說：「你……你傻。共產黨人的話，不能相信……」

林笠生繼續壓著秦鋼的胸口，急聲說：「秦鋼，秦鋼，挺住，急救車就來了……」

秦鋼緩慢地抬起左手，把掌心裡膠布貼緊的一個記憶卡給林笠生看，點點頭，他幾乎說不出話來了。

「秦鋼，秦鋼……」林笠生繼續大聲喊。

秦鋼吐出一口氣，喉頭抖動著，喃喃道：「保住臺灣，中國才……有……有救……」說完，他斷了氣。

突擊隊員們衝進來，嚴世良指揮眾人檢查韓陸的身體，確定已死無疑。

林笠生跪在地上，久久地抱著秦鋼，不肯放手。

兩部救護車趕到，急救員們把林笠生拉開，把秦鋼抬上擔架，抬進一部急救車。

嚴世良一直招呼著處理現場，把韓陸屍體送上另一部急救車。

林笠生呆呆地站著，望著秦鋼的遺體，蓋滿白布。他打過他一槍，他活著。他為他擋了一槍，他死了。

嚴世良走過來，站在林笠生身邊，不作聲。很久，停車場已經空無一人，兩個人才默默地走出去。

太陽很高，很耀眼。林笠生站住腳，抹去眼角的淚，抬起頭，注視晴朗的天空。一片綠葉，兩頭尖，中間胖，在空中飄蕩，越升越高，永遠不落。

「臺灣，我的家園，誰也別想毀滅，誰也別想奪去，我發誓！」林笠生嘴裡喃喃道。

嚴世良聽到了，看看他，點點頭：「我發誓！」

（全文完）

釀小說110　PG2264

獵殺臺北

作　　者	言　甯
責任編輯	石書豪
圖文排版	林宛榆
封面設計	蔡瑋筠

出版策劃	釀出版
製作發行	秀威資訊科技股份有限公司 114 台北市內湖區瑞光路76巷65號1樓 電話：+886-2-2796-3638　傳真：+886-2-2796-1377 服務信箱：service@showwe.com.tw http://www.showwe.com.tw
郵政劃撥	19563868　戶名：秀威資訊科技股份有限公司
展售門市	國家書店【松江門市】 104 台北市中山區松江路209號1樓 電話：+886-2-2518-0207　傳真：+886-2-2518-0778
網路訂購	秀威網路書店：https://store.showwe.tw 國家網路書店：https://www.govbooks.com.tw
法律顧問	毛國樑　律師
總 經 銷	聯合發行股份有限公司 231新北市新店區寶橋路235巷6弄6號4F 電話：+886-2-2917-8022　傳真：+886-2-2915-6275

出版日期	2019年6月　BOD一版
定　　價	320元

Printed in Taiwan

國家圖書館出版品預行編目

獵殺臺北 / 言甯著. -- 一版. -- 臺北市：釀出版, 2019.06

面；　公分. -- (釀小說；110)

BOD版

ISBN 978-986-445-336-8(平裝)

874.57　　108008193

讀者回函卡

感謝您購買本書，為提升服務品質，請填妥以下資料，將讀者回函卡直接寄回或傳真本公司，收到您的寶貴意見後，我們會收藏記錄及檢討，謝謝！
如您需要了解本公司最新出版書目、購書優惠或企劃活動，歡迎您上網查詢或下載相關資料：http:// www.showwe.com.tw

您購買的書名：____________________

出生日期：________年________月________日

學歷：□高中（含）以下　□大專　□研究所（含）以上

職業：□製造業　□金融業　□資訊業　□軍警　□傳播業　□自由業
□服務業　□公務員　□教職　□學生　□家管　□其它_____

購書地點：□網路書店　□實體書店　□書展　□郵購　□贈閱　□其他

您從何得知本書的消息？

□網路書店　□實體書店　□網路搜尋　□電子報　□書訊　□雜誌
□傳播媒體　□親友推薦　□網站推薦　□部落格　□其他__________

您對本書的評價：（請填代號　1.非常滿意　2.滿意　3.尚可　4.再改進）

封面設計____　版面編排____　內容____　文／譯筆____　價格____

讀完書後您覺得：

□很有收穫　□有收穫　□收穫不多　□沒收穫

對我們的建議：____________________

請貼
郵票

11466
台北市內湖區瑞光路 76 巷 65 號 1 樓

秀威資訊科技股份有限公司 收

BOD 數位出版事業部

（請沿線對折寄回，謝謝！）

姓　　名：____________　年齡：________　性別：□女　□男

郵遞區號：□□□□□

地　　址：________________________________

聯絡電話：（日）______________（夜）______________

E-mail：________________________________